JETTE MARTENS

Gut Schwansee

Du bist mein ganzes Leben

ROMAN

PENGUIN VERLAG

MIX
Papier aus verantwortungsvollen Quellen
FSC® C014496

Penguin Random House Verlagsgruppe FSC® N001967

1. Auflage 2021

in der Penguin Random House Verlagsgruppe GmbH,
Neumarkter Straße 28, 81673 München
Dieses Werk wurde vermittelt von Dorothee Schmidt,
Literaturagentur Hille & Schmidt.
Umschlag: Favoritbüro
Umschlagmotiv: © Shestock / © Emma Innocenti /
© lambada /GettyImages; © oksana2010 / © Skylines /© Bennian/
© DR pics/ © Marc Venema (2) / Shutterstock
Redaktion: Lisa Wolf
Satz: Uhl + Massopust, Aalen
Druck und Bindung: GGP Media GmbH, Pößneck
Printed in Germany
ISBN 978-3-328-10551-0
www.penguin-verlag.de

Dieses Buch ist auch als E-Book erhältlich.

1

Klack, klack, klack. Sina liebte dieses Geräusch, wenn Albert, ihr Chef, mit seinem Profimesser Kräuter schnitt – Borretsch, Kerbel, Kresse, Petersilie, Pimpinelle, Sauerampfer und Schnittlauch. In der Küche des Hofcafés von Gut Schwansee breitete sich sogleich der frische, würzige Duft aus. Sie schloss die Augen und atmete tief ein, während sie den Teig für die Frühstücksbrötchen knetete.

Bald hatte sie Feierabend. Wie an jedem Arbeitstag war sie bereits um halb sechs aufgestanden und hatte fast ohne Pause durchgearbeitet. Es war schon spät, aber für morgen hatte sich kurzfristig eine Fahrradgruppe zum Mittagessen angemeldet und Scholle vom Kutter mit Kartoffeln und Kräutersoße bestellt. Johann würde die Fische fangfrisch anliefern, direkt vom Hafen aus Eckernförde. Jetzt im Juni begann die Sommersaison, und Gut Schwansee war ein beliebtes Ausflugsziel. Im Hofcafé bewirtete sie mit ihrem Chef aber auch die Mitarbeiter des Gutes. Normalerweise von sieben Uhr morgens bis achtzehn Uhr am Abend, aber wenn Veranstaltungen stattfanden, hatten sie auch mal etwas länger geöffnet. Besonders Bernhard Cornelius, der Gutsherr, war für seine spontanen Einladungen zu Grillabenden bekannt, die bis spät in die Nacht dauern konnten.

In Gedanken ging Sina die Aufgaben durch, die sie noch erledigen musste, doch plötzlich hörte sie hinter sich ein dumpfes, polterndes Geräusch. Erschrocken fuhr sie herum. Albert lag mit geschlossenen Augen vor der Kochinsel auf dem Küchenboden, presste die Hände auf die Brust und japste nach Luft.

»O mein Gott!«

Sina stürzte zu ihm, zog das Küchenhandtuch von ihrer Schulter, rollte es zusammen und legte es ihm unter den Kopf. »Ganz ruhig atmen, Albert, ganz ruhig.«

Sie nahm seinen Arm, fühlte den Puls und strich ihm mit der Hand beruhigend über die Wange, die sich feucht und kalt anfühlte. Ihr Herz raste. Was sollte sie als Nächstes tun? Auf jeden Fall musste sie Hilfe holen!

Sie zog das Handy aus der Gesäßtasche der Jeans und wählte mit zitternden Fingern den Notruf. Eine Frau meldete sich in der Einsatzleitstelle.

»Ich glaube, mein Chef hat einen Herzinfarkt!«, rief Sina aufgeregt.

»Atmet er noch?«

»Ja, aber er bekommt kaum Luft.« Ungeduldig presste Sina das Handy ans Ohr.

»Bleiben Sie bitte bei ihm und beruhigen Sie ihn.«

»Okay«, antwortete sie mit zittriger Stimme.

»Ich benötige die genaue Adresse.«

»Gut Schwansee in Waabs bei Eckernförde.«

Für einen Moment war es still in der Leitung.

»Hallo? Sind Sie noch dran?«

»Ja, natürlich. Ein Rettungswagen ist unterwegs. In zehn Minuten müsste er da sein.«

Nachdem sie aufgelegt hatte, atmete Sina aus und wandte sich besorgt wieder ihrem Chef zu. Alberts Augen waren immer noch geschlossen. Schweißperlen glänzten auf seiner Stirn. Mit zwei weiteren Küchenhandtüchern versuchte Sina, seinen Oberkörper höher zu lagern. Dann öffnete sie die Knöpfe der Kochjacke, damit er besser atmen konnte. Es gab niemanden, den sie um Hilfe bitten konnte. Susanne und Bernhard Cornelius besuchten mit ihrem Sohn Nathan ein Familienfest in Eutin, Leni, ihre beste Freundin, war für zwei Tage zu ihren Eltern nach Bremen gefahren, und alle anderen, die hier arbeiteten, waren um diese Zeit längst zu Hause. Hendrik, der jüngere Sohn der Gutsbesitzerfamilie, hielt sich im Sommer in einem Wohnwagen auf dem nahe gelegenen Campingplatz am Ostseestrand auf, wo er Urlaubsgästen das Surfen beibrachte. Nach Feierabend war er aber oft noch unterwegs und traf sich mit Freunden. Seine unbekümmerte und lebensfrohe Art faszinierte Sina. Seit sie mit ihm und Leni einmal die Surfschule in Schwedeneck besucht hatte, spukte er ihr immer wieder im Kopf herum. Sina überlegte, ob sie ihn anrufen sollte, aber vielleicht war das doch keine so gute Idee. Sie war wohl vorerst auf sich allein gestellt.

Albert stöhnte. Sina nahm seine Hand und strich ihm über die Wange.

»Hilfe ist unterwegs«, flüsterte sie, »der Rettungswagen ist gleich da.«

Seine Lider flatterten, angestrengt hob er den Kopf an und öffnete die Lippen.

»Psst, nicht reden. Alles wird gut, ich bin bei dir.«

Ihr Blick wanderte zur Uhr, die über dem Eingang zur Küche hing. Es waren gerade einmal zwei Minuten vergangen. Sie wusste, dass sie sofort mit der Herz-Lungen-Wiederbelebung beginnen musste, wenn die Atmung aussetzte, und versuchte, sich an den Erste-Hilfe-Kurs zu erinnern. Ihr Herz flatterte in der Brust. In der Theorie hörte sich das alles so einfach an, aber jetzt erschien es ihr fast unmöglich. Sina hoffte inständig, dass es so weit nicht kommen würde.

Plötzlich fiel es ihr siedend heiß ein: Elisabeth! Sie musste unbedingt Alberts Frau informieren. Aber erst einmal würde sie bei Albert bleiben. Nervös blickte sie erneut auf die Uhr – schon sechs Minuten waren vergangen. Jetzt müsste der Rettungswagen bald hier sein, hoffentlich.

Sie überprüfte den Puls ihres Chefs, dessen Augen wieder fest geschlossen waren. Er war aschfahl im Gesicht.

Im nächsten Moment ließ ein Motorgeräusch Sina aufhorchen. Sie sprang auf, rannte zur Tür und hielt sich schützend die Hand vors Gesicht, als das Blaulicht sie blendete.

»Hierher, hierher!«

Die beiden Rettungssanitäter sprangen aus dem Fahrzeug, verschwanden kurz dahinter und holten die Trage heraus, die sie eilig in die Küche schoben.

Sina deutete mit dem Kopf auf ihren Chef. »Er atmet, aber der Puls ist schwach.«

Der Notarzt, ein junger Mann mit Brille und hellen wachen Augen, nickte. »Das haben Sie alles sehr gut gemacht. Wir übernehmen jetzt. Gibt es jemanden, den Sie informieren können?«

»Ja, Elisabeth, seine Frau.«

»Okay, würden Sie das bitte tun? Wir bringen ihn ins Kreiskrankenhaus.«

Sina trat zurück und beobachtete, wie die Sanitäter Albert auf die Liege hievten und festschnallten. Dann hielt sie ihnen die Tür auf und folgte den Männern bis zum Rettungswagen.

Der Notarzt nickte ihr noch einmal zu, dann ließ sein Partner die Hecktür ins Schloss fallen. Sina hatte erwartet, dass sie sofort losfahren würden, aber nichts passierte – nur das Blaulicht drehte sich im Kreis und hüllte den Innenhof des Gutes in ein gespenstisch wirkendes Licht. Das war kein gutes Zeichen, dachte sie, und presste ihre Handflächen aufeinander. Sie schob den Gedanken beiseite, dass er womöglich im Sterben lag. Das durfte einfach nicht sein! Die Sekunden dehnten sich zu einer kleinen Ewigkeit. Endlich startete der Fahrer den Motor. Sina atmete auf.

Sie blickte dem Fahrzeug nach, bis es verschwunden war, dann rief sie sofort Elisabeth an. Zum Glück gelang es Sina relativ schnell, sie einigermaßen zu beruhigen und davon zu überzeugen, dass sie nicht selbst ins Krankenhaus fuhr, sondern sich ein Taxi rief.

Sina ging zurück in die Küche, schnappte sich ein sauberes Handtuch und tupfte ihr Gesicht damit ab. Jetzt, als das Adrenalin nachließ, zitterte sie am ganzen Körper. Hoffentlich hatte sie alles richtig gemacht!

Sie schob die Kräuter, die auf dem Holzbrett lagen, zusammen und ließ sie in einen Glasbehälter rieseln. Dann deckte sie die Schüssel, in dem sich der Teig für die Brötchen befand, mit einem sauberen Tuch ab und stellte ihn kalt. Alles Aufgaben, die ihr in diesem Moment irgendwie unpassend erschienen, aber so hatte sie zumindest etwas zu tun und konnte sich ablenken. Schließlich wischte sie noch die Arbeitsplatten, fegte den Boden und kontrollierte, ob alle Vorräte vorhanden waren. Die Sorge um Albert ließ sie jedoch nicht los. Als Küchenchef war er normalerweise für die Planung des Einkaufs und die Bestellungen zuständig. Wenn er länger ausfiel, würde sie das vorübergehend übernehmen müssen. Sina zog die dunkelgraue Kochjacke aus, hängte sie an einen der

Haken hinter der Tür und verließ nachdenklich das Hofcafé.

Ihre kleine Wohnung befand sich neben dem Torhaus und der Tenne, in dem Leni ihren Laden Überall für Vintage-Möbel und Dekoartikel betrieb. Ihre Freundin wohnte zusammen mit Nathan in dem roten Backsteinhaus schräg gegenüber vom Springplatz. Außerdem war in diesem Seitenflügel der Hofladen untergebracht, in dem die Familie Cornelius Produkte vom Gut und aus der Region Schwansen verkaufte. Seit zwei Jahren lebte und arbeitete Sina hier, nachdem sie ihre Kochlehre in Lütjenburg beendet hatte, und mittlerweile war Gut Schwansee ihr zweites Zuhause geworden.

Sie überquerte den Innenhof, öffnete die Eingangstür und stieg die alten, knarrenden Holzstufen zu ihrer Wohnung hinauf. In der Küche öffnete sie zuerst den Kühlschrank und holte eine Flasche Mineralwasser heraus. Zwar war sie nicht mehr so aufgeregt wie vor einer halben Stunde, aber immer noch sehr unruhig. Sie hoffte inständig, dass sie wirklich alles richtig gemacht hatte und die Ärzte Albert helfen konnten. Nachdem sie sich ein Glas eingeschenkt hatte, stellte sie sich ans Fenster und blickte hinaus auf das Herrenhaus zu ihrer Linken, das von einem Wassergraben umgeben war. Susanne und Bernhard Cornelius wohnten in dem vierstöckigen, über vierhundert Jahre alten Backsteingebäude mit weißen Sprossenfenstern, das um diese Tageszeit von unten angeleuchtet wurde. Außer ihren privaten Wohnräumen befand sich dort der Goldene Saal, in dem große Veranstaltungen wie Hochzeiten und Jubiläumsfeiern stattfanden. Schon oft hatte Sina sich gefragt, welche Liebesgeschichten, Affären und Tragödien sich hinter den dicken Mauern im Laufe der Jahrhunderte wohl abgespielt hatten. Besonders gefiel ihr die kleine gemauerte Brücke, die vom Haupteingang auf den Innenhof über den Wassergraben führte. Gegenüber des Hofcafés befand sich der alte Hengststall, in dem Nathan zehn seiner Pferde untergebracht hatte. Wenn die neue Halle fertig gebaut war, sollten die Vierbeiner dorthin umziehen. Kurz flackerte die Erinnerung an den Sturm im Frühjahr vor einem Jahr auf. Eine starke Böe hatte das komplette Dach von der alten Reithalle weggerissen, außerdem hatten sich Backsteine aus dem Mauerwerk der Gutsgebäude gelöst, und Dachziegel waren durch die Luft geschleudert worden. Zum Glück hatte sich niemand verletzt.

Sina seufzte. Sie konnte jetzt nicht untätig warten oder ins Bett gehen, sie musste wissen, wie es um Albert stand.

2

Sinas Auto, ein alter Golf, den sie von ihren Eltern geschenkt bekommen hatte, stand auf dem Besucherparkplatz von Gut Schwansee. Dieser war vor einiger Zeit neu angelegt worden, da viele Ausflugsgäste, die ein paar schöne Stunden an der Ostsee in Eckernförde verbracht hatten, anschließend Gut Schwansee besichtigten. Bernhard Cornelius bot Führungen im Gutshaus an, die sehr spannend und kurzweilig waren. Er führte die Besucher durch die prunkvollen Räume, das gemütliche Kellergewölbe und den Goldenen Saal und brachte die Menschen mit seinen Anekdoten zum Schmunzeln. Danach gab es stets leckeren Kuchen für alle im Hofcafé – und das hatte sich zu einem richtigen Renner entwickelt. Sogar Reisebusse steuerten manchmal das Gut an, und die Touristen ließen sich den Kirschstreusel- und Apfelkuchen und die Rhabarberschnitten mit Baiser schmecken.

Sina setzte sich in ihr Auto, schnallte sich an, schloss kurz die Augen und drehte den Zündschlüssel. Puh! Zum Glück sprang der Motor diesmal ohne Probleme an. Sie setzte zurück und bog dann auf die Landstraße in Richtung Eckernförde ab.

Während sie fuhr, beruhigten sich langsam ihre Nerven. Rechts und links ragten meterhohe Laubbäume in den dunklen Himmel, dahinter breitete sich die sanft hügelige Landschaft aus, die nur schemenhaft zu erkennen war. Normalerweise lag sie um diese Zeit schon im Bett. Ihre Augen brannten, und sie unterdrückte ein Gähnen.

Eine halbe Stunde später betrat Sina den Eingangsbereich des Kreiskrankenhauses, in dem einige Tische mit Stühlen und Grünpflanzen standen. Ein Patient in einem grau gestreiften Morgenmantel spazierte dort zusammen mit einer Besucherin, die leise auf ihn einredete. Sina folgte den Hinweisschildern, bis sie eine gläserne Tür mit der Aufschrift »Notaufnahme« erreichte. Im Wartebereich saß eine Mutter, die ihr kleines Kind auf dem Schoß festhielt und sanft hin- und herwiegte. Sie ging zur Anmeldung und erfuhr von einer jungen blonden Krankenschwester, dass Elisabeth bei ihrem Mann sei. Sina setzte sich in den Wartebereich und war kurz darauf allein, als die Mutter mit ihrem Kind aufgerufen wurde. Sie musste dringend die Familie Cornelius informieren. Doch weder Herr und Frau Cornelius noch deren ältester Sohn waren erreichbar … Da gab es nur noch einen, der infrage kam. Vielleicht war Hendrik ja gar nicht unterwegs. Entschlossen holte sie ihr Handy hervor, strich über das Display und rief ihre Kontakte auf. Hendriks Handynummer hatte sie eingespeichert – für den Notfall. Sina holte tief Luft, dann tippte sie auf »Anrufen«.

»Sina?«

Als sie seine warme Stimme hörte, lief ihr ein kleiner Schauder über den Rücken.

»Ja, ich bin's«, erwiderte sie betont ruhig, obwohl ihr das Herz bis zum Hals pochte.

»Ist alles gut bei dir?«

»Bei mir ja«, antwortete sie. Dann schilderte sie ihm in Kurzfassung, was geschehen war.

»Danke, dass du dich gemeldet hast«, erwiderte er, und Sina spürte, wie sich ihre innere Anspannung etwas löste. »Ich komme sofort.«

»Aber …«

»Kein Aber! Warte auf mich, okay?«

Auf dem Weg zum Krankenhaus wirbelten Hendriks Gedanken durcheinander. Normalerweise kümmerte er sich kaum um die Geschehnisse auf dem Gut seiner Eltern, weil sein Bruder Nathan mittlerweile für fast alles verantwortlich war. Doch dies war ein Notfall, und er hatte keine Sekunde gezögert und sich nach Sinas Anruf sofort auf den Weg gemacht. Er hoffte, dass es Albert den Umständen entsprechend gut ging.

Bestimmt war er im Krankenhaus jetzt in guten Händen. Bei einem Herzinfarkt kam es auf jede Sekunde an. Als Rettungsschwimmer hatte er solche Situationen am Meer schon häufiger erlebt. Zum Glück hatte er bislang alle Betroffenen durch Mund-zu-Mund-Beatmung und eine Herzdruckmassage bis zum Eintreffen des Krankenwagens retten können. Hendrik war froh, dass er Sina in dieser Situation beistehen konnte. Um kurz nach Mitternacht erreichte er die Notaufnahme. Als er Sina einsam auf dem Stuhl im Flur sitzen sah, schlug sein Herz ein paar Takte schneller. Ihr hellblondes Haar schimmerte im Licht der Deckenbeleuchtung, und ein Lächeln huschte über ihr Gesicht, als sie ihn sah. Sein Blick verfing sich in ihren großen Augen, und als er ihre leicht geröteten Wangen bemerkte, hielt er kurz die Luft an. Plötzlich hatte er das seltsame Gefühl, als würde er sie neu kennenlernen, obwohl sie bestimmt schon zwei Jahre auf Gut Schwansee arbeitete, wenn er sich richtig erinnerte. Er konnte sich das auch nicht erklären, schließlich war sie für ihn keine Fremde – ganz im Gegenteil. Sie hatten sogar schon einmal etwas zusammen unternommen, Leni war auch dabei gewesen. Verrückt… Noch in Gedanken versunken, ging er auf sie zu. »Hendrik, endlich!« Sina sprang auf, lief ihm entgegen und blieb dann direkt vor ihm stehen. »Elisabeth ist noch nicht wieder zurück.«

Er spürte ihre Nähe, und die Haare auf seinem Unterarm richteten sich auf. Irritiert strich er sich eine Strähne aus dem Gesicht. Normalerweise ließ er sich nicht so leicht aus der Fassung bringen. Was war nur mit ihm los? Hendrik legte die Hände auf Sinas Schultern, bis sich ihre angespannte Muskulatur lockerte. »Warte hier, ich schau mal, ob ich etwas herausfinde.«

Er lief an der Anmeldung vorbei, aber weder dort noch in dem Büro nebenan war jemand. Als er sich wieder umdrehte, entdeckte er Elisabeth, die in ein Gespräch mit einem Arzt vertieft war. Hendrik blieb an der Wand gelehnt stehen und wartete, bis Alberts Frau dem Arzt die Hand schüttelte. Dann ging er langsam auf sie zu.

»Elisabeth?«

»Hendrik …« Sie wischte sich mit dem Handrücken über ihr schmales Gesicht. »Schön, dass du da bist.«

Er nahm sie in den Arm und drückte sie fest. Alberts Frau hatte er vom ersten Moment ihres Kennenlernens ins Herz geschlossen. Oft kam sie nach Gut Schwansee, um ihren Ehemann nach einem langen Arbeitstag abzuholen. Hendrik mochte ihre warmherzige, humorvolle Art. Sie arbeitete als Jobvermittlerin der Agentur für Arbeit in Eckernförde und war dafür bekannt, sich mit sehr viel Engagement für ihre Schützlinge einzusetzen. Elisabeths Augen waren gerötet, und die dunkelblonden Haare sahen zerzaust aus. Sie war schon fast sechzig, aber immer noch topfit. Hendrik hatte sie schon häufig morgens in der Ostsee schwimmen sehen – selbst im Winter. Aber jetzt wirkte sie mit einem Mal so zerbrechlich auf ihn.

»Wie geht es ihm?«, fragte er leise.

»Er liegt jetzt auf der Intensivstation. Er hat großes Glück gehabt, sagt der Arzt. Ein Herzinfarkt …«

Hendrik hakte sich bei ihr unter. »Keine Angst, er schafft das schon. Albert haut so leicht nichts um. Zum Glück hat Sina so schnell reagiert. Sie ist auch hier.«

Sina hob sofort den Kopf, als Hendrik mit Elisabeth den Wartebereich betrat. Die beiden Frauen umarmten sich herzlich.

»Was haltet ihr von einem Becher Kakao?«

Elisabeth lächelte. »Du bist ein Schatz.«

Hendrik ging zu dem Getränkeautomaten in der Ecke. Als er mit drei Bechern zurückkam, bedankte sich Elisabeth gerade bei Sina.

»Gott sei Dank warst du in Alberts Nähe. Ohne dich wäre er jetzt vielleicht …« Sie presste die Lippen aufeinander. »Ich hatte schon den ganzen Tag so ein komisches Gefühl.«

»Das war doch selbstverständlich. Jetzt ist er aber in guten Händen«, sagte Sina. »Wie geht es ihm denn?«

»Er ist noch nicht ansprechbar«, erwiderte Elisabeth mit tränenerstickter Stimme und nahm den Becher Kakao von Hendrik entgegen.

Sina legte ihr die Hand auf die Schulter. »Er ist hier gut aufgehoben, mach dir nicht zu große Sorgen. Am besten, ich fahre dich nach Hause, und dann ruhst du dich aus. Morgen sieht alles bestimmt schon ganz anders aus.«

Energisch schüttelte Elisabeth den Kopf. »Danke, das ist lieb, aber ich rufe mir ein Taxi, ich habe es ja nicht weit.« Sie blickte nun Hendrik an und deutete dann mit dem Kopf auf Sina. »Kümmere du dich mal lieber um die junge Deern. Sie hatte einen langen Tag und ist sicher erschöpft.«

»Wird gemacht!« Hendrik grinste.

Kurze Zeit später winkten Sina und Hendrik dem Taxi hinterher, bis die roten Rücklichter in der Dunkelheit verschwunden waren.

»Na, dann wollen wir mal«, sagte Hendrik schließlich.

Sina nickte. »Mein Auto steht dahin…«

»Ich bringe dich nach Hause«, unterbrach sie Hendrik. »So müde, wie du bist, setzt du dich besser nicht mehr ans Steuer.«

»Aber…«

Er umfasste ihre Schulter. »Nichts aber, morgen nach der Arbeit fahre ich dich wieder zu deinem Auto, okay?«

Sie nickte ergeben und folgte ihm zu seinem VW-Bus.

Sina zog in Hendriks Auto am Gurt, um sich anzuschnallen, doch das Teil ließ sich partout nicht aus der Verankerung ziehen.

»Lass mich das mal machen, der klemmt etwas.«

Ehe sie sich versah, beugte er sich über sie, und als seine lockigen Haare dabei ihre Wangen streiften, hielt sie für einen Moment die Luft an. Ihr Blick fiel auf seine hohen Wangenknochen, den leichten Bartschatten und sein markantes Kinn. Hendrik zog fest am Gurt. Dabei drang der herb-frische Duft seines Aftershaves in ihre Nase. Er drehte den Kopf zu ihr, bis sich ihre Augen trafen. Sina spürte eine seltsame Spannung, so als ob sie von einem riesigen Magneten angezogen werden würde. Sie lehnte sich etwas im Sitz nach vorne und presste die Füße in die Fußmatte. Hendrik löste sich schließlich von ihr und startete das Auto. Als er in den ersten Gang schaltete, streifte er aus Versehen mit der Hand ihr Knie. Sofort breitete sich von dort ein Kribbeln bis zu ihrer Hüfte aus. Sina spürte, wie Hendrik sie ebenfalls von der Seite musterte, bevor er seine Aufmerksamkeit wieder der Straße widmete. Sie kämpfte innerlich mit den Gefühlen, die Hendriks Nähe in ihr auslösten. Es knisterte, als ob jemand ein Tischfeuerwerk angezündet hätte. Das musste er doch auch spüren, oder?

»Gut, dass du mich angerufen hast. Was macht Albert nur für Sachen?« Er umfasste das Lenkrad noch fester, sodass die Knöchel seiner Hände hell hervortraten. »War er in letzter Zeit denn besonders gestresst?«

»Nicht mehr als sonst«, erwiderte Sina, erleichtert darüber, dass er die unangenehme Stille im Auto durchbrochen hatte. Seine Stimme klang ehrlich besorgt.

»Jetzt, wo die Sommersaison langsam startet, haben wir natürlich mehr zu tun, aber ich hatte nicht den Eindruck, dass ihm das zu schaffen gemacht hat.«

»Hoffentlich erholt er sich wieder.«

Das Brummen des Motors drang überdeutlich in Sinas Ohren. Sie war es nicht gewohnt, mit Hendrik allein zu sein. Das letzte Mal war sie zusammen mit Leni in Hendriks Bus gefahren, als sie seinen Freund Hinnerk, der eine Surfschule in Schwedeneck betrieb, besucht hatten. Seitdem hatte sie Hendrik privat kaum noch gesehen. Hin und wieder war er ins Hofcafé gekommen, aber meistens war irgendjemand dabei gewesen.

Nervös knetete sie die Hände, dann öffnete sie das Fenster einen Spalt. Schon besser.

»Ist alles okay mit dir?«

Sina drehte sich zu ihm, und als sich ihre Augen erneut kurz trafen, schlug ihr Herz schneller. Irritiert sah sie nach vorne.

»Ja, ich bin nur müde.«

»Kein Wunder«, erwiderte Hendrik, der sich auch wieder auf die Straße konzentrierte. »Bei dem, was du durchgemacht hast.«

Sina nickte langsam. »Das war wirklich heftig.«

»Woher wusstest du, was zu tun ist?«

»Ich habe vor ein paar Monaten einen Erste-Hilfe-Kurs gemacht.«

»Wahrscheinlich hast du ihm das Leben gerettet.«

Sina spürte, wie sie errötete. Sie nestelte an den Knöpfen ihrer Jeansjacke und sah verlegen aus dem Fenster.

»Das ist doch selbstverständlich«, sagte sie schließlich leise. Sie hielt einen Moment inne. »Ich weiß bloß gar nicht, wie es jetzt ohne Albert im Hofcafé weitergehen soll«, brach es schließlich aus ihr heraus.

»Ich rede morgen mit meiner Mutter, es wird sich bestimmt eine Lösung finden.«

»Das ist lieb von dir, danke.«

Als Hendrik auf die Landstraße in Richtung Gut Schwansee abbog, schaltete er das Fernlicht ein, und Sina war froh, dass er zugleich das Tempo drosselte. Es gab hier sehr viel Wild, deshalb musste man immer darauf gefasst sein, dass plötzlich ein Reh aus dem Gebüsch auf die Straße sprang. Leni hatte hier einen Wildunfall gehabt, als sie das erste Mal von Berlin nach Schwansen gekommen war. Sina musste schmunzeln, als sie daran dachte, wie unbeholfen sich Nathan Leni anfangs gegenüber verhalten hatte. Was war doch seither alles passiert.

Nach wenigen Minuten hatten sie ihr Ziel erreicht. Hendrik lenkte den Bus auf den Hof und parkte direkt vor dem Eingang zu Sinas Wohnung.

»Sicher, dass es dir gut geht?«

Sie nickte. »Danke, dass du ins Krankenhaus gekommen bist.«

»Das war doch das Mindeste!« Er lächelte ihr zu. »Ich bin froh, dass du mich angerufen hast.«

Als Sina ihre Wohnung betrat, atmete sie erst einmal tief durch. Sie hängte ihre Jeansjacke an die Garderobe und streifte die Sneakers ab. Dann ging sie in ihr kleines Wohnzimmer und ließ sich auf das Sofa fallen. Beim Anblick des leeren Körbchens neben der Tür fühlte sie einen Stich in ihrem Herzen. Snow, ihre Katze, war vor einiger Zeit gestorben. Wie sehr hätte sie jetzt ihren Trost gebrauchen können. Manchmal kam es ihr immer noch so vor, als würde sie gleich um die Ecke spazieren, um auf Sinas Schoß zu springen. Sie vermisste das kleine weiße Fellknäuel so sehr. Immerhin war sie sechzehn Jahre alt geworden, obwohl sie Probleme mit der Schilddrüse und mit dem Herzen gehabt hatte. Später kam noch Arthrose hinzu, und als es zu Ende ging, hatte sie sich nicht mehr auf die Seite legen können. Sina spürte ein schmerzhaftes Ziehen in der Kehle, als sie an den Todestag ihres Tieres dachte. Wenigstens war sie an ihrem Lieblingsplatz, in der Wohnzimmerecke hinter dem Sofa, friedlich eingeschlafen.

Sina holte sich ein halbes Glas Wein aus der Küche. Sie musste erst mal runterkommen. Doch ihre Gedanken wanderten sofort wieder zu Hendrik. Warum nur war sie auf der Rückfahrt derart schweigsam gewesen? Sie war doch sonst nicht so verschlossen. Aber irgendwie hatte sie die ganze Zeit Angst gehabt, etwas Falsches zu sagen. Wie aus dem Nichts flackerte die Erinnerung an den schlimmsten Tag ihres Lebens vor ihrem inneren Auge auf. Ihr Magen zog sich schmerzhaft zusammen. Zwei Jahre und vier Monate waren seitdem vergangen. Am meisten quälte sie immer noch die Frage nach dem Warum. Doch derjenige, der ihr darauf hätte antworten können, war komplett von der Bildfläche verschwunden.

3

Als Sina am nächsten Morgen vom Piepen des Weckers wach wurde, wusste sie für einen Moment nicht, wo sie überhaupt war, so tief und fest hatte sie geschlafen. Helles Licht drang durch das Fenster hinein, denn sie hatte vergessen, die Gardinen zuzuziehen. Sina blinzelte und zog sich die Decke über den Kopf. Sofort wanderten ihre Gedanken zurück zu der Autofahrt mit Hendrik, und ein euphorisches Gefühl durchströmte sie. Er hatte sich so lieb um sie gekümmert, sie sogar nach Hause gefahren, obwohl sie mit dem eigenen Auto zur Klinik gekommen war. Das konnte doch nur bedeuten, dass sie ihm nicht gleichgültig war, oder? Aber vielleicht hätte er bei jeder anderen Frau genauso gehandelt. Sina seufzte und sprang aus dem Bett. Sie musste auf jeden Fall pünktlich in der Küche stehen, um alles für das Frühstück vorzubereiten. Gleich würde Paul, der Stallbursche, die Pferde füttern, und danach freute er sich auf sein Frühstück im Hofcafé. Auch die anderen Mitarbeiter von Gut Schwansee würden kurze Zeit später eintrudeln. In Windeseile duschte sie, zog sich ihre Arbeitsklamotten über, trug etwas Wimperntusche auf, und schon war sie startklar. Es machte ihr nichts aus, früh aufzustehen, im Gegenteil: *Der frühe Vogel fängt den Wurm!* Diesen Spruch hatte sie schon als Kind von ihrem Vater gehört, und auch ihre Mutter war eine Frühaufsteherin. Ihre drei Geschwister waren allerdings kleine Langschläfer. Sie lächelte, als sie an ihre jüngeren Brüder dachte. Sie musste unbedingt mal wieder nach Hause fahren, seit Wochen hatte sie ihre Familie nicht mehr gesehen.

Als sie den Hof betrat, reckte sie den Kopf nach oben und atmete die frische Luft ein. Nathan führte gerade seinen Hengst Moonlight auf die runde und weiß eingezäunte Koppel, die sich gegenüber des Hengststalls befand, und sie nickte ihm zu. Noch ein paar Schritte, dann hatte Sina das Hofcafé erreicht. Nachdem sie die Tür aufgeschlossen, das Licht eingeschaltet und durch den Gastraum zum Tresen gegangen war, ließ sie ihren Blick kurz über die rustikalen dunklen Tische und Stühle gleiten. Die Blumen in den kleinen Vasen ließen schon die Köpfe hängen, sie würde heute bei der Gärtnerei ein paar neue Sträuße bestellen müssen. Kurz kontrollierte sie, ob noch Geschirr herumstand, doch alles war sauber und ordentlich. Sie betrat die Küche, und als sie den Arbeitsblock in der Mitte erblickte, hielt sie einen Moment inne. Davor hatte gestern Albert gelegen und sich nicht mehr bewegt. Sie hoffte inständig, dass er so schnell wie möglich wieder gesund werden würde. Nun war sie das erste Mal komplett auf sich allein gestellt. Natürlich kannte sie mittlerweile die Abläufe und wusste genau, was zu tun war, wenn Bestellungen eingingen oder Veranstaltungen vorzubereiten waren. Dennoch hatte sie bisher nur allein gearbeitet, wenn Albert im Urlaub gewesen war – und das war immer höchstens eine Woche gewesen. Sie zog sich ihre graue Kochjacke über und zwirbelte ihre Haare zu einem Dutt zusammen. Der Teig für die Brötchen, den sie gestern angesetzt hatte, war über Nacht gut aufgegangen. Es konnte also losgehen.

Hendrik ließ Wasser in den Kessel laufen. Erst in einer guten Stunde musste er los, er konnte es also ruhig angehen lassen. Er stieß die Tür des Wohnwagens auf und hielt seine Hand schützend vor die Augen, als ihn die grelle Morgensonne blendete. Vielleicht hätte er gestern, als er endlich am Campingplatz angekommen war, doch nicht noch zwei Bier trinken sollen. Er setzte sich auf die zweistufige Stahltreppe, die er einmal auf einer Messe für den Airstream-Wohnwagen seiner Familie gekauft hatte. Jetzt im Sommer war er fast jeden Tag hier, manchmal schaute auch sein Bruder Nathan vorbei, wenn er sich mal eine Pause gönnte, was aber wegen des geplanten Baus der Reithalle selten vorkam. Schade eigentlich. Als Kinder und Jugendliche hatten sie fast den ganzen Sommer hier verbracht. Hendrik war aber auch gern allein, damit hatte er noch nie ein Problem gehabt. Im Gegenteil. Dann konnte er tun und lassen, was er wollte, und musste sich vor niemandem rechtfertigen. Als er noch mit Chiara zusammen gewesen war, war das anders gewesen. Jetzt war er wieder frei, doch noch immer schmerzte es ihn, dass sie von einem Tag auf den anderen mit ihm Schluss gemacht hatte. Erst viel später hatte er etwas über ihre Gründe erfahren, von einem Freund, der es »gut mit ihm gemeint« hatte. Er konnte noch immer nicht glauben, was Chiara angeblich gesagt hatte. Natürlich hätte er sie anrufen oder ihr wenigstens schreiben können, aber das würde schließlich auch nichts ändern. Sie hatte ihn verlassen, und die Gründe dafür waren letztendlich egal.

Er ließ seinen Blick über den weitläufigen Strand und die Ostsee gleiten, die heute türkisblau leuchtete. Die Sonne stand schon ziemlich hoch, und einige Camper hatten bereits ihre Handtücher ausgebreitet. Die Plätze in den mit Seegras bewachsenen Dünen waren besonders beliebt. Er erkannte Dieter, der seit Jahrzehnten Stammgast auf dem Campingplatz war, und winkte ihm kurz zu. Vielleicht würde er nach der Arbeit mal wieder bei ihm vorbeischauen. Dieters Frau Margret war für ein paar Tage zu ihrer Schwester Hanni nach Flensburg gefahren, deshalb hatte er sturmfrei.

Als der Kessel zu pfeifen begann, ging Hendrik wieder hinein, ließ Kaffeepulver in den Filter rieseln und goss vorsichtig Wasser auf. Für ihn schmeckte frisch aufgebrühter Kaffee immer noch am besten. Den leckersten machte allerdings Sina im Hofcafé. Sicher stand sie schon lange in der Küche, sie war sehr zuverlässig, das hatten seine Eltern und auch Nathan immer wieder betont. Am liebsten hätte er sie gestern, als er sie dort auf dem Flur der Notaufnahme gesehen hatte, in den Arm genommen. Aber dann hatte er es doch als unpassend empfunden, schließlich war sie eine Angestellte seiner Familie. Woher kam nur dieser plötzliche Wunsch, sie näher kennenzulernen?

Sina seufzte innerlich, als Susanne Cornelius kurz vor Feierabend das Hofcafé betrat, den Gästen zunickte und auf sie zukam. Das hatte ihr gerade noch gefehlt. Trotz der sommerlichen Temperaturen trug ihre Chefin ein dunkelbraunes Kostüm, dazu passende Strümpfe und hochhackige Pumps aus Wildleder. Der einzige Farbtupfer war das violett-maisgelb gemusterte Hermès-Tuch, das sie gekonnt um ihren Hals geknotet hatte.

»Sina, haben Sie einen Moment Zeit?« Sie zog ihre perfekt gezupften Augenbrauen hoch. »Ich muss etwas mit Ihnen besprechen.«

»Natürlich, möchten Sie einen Kaffee?«

Frau Cornelius nickte knapp, bevor sie einen Anruf entgegennahm. Mit einer wedelnden Handbewegung deutete sie auf den Vierertisch in der Ecke und steuerte darauf zu. Sina kannte das schon. Ihre Chefin war immer beschäftigt, telefonierte ständig oder kommandierte ihre Mitarbeiter herum. Sie war auf dem Gut vor allem für die Veranstaltungen, also Hochzeiten, Jubiläen und Betriebsfeiern, zuständig, die entweder im Goldenen Saal oder im Kellergewölbe des Herrenhauses stattfanden. Sina und Albert sorgten bei diesen Events sowohl für die passenden Speisen und Getränke als auch für die Dekoration der Tische und der Räumlichkeiten.

Sina stellte die Kaffeetassen ab, setzte sich und wartete, bis Susanne Cornelius ihr Gespräch beendet hatte und sich ihr zuwandte.

»Albert wird mindestens sechs Wochen ausfallen, Sie müssen deshalb erst einmal allein zurechtkommen.«

Sina rutschte das Herz in die Hose. »Okay …«, sagte sie unsicher, »aber ich weiß nicht …«

»Das kriegen Sie schon hin«, unterbrach ihre Chefin sie. »Sie machen das doch nun schon lange genug.« Sie nippte an ihrer Tasse, dann fuhr sie fort. »Albert wird nach seiner Entlassung aus dem Krankenhaus noch zur Reha müssen, nach Damp wahrscheinlich, das hat mir seine Frau heute mitgeteilt.«

Sie hob den Kopf, als jemand zur Tür hereinkam.

Sina folgte ihrem Blick. Es war Bernhard Cornelius, Susannes Ehemann, der schnurstracks zum Tresen lief, als habe er sie gar nicht gesehen. Kurz danach betrat Hendrik das Hofcafé, und Sina hielt für einen Moment die Luft an. Als er sie sah, hob er nur kurz grüßend die Hand und folgte seinem Vater. Sinas Magen zog sich für einen Augenblick schmerzhaft zusammen. Nach dem gestrigen Abend kränkte sie diese unpersönliche Begrüßung ein wenig.

Susanne Cornelius schob Sina ein in der Mitte gefaltetes Papier über den Tisch. »Also, was ich eigentlich mit Ihnen besprechen will, ist Folgendes: In sechs Wochen erwarten wir eine Delegation mit wichtigen Leuten aus der Reitsportszene. Heute ist die Zusage per Fax gekommen.«

Sina sah ihre Chefin überrascht an.

»Die Teilnehmer wollen darüber diskutieren, ob sich Gut Schwansee als Austragungsort für ein Dressurchampionat eignet. Ein wichtiger Sponsor wird auch dabei sein.«

»Ein Dressurchampionat? Hier bei uns?«

Frau Cornelius runzelte die Stirn. »Warum denn nicht? Wenn Nathan mit der Halle fertig ist und der Außenplatz einen neuen Boden hat, kann hier jedes Turnier der Welt stattfinden. Die Herrschaften bleiben drei Tage. Am letzten Tag soll es ein Bankett geben, für das Sie verantwortlich sind. Die Einzelheiten besprechen wir natürlich noch.«

Sinas Herzschlag beschleunigte sich. »Aber wie soll ich das ganz allein schaffen?«

Ihre Chefin schlug mit der freien Hand auf die Tischplatte, nicht fest, aber doch so, dass Sina zusammenzuckte. »Das kriegen Sie schon hin!«

Sie griff nach ihrem Handy. »Sina, ich verlasse mich auf Sie!«

Damit war das Gespräch für sie offensichtlich beendet. Mit dem Handy am Ohr verließ Susanne Cornelius das Hofcafé. Sina nahm kopfschüttelnd die halb leeren Tassen in die Hand und kehrte zum Tresen zurück.

»Na, min Deern«, begrüßte Bernhard sie. »Schöön, dat wi uns seht.« Er stieß seinen Sohn mit dem Ellenbogen an.

Hendrik trug einen lässigen Hoodie und dazu ausgeblichene Shorts. Seine Haare waren zerzaust und noch feucht, wahrscheinlich hatte er heute schon Surfunterricht gegeben. Als er ihren Blick lächelnd erwiderte, schaute sie verlegen zur Seite. Sie nahm ein Glas, hielt es kurz prüfend in die Luft und stellte es dann in die Spüle.

»Was kann ich für euch tun?«

»Weest wat?« Bernhard grinste sie augenzwinkernd an. »Wi drinkt noch 'n lütten Jägermeister.«

»Geht klar!«

Sina war froh, dass sich die beiden Männer weiter unterhielten. Sie holte zwei matte Schnapsgläser mit dem eingravierten Logo des Gutes aus dem Tiefkühlfach, füllte sie bis zum Rand und stellte sie auf den Tresen. »Na denn, Prost!«

Während sie die Tische abwischte, beobachtete sie die beiden Männer aus den Augenwinkeln. Bernhard Cornelius war schon über sechzig, aber schlank und immer in Bewegung. Wenn es seine Zeit erlaubte, ritt er jeden Morgen bis zum Moor oder außerhalb der Saison auch an den Strand. Er war für alle Mitarbeiter und Gäste da, jeder konnte zu ihm kommen, wenn es ein Problem gab. Ohne ihn hätte Leni ihren Laden Überall bestimmt nicht eröffnet, er hatte sich immer für sie eingesetzt, auch gegenüber seiner Frau. Sie hörte lautes Fahrradklingeln und Gelächter, nickte Bernhard und Hendrik zu und zupfte ihre Kochjacke zurecht. Das musste die angekündigte Fahrradgruppe sein.

Als Sina um neun Uhr abends die Tür zu ihrer Wohnung aufschloss, war sie fix und fertig. Sie streifte ihre Turnschuhe ab und ließ sich aufs Sofa fallen. Netterweise hatte Hendrik sie tatsächlich nach der Arbeit zu ihrem Auto gefahren. Auf der Fahrt hatten sie sich allerdings nur über die neuesten Ereignisse auf Gut Schwansee unterhalten. Sina konnte sich auch nicht erklären, warum er seit ihrer Begegnung im Krankenhaus die ganze Zeit in ihrem Kopf herumspukte. Sie seufzte, stand auf und ging in ihre kleine, gemütliche Küche. Über der Arbeitsfläche hatte sie ein Regal angebracht, auf dem ihr Lieblingsgeschirr stand: Teller, Becher und Tassen aus bunt bemalter Keramik, die sie bei Etsy bestellt hatte. Sina liebte ihren pinkfarbenen Kühlschrank im amerikanischen Retrodesign, den sie mit Leni im Sozialkaufhaus entdeckt hatte. Sie holte sich ein alkoholfreies Bier heraus, öffnete es und trank in kleinen Schlucken.

Ihre Chefin hatte vielleicht Nerven! Allein würde sie die Arbeit im Hofcafé auf Dauer nicht schaffen. Wenn Albert für mehrere Wochen ausfiel – und das hatte Frau Cornelius ihr schließlich so verkündet –, müsste sie sich etwas einfallen lassen. Vielleicht konnten sie vorübergehend eine Hilfskraft einstellen. Ein paar Hofcafégäste zu bewirten war eine Sache, aber gleich eine ganze Gesellschaft, und dann auch noch für mehrere Tage? Andererseits hatte Sina schon immer davon geträumt, ihr eigenes Restaurant zu führen. Sie nippte gedankenverloren an dem Bier. Vielleicht war dies ja die Chance zu beweisen, dass sie nicht mehr die unerfahrene Jungköchin war, sondern viel mehr draufhatte.

Sie ließ den Blick über die Buchrücken ihrer Koch- und Backbücher gleiten, die in dem kleinen Holzregal neben dem Tisch aufgereiht waren: das Standardwerk *Der große Larousse Gastronomique*, das sie einmal antiquarisch erstanden hatte, aber auch *Meine bayerische Kochschule* von Alfons Schuhbeck und das Kochbuch von Johannes King, den sie sehr bewunderte. Einige

Rezepte aus den Büchern hatte sie bereits ausprobiert. Nur für sich hatte sie die Gerichte gekocht, selbstkritisch gekostet und bewertet. War jetzt der Zeitpunkt gekommen, auch anderen ihre Kochkünste zu präsentieren? Aber selbst wenn sie sich dazu durchringen würde, bräuchte sie Hilfe in der Küche, vor allem im Service. Sie musste Frau Cornelius unbedingt noch einmal darauf ansprechen.

Sina stellte die leere Flasche in die Küche und ging ins Bad, um zu duschen. Während sie sich vor dem kleinen Waschbecken abtrocknete, schaute sie in den Spiegel, der darüber angebracht war. Sie sah etwas blass aus, stellte sie fest, und dunkle Schatten lagen unter ihren blauen Augen. Ihre helle Haut war sehr empfindlich, sie beäugte kritisch einige rote Stellen und tupfte etwas Creme darauf. Dann zog sie ihren Bademantel über und ging barfuß ins Schlafzimmer. Ihr Bett aus massivem Buchenholz war zwei Meter breit und nahm fast den gesamten Raum ein. Davor stand ihr weißer Kleiderschrank, den sie vom Vormieter übernommen hatte. Sina setzte sich auf die Bettkante, stützte sich nach hinten ab und betrachtete das Möbelstück. Sie starrte auf die linke Tür, die sie immer sorgsam verschlossen hielt, und ungebetene Erinnerungsfetzen blitzten in ihrem Kopf auf. Der Schlüssel lag in der Schublade des Nachtschränkchens, das links neben ihrem Bett stand. Seit Wochen schon hatte sie nicht mehr hineingeguckt, weil sie sich nicht immer wieder selbst quälen wollte. Außerdem war sie abends meistens sowieso viel zu erschöpft. Sina ließ sich nach hinten auf die Überdecke fallen und streckte ihre Arme zur Seite aus. Sie war so unglaublich müde, aber dennoch ließ sie sich von den Bildern der Vergangenheit mitreißen. Es hätte damals so ein schöner Tag werden können – wie sehr hatte sie ihn herbeigesehnt! Monatelang hatten die Vorbereitungen gedauert, und sie hatte jede freie Minute dafür investiert, obwohl sie gerade inmitten der Abschlussprüfungen ihrer Kochausbildung gesteckt hatte. Es war wie ein Traum, der endlich in Erfüllung gehen sollte, genau so, wie sie es sich schon als kleines Mädchen ausgemalt hatte. Aber dann … Noch immer wusste sie nicht, wie das alles hatte passieren können, und vor allem hatte sie noch keine Antwort darauf gefunden, was sie falsch gemacht hatte.

Am nächsten Morgen war Paul wieder einmal der Erste, der das Hofcafé betrat.

»Moin, Sina«, begrüßte er sie, als er seinen Becher mit schwarzem Kaffee entgegennahm, setzte sich an den kleinen Tisch für zwei Personen und drehte sich eine Zigarette. Er würde sie später auf dem Weg in den Stall rauchen, das gehörte zu Pauls Morgenritual. Er war der dienstälteste Mitarbeiter, ein zuverlässiger Stallbursche, auf den sich Nathan und Bernhard hundertprozentig verlassen konnten. Seit Sina auf dem Gut arbeitete, hatte er noch keinen Tag gefehlt. Er liebte die

Hausmannskost, die Albert mittags kochte, Frikadellen mit Bratkartoffeln waren sein absolutes Lieblingsessen. Heute würde er sich mit Erbsensuppe begnügen müssen, die vom Fest der freiwilligen Feuerwehr übrig geblieben war. Die Reste hatte Sina eingefroren. Für die kommenden Tage musste sie sich heute unbedingt einen Plan machen, damit sie den Überblick über die Vorräte behielt.

»Hast du heute viel zu tun?«, fragte sie Paul, während sie ihre Einkaufsliste überflog.

»Nö, geht so«, erwiderte er und kratzte sich am Kinn. »Das Übliche eben: füttern, misten und den Hof fegen.« Er steckte sich seine fertig gedrehte Zigarette hinters Ohr. »Das passt schon.«

»Dann viel Spaß heute!« Sie nickte ihm zu, schnappte sich ein Handtuch, ging in die Küche und öffnete den Herd. Ein verlockender Duft strömte ihr entgegen, und Sina freute sich über den Anblick. Ihr Apfelkuchen war perfekt aufgegangen und gleichmäßig gebräunt. Das Rezept hatte sie einmal von ihrer Oma bekommen und im Laufe der Jahre immer wieder verfeinert. Ein einfacher Rührteig aus zimmerwarmer Butter, Bioeiern, Zucker, Vanille, fein gesiebtem Mehl und Backpulver war die Basis. Die Äpfel mussten unbedingt süßsäuerlich sein und in gleichmäßige Viertel geschnitten werden. Wichtig war zudem, dass die Backtemperatur nicht zu heiß war, hundertachtzig Grad reichten vollkommen aus. Dann ging der Teig besonders gut auf, und die Äpfel versanken gleichmäßig darin. Sie zog das Blech heraus und stellte es auf die Ablage. Als sie sich umdrehte, lehnte Hendrik im Türrahmen. »Da komme ich ja genau richtig.«

Sina spürte, wie sich ein leichtes Kribbeln in ihrem Körper ausbreitete. »Bist du aus dem Bett gefallen?«

Er grinste. »Ich habe noch gar nicht geschlafen.«

»Bist du krank?«

»Nein, ich war bei einem Kumpel.«

»Mitten in der Woche?«

»Ja, warum nicht? Dieter hatte sturmfrei, und wir haben ein paar Bier getrunken.«

Sina blinzelte. »Und jetzt brauchst du wahrscheinlich einen Kaffee?«

Er ging einen Schritt auf sie zu. »Das wäre echt super.«

Sie musterte ihn kurz, und ihr Blick verfing sich in seinen Locken und wanderte von dort aus weiter. Heute trug er ein enges weißes Shirt, unter dem sich seine Muskeln abzeichneten, und verwaschene Shorts. Seine Beine und Arme waren golden gebräunt – eine Farbe, die man wohl nur bekam, wenn man fast jeden Tag auf dem Wasser war. Er strahlte etwas sehr Männliches aus, und Sina verspürte auf einmal den Drang, sich an seine Schulter zu lehnen. Schnell verscheuchte sie den Gedanken. Hendrik hatte noch nie etwas anderes in ihr gesehen als eine gute Bekannte, sie wäre verrückt, wenn sie sich plötzlich mehr einbildete.

Sina wandte sich ab, ging zum Tresen, holte einen Becher aus dem Regal und füllte Kaffee aus der Thermoskanne hinein. Kaum war sie damit fertig, stand er plötzlich hinter ihr. Sie spürte seine Nähe und ihre plötzliche Anspannung, und als sie sich umdrehte, blickte sie in seine Augen, deren Farbe je nach Licht von einem dunklen Blau zu einem leuchtenden Türkis changieren konnte. In seinen unglaublich langen Wimpern glitzerten Salzkristalle.

»Danke!«

Er nahm ihr den Becher aus der Hand und streifte dabei ihre Haut. Die kurze Berührung ließ sie beide leicht zusammenzucken. Peinlich berührt merkte Sina, wie sie rot wurde.

Er trank einen Schluck, ohne den Blick von ihr abzuwenden. »Meine Mutter hat mir erzählt, dass du jetzt alles erst einmal allein managen musst?«

»Ja, das stimmt, aber ich habe ihr auch gesagt, dass ich das ohne Hilfe nicht schaffen kann. Doch davon wollte sie nichts hören …« Sina blickte ihn zweifelnd an.

»Ich finde es gut, dass du ihr Paroli bietest«, erwiderte er, und seine Stimme klang sanft und einfühlsam. »Sie kann ja schon ziemlich …«

»Dominant sein?« Sina schmunzelte.

»Du bringst es auf den Punkt!« Er grinste. »Ich muss los. Wenn du Hilfe brauchst, melde dich, okay?«

Sina nickte, blieb mit dem Rücken an die Spüle gelehnt stehen und verfolgte ihn mit ihrem Blick, bis er das Hofcafé verlassen hatte. Dort, wo sich ihre Hände für einen Moment berührt hatten, brannte ihre Haut. Sie strich gedankenverloren mit dem Zeigefinger über die Stelle. Es war lieb von ihm, ihr seine Hilfe anzubieten, aber sie zweifelte, ob er dazu überhaupt in der Lage war. Würde er morgens früh aufstehen, um ihr in der Küche zu helfen? Wohl kaum. Die ganze Nacht mit einem Kumpel Bier trinken – und das an einem Arbeitstag. So viel Zeit hätte sie auch gern mal.

Sie schenkte sich eine Tasse Kaffee ein und ging vor die Tür. Die Sonne wärmte ihr Gesicht. Am liebsten hätte sie jetzt eine Zigarette geraucht, aber das hatte sie vor einem Jahr aufgegeben. Zu teuer und zu ungesund. Sie nippte an ihrem Kaffee und betrachtete das Herrenhaus. Hier waren Hendrik und Nathan aufgewachsen – in Zimmern so groß wie Ballsäle. Zwar würde Nathan als erstgeborener Sohn später Gut Schwansee erben, aber sicher würde auch Hendrik nicht leer ausgehen. Sina seufzte, als sie an das kleine Haus dachte, in dem sie ihre Kindheit und Jugend verbracht hatte. Ihre Schularbeiten hatte sie in der Küche erledigt, in ihrem kleinen Zimmer unter dem Dach war nur Platz für ein Bett und einen Schrank gewesen. Schon als Zwölfjährige hatte sie einmal die Woche Zeitungen ausgetragen und stundenweise die Gartenarbeit für Nachbarn erledigt, um sich ihr kleines Taschengeld aufzubessern. Sie und Hendrik lebten in vollkommen anderen Welten.

Sina befahl sich, nicht ständig an ihn zu denken. Das waren bestimmt nur ihre Hormone, die verrücktspielten, oder die innere Uhr, die tickte. Viele ihrer ehemaligen Klassenkameraden waren schon verheiratet oder zumindest verlobt, erst vor zwei Wochen war sie auf der Hochzeit von Jenny und Bastian gewesen. Ihre Augen füllten sich mit Tränen, als sie an das Hochzeitskleid ihrer ehemaligen Schulkameradin dachte. Ein bodenlanger Traum in der klassischen A-Linie mit einem Oberteil aus perlenbestickter Spitze, dazu eine meterlange Schleppe und ein mehrlagiger Schleier, der mit einer zauberhaften, funkelnden Krone im lockigen Haar ihrer Freundin befestigt gewesen war.

Abrupt wurde Sina aus ihren Gedanken gerissen, als ein hagerer Mann mit buschigen grauen Augenbrauen sie ansprach. Sie hatte den Gast noch gar nicht bemerkt.

»Sind Sie hier für die Küche verantwortlich?«

»Ja, das bin ich.«

»Entschuldigen Sie, dass ich Sie so überfalle, aber Sie können nicht zufällig noch einen Koch gebrauchen?«

Sina ergriff perplex seine ausgestreckte Hand. »Können Sie hellsehen? Sie schickt der Himmel!«

4

Hendrik schlenderte mit seinem Kaffeebecher zur alten Reithalle, die bei einem heftigen Sturm im vergangenen Frühjahr fast vollständig zerstört worden war. Heftige Böen hatten das Dach vom Fundament gelöst und Teile davon bis auf den Innenhof katapultiert. Danach waren die Seitenwände fast komplett zusammengestürzt. Damals waren Sina und Leni in der Nähe des Moores unterwegs gewesen und hatten in einem alten Schafstall vor dem Unwetter Schutz gesucht, dessen Dach nach einer heftigen Böe ebenfalls eingebrochen war. Nathan und er hatten die beiden überall gesucht und schließlich auch gefunden, ihnen aber zunächst nicht helfen können. Sein Bruder war daraufhin zum Nachbargut gerast, um Hektor von Bardelow zu holen, der die Bretter und Steine mit dem Traktor beseitigt hatte. Als sie die Frauen endlich aus den Trümmern hatten befreien können, waren sie alle unglaublich erleichtert gewesen.

»Lässt du dich auch mal wieder blicken?« Sein Bruder stand mit einem älteren Mann, der einen orangefarbenen Schutzhelm trug, vor dem Gerüst der neuen

Reithalle schräg gegenüber vom Außenplatz. Nathan klopfte Hendrik kurz auf die Schulter und machte ihn mit seinem Bauleiter bekannt. »Okay, wir sind ja jetzt hier sowieso fertig«, sagte er dann zu Letzterem. »Lass uns morgen weiterreden?« Nathan wandte sich an Hendrik. »Komm, ich zeig dir, wie weit wir schon sind.«

Er holte zwei Schutzhelme aus dem Bauwagen und begann mit seiner Führung. Die Stahlrahmenkonstruktion der neuen Reithalle war bereits fertig. Nathan deutete auf einen abgetrennten Bereich zu seiner Rechten. »Dort werden die Ställe gebaut«, sagte er, »den Plan habe ich dir ja gezeigt.« Als Hendrik nickte, fuhr sein Bruder fort: »Dreißig Pferde werden wir dort unterbringen können.«

Seite an Seite liefen sie über den bereits platt gewalzten Boden der Reithalle, die ein Hufschlagmaß von zwanzig mal sechzig Metern erhalten würde, wie Nathan erklärte.

»Damit können wir auch Prüfungen bis zur schweren Klasse durchführen«, schwärmte er. Seine Augen leuchteten, als er ihm von dem geplanten Lichtfirst des Daches berichtete und den zur Stallgasse offenen Boxen mit angrenzenden Paddocks. »Das wird der Hammer!«

Hendrik wusste natürlich, dass Nathan schon immer davon geträumt hatte, Gut Schwansee zu einem Zucht- und Ausbildungsbetrieb für Trakehner Pferde auszubauen. Ihr Vater war genauso lange strikt dagegen gewesen, weil man damit seiner Ansicht nach kein

Geld verdienen könne. Dann hatte er sich aber nach dem großen Sturm dazu durchgerungen, den Plänen seines Ältesten zuzustimmen, zumal die Versicherung die Sturmschäden anstandslos bezahlt hatte. Ihre Mutter hatte sowieso nichts gegen Nathans Pläne. Schon seit Hendrik denken konnte, hatten die beiden das bessere Verhältnis zueinander gehabt. Seine Mutter versprach sich durch den Bau der von Nathan geplanten Reithalle neue Kunden für ihre Veranstaltungen aus der Pferdezucht- und Reitsportszene. Besonders die oft adligen Züchter der Trakehner Pferde, deren Familien aus Ostpreußen stammten, hatte sie dabei im Blick – und das waren genau die Menschen, denen Hendrik am liebsten aus dem Weg ging.

Als sie die Baustelle wieder verließen, kam gerade Leni mit Nathans Hund Sherlock um die Ecke. Sie küsste Nathan auf die Wange, und er zog sie mit einem Seufzer fest an sich.

»Da bist du ja, Süße«, sagte er, und Hendrik grinste innerlich über seinen Bruder, der sehr viel warmherziger geworden war, seit er sich Hals über Kopf in die quirlige Berlinerin verliebt hatte und sie nach einigen Irrungen und Missverständnissen ihr Großstadtleben aufgegeben und zu Nathan gezogen war.

Leni umarmte Hendrik zur Begrüßung und knuffte ihn in die Seite. »Na du, so früh unterwegs?«

»Ich habe durchgemacht.«

Leni zwinkerte ihm zu. »Dein Leben hätte ich gern!«

»In meinem Wohnwagen ist genügend Platz«, erwiderte er, und Nathan drohte ihm spielerisch mit der Faust. »Wage es ja nicht…«

»Hey, kein Stress, ist doch nur Spaß.« Wieder einmal wurde Hendrik schmerzhaft bewusst, dass er in der Familie das schwarze Schaf war. Nathan hatte nach dem Abitur erfolgreich sein Studium der Agrarwissenschaften beendet, arbeitete rund um die Uhr auf dem Gut und hatte eine bildhübsche, liebenswerte Freundin, die durch ihren Laden Überall zum wirtschaftlichen Erfolg des Gutes beitrug, während er sein Studium geschmissen hatte, als Surf- und Kitelehrer jobbte und keine feste Partnerin hatte.

Hendrik stieg in seinen VW-Bus, kurbelte das Fenster herunter und startete den Motor. Er war nun einmal kein Typ für ein Leben nach festen Regeln, aber dennoch wünschte er sich, dass seine Eltern ihn endlich so akzeptierten. Er seufzte. Zum Glück hatte er erst nachmittags einen Termin in der Surfschule, ein paar Urlauber aus Hessen hatten sich zu einer Schnupperstunde im Stand-up-Paddling angemeldet.

Schläfrig genoss Sina den Anblick der tanzenden Staubkörner in den Lichtstrahlen, die durch die Fensterläden fielen. Zum Glück musste sie an diesem Morgen heute nicht als Erste in der Küche sein. Susanne Cornelius hatte Samuel Ratje, den Koch, der auf Wanderschaft durch Schleswig-Holstein war, schließlich eingestellt. Sina hatte zwar etwas Überzeugungsarbeit leisten müssen, und natürlich hatte er nur einen befristeten Vertrag bis zu Alberts Rückkehr bekommen. Aber es hatte geklappt. Heute kümmerte sich Samuel um das Frühstück – was für ein Luxus! Gestern noch hatte sie ihm alles gezeigt und ihn in die Abläufe eingeweiht. Er hatte schon einmal in einem Hofcafé ausgeholfen, deshalb hatte er gleich angeboten, die Frühstücksschicht zu übernehmen.

Sina schob ihre Bettdecke beiseite, tapste barfuß in die Küche, brühte sich in Ruhe einen Kaffee auf und kehrte dann mit ihrem Becher ins Bett zurück. Herrlich! Sie trank in kleinen Schlucken und ließ dabei ihren Blick über die linke Tür ihres Kleiderschrankes gleiten. Ihr Herz schlug für einen Moment schneller, doch nach einigen tiefen Atemzügen beruhigte sie sich wieder. Ihre Gedanken wanderten zu Hendrik und ihrer kurzen Begegnung. Sein Angebot, ihr im Café helfen zu wollen, war wirklich nett, aber nun war sie froh, dass sie auch ohne ihn klarkommen würde. Er würde sie mit seiner Anwesenheit ohnehin zu sehr ablenken. Samuel war ein erfahrener Koch, der schon in vielen Restaurants in ganz Deutschland gearbeitet hatte, mit ihm würde sie die Bewirtung der Delegation aus der Reitsportszene hoffentlich gut meistern.

Sina trank den letzten Schluck von ihrem Kaffee, stellte den Becher auf das Nachttischchen und stieg aus dem Bett. Sie war gespannt, ob sie mit Samuel bei der Arbeit auf der gleichen Wellenlänge war.

Als Sina eine halbe Stunde später das Hofcafé betrat, stieg ihr sofort der vertraute, angenehme Duft nach frisch gebackenen Brötchen in die Nase. Samuel stand hinter dem Tresen und polierte Gläser. Er trug eine frisch gestärkte Kochjacke, und seine kurzen grauen Haare waren sorgfältig nach hinten gekämmt. An den Tischen saßen einige der Arbeiter, die für den Bau der neuen Reithalle verantwortlich waren. Sina winkte kurz Nathan zu, der in ein Gespräch mit dem Bauleiter vertieft war und flüchtig die Hand hob. Paul war wohl schon im Stall, er saß jedenfalls nicht mehr an seinem üblichen Platz. Auf dem Weg zur Küche nahm sie seinen schmutzigen Teller und den Kaffeebecher mit.

»Moin, Samuel«, begrüßte sie ihren neuen Mitarbeiter. Sina bemerkte leichte dunkle Schatten unter seinen hellgrauen Augen und fragte sich, ob er womöglich schlecht geschlafen hatte.

»Moin, Chefin«, erwiderte er lächelnd.

Sina blieb vor ihm stehen. »Bist du klargekommen?«

Er lächelte. »Logo, ist ja nicht das erste Mal, dass ich Frühstück mache.«

»Okay, super, ich bin dann mal in der Küche.«

Sina ging grinsend an ihm vorbei. Es war das erste

Mal, dass jemand sie als Chefin bezeichnet hatte. In ihrer Ausbildung war sie immer der Azubi – oder, schlimmer, die *Azubine* – gewesen und hier auf Gut Schwansee die Jungköchin.

Sie öffnete den Kühlschrank und überprüfte den Inhalt: Milch, Käse, Schinken und Wurst waren noch reichlich vorhanden, aber sie musste Eier, Sahne und Butter bestellen. Sie notierte die notwendigen Einkäufe auf einem Zettel und heftete ihn an die Pinnwand, denn die Beschaffung der Lebensmittel gehörte nun zu ihren neuen Aufgaben. Ein Glücksgefühl durchströmte sie: Ja, sie war vorübergehend die Chefin vom Hofcafé. Zum Mittagessen würde sie heute Bioschnitzel mit Pommes und einem kleinen Gartensalat anbieten und dazu die vegane Variante mit einem Möhren-Mais-Bratling. Sina schnappte sich ihre Kochjacke, band die Haare zu einem Dutt zusammen und griff zu ihrem Schneidemesser.

Hendrik stützte sich mit den Händen nach hinten ab und blickte auf die Ostsee, die im Licht der untergehenden Sonne orangerot leuchtete. Die Wellen plätscherten leise an den Strand, und zwei Möwen ließen sich von einer Windböe mit weit geöffneten Flügeln tragen. Dann stürzten sie sich kreischend auf die Wasseroberfläche, tauchten die Schnäbel ins Wasser ein, bis eine große Welle sie wieder zum Abheben zwang. Vor zehn Minuten hatten sich seine letzten Stand-up-Paddling-Schüler verabschiedet und versprochen, gleich morgen einen Kurs zu buchen. Er selbst konnte mit diesem Wassersport nicht besonders viel anfangen, aber die Urlauber liebten es, denn er war einfach zu erlernen. Schon nach kurzer Zeit waren Anfänger in der Lage, sich auf dem Brett auszubalancieren und über das Wasser zu gleiten. Auch kleine Wellen waren für die meisten kein Problem. Hendrik hatte sich diese neue Sportart innerhalb weniger Minuten angeeignet, und damit war für ihn der Reiz auch schon verflogen. Er liebte den Kitzel, der entstand, wenn man die eigenen Grenzen auslotete. Deshalb bevorzugte er das Surfen und Kiten, bei dem selbst ein Profi von einem Moment auf den anderen die Kontrolle über das Brett verlieren konnte.

»Hey, Hendrik, willst du auch ein Bier?«

Hinnerk, sein bester Kumpel und Arbeitgeber, setzte sich neben ihn in den Sand und reichte ihm eine eisgekühlte Flasche.

»Na klar, immer doch!«

Pilo, Hinnerks cremefarbener Mischling, legte sich hechelnd vor seine Füße. Hendrik strich ihm durch das nasse, sandige Fell.

»Na, wo hast du dich denn wieder rumgetrieben?«

Ein kurzes Bellen war Antwort genug.

Hendrik lachte. »Ach so, alles klar!«

»Wie ist es heute bei dir gelaufen?«, fragte Hinnerk.

»Alles super. Diese SUP-Kurse sind wirklich der Renner.«

Sein Freund nickte. »Ja, da hat man eben gleich Erfolgserlebnisse.«

Pilo rutschte zu seinem Herrchen und stupste ihn an. Hinnerk kraulte ihn ausgiebig hinter den Ohren, woraufhin Pilo die Augen schloss und die Lefzen entspannt hängen ließ. Dann legte er sich auf die Seite und streckte alle vier Beine von sich. Zwei junge Frauen in neonfarbenen Bikinis liefen an Hendrik und Hinnerk vorbei, guckten kurz zu ihnen hinüber und schlenderten dann kichernd weiter. Sein Freund streckte die langen, muskulösen Beine in den Sand und blickte den beiden Strandschönheiten hinterher.

»Haben wir nicht den besten Job der Welt?«

Hendrik trank einen Schluck aus seiner Flasche. »Jep!« Dabei ließ er seinen Blick kurz über Hinnerks Profil gleiten. Hendrik wusste, dass sein Freund zwar gern flirtete, aber nie weiter ging. Seit zwei Jahren war er mit Julie zusammen, die beiden hatten sich auf einem Dorffest kennengelernt und waren seitdem unzertrennlich. Ihr zuliebe hatte Hinnerk sogar seine Reisen zu den schönsten Surfrevieren der Welt in den Wintermonaten aufgegeben. Mit Wehmut dachte Hendrik daran, wo er selbst überall nach dem Abitur gewesen war. Erst war er nach Australien geflogen und nach ein paar Wochen dann weiter auf die Philippinen.

Bulabog Beach auf Boracay hatte ihn besonders fasziniert – einer der besten Kitespots, die er bisher kennengelernt hatte. Aber es gab noch so viele Länder, die er bereisen wollte: Neuseeland, Thailand, die Seychellen und natürlich Namibia. Es kribbelte in seinem ganzen Körper, wenn er daran dachte.

Hinnerk stieß ihn mit dem Ellenbogen an. »Ich habe mir übrigens etwas überlegt.« Er stellte sein Bier ab und fingerte eine Zigarettenschachtel aus der Seitentasche seiner Shorts.

»Ich dachte, du hast aufgehört?«, zog Hendrik ihn auf.

»Habe ich auch.« Hinnerk zündete sich eine Zigarette an, inhalierte tief und blies den Rauch langsam in die Luft. Dabei hatte er die Augen fest geschlossen. »Nur noch eine am Tag nach Feierabend.«

»Na, ob Julie das so gut findet?«

Hinnerk grinste. »Muss sie ja nicht wissen.« Er schnippte die Asche in einen kleinen Alu-Aschenbecher. »Hättest du nicht Lust, bei mir einzusteigen?«

»Was? Du meinst als dein Partner?«

»Ja, natürlich, als was denn sonst?«

Hendrik hielt für einen Moment die Luft an. »Das ist wirklich ein tolles Angebot, Hinnerk ...«, begann er und rang dann nach weiteren Worten. »Ich bin echt sprachlos«, sagte er schließlich.

Sein Freund grinste. »Überleg es dir in aller Ruhe.« Er drückte seine Zigarette aus. »Du weißt, was ich von dir halte. Du bist mein bester Lehrer, und ich arbeite gern mit dir zusammen. Gemeinsam könnten wir das hier noch größer aufziehen.« Er stand auf, schüttelte den Sand aus seinen Shorts und nickte Hendrik zu. »Wir reden demnächst noch einmal in Ruhe darüber, okay?«

Als Hendrik im VW-Bus saß und Richtung Campingplatz fuhr, dachte er über die Worte seines Freundes nach. Das Angebot war wirklich sehr verlockend. Er arbeitete gern mit Hinnerk zusammen, und es wäre bestimmt toll, wenn er als Partner das Angebot der Surfschule noch mehr mitgestalten könnte. Andererseits fürchtete er sich vor der Verantwortung, die er übernehmen müsste. Wenn er sich darauf einließ, wäre er nicht mehr frei und könnte nicht so spontan und so oft verreisen, wie er wollte. Er spürte, wie sich seine Kehle verengte, und er schluckte. Zum Glück musste er sich nicht sofort entscheiden. Hendrik fuhr die kurvige Landstraße entlang, bis er Gut Schwansee erreichte, bog dann aber nach ein paar Metern in Richtung des Campingplatzes ab. Mittlerweile war es dunkel geworden, aber die Nacht war sternenklar. Durch das halb geöffnete Fenster wehte der laue Sommerwind hinein, und er drosselte das Tempo. Hendrik hatte es nicht eilig. Er liebte diese Landschaft, die Halbinsel Schwansen zwischen der Schlei und der Ostsee, mit den sanften Hügeln, Wäldern und Seen, und wenn er über das Land und durch die ihm so vertrauten Orte wie Rieseby, Barkelsby und Thumby fuhr, fühlte er sich mit seiner Heimat tief verbunden. Jetzt im Sommer war es wirklich traumhaft an der Ostsee. Aber spätestens Ende August würde es hier in Schleswig-Holstein vorbei sein mit dem schönen Wetter. Dann würden ihm wieder tagelanger Dauerregen und böige Ostwinde die Laune verderben. In den vergangenen Jahren hatte er die Wintermonate deshalb überwiegend im Ausland verbracht.

Hendrik passierte die Einfahrt zum Campingplatz, folgte der schmalen Straße entlang der Wohnwagen und Zelte, bis er den Airstream-Wohnwagen ganz am Ende des weitläufigen Geländes erreichte. Er parkte den Bus, griff nach seiner Tasche und stieg aus. Der Schlüssel war in der kleinen Metalldose, die sich unter dem Wohnwagen befand, versteckt. Dieses kleine Geheimnis teilte er nur mit Nathan, schon als Kinder und Jugendliche hatten sie – besonders im Sommer – jede freie Minute hier unten verbracht. Hendrik öffnete die Tür, schaltete das Licht ein und ließ seine Tasche fallen. Der Wohnwagen war nicht sehr groß, aber unglaublich gemütlich. Ein Tisch mit zwei gepolsterten Sitzbänken befand sich dort, wo außen die Anhängerkupplung war. Gegenüber vom Eingang gab es eine Küchenzeile mit Gasherd, Spüle und einer kleinen Ablagefläche. Im Heck war ein Doppelbett untergebracht, und von dort konnte man durch drei Fenster aufs Meer schauen.

Hendrik holte sich ein Bier aus dem Kühlschrank und setzte sich an den Tisch, auf dem der Laptop stand. Er rief das Mail-Programm auf und klickte sich durch den Posteingang. Schön, sein Kumpel Nils hatte ihm etwas geschickt. Er schrieb, dass er sich für den Ironman-Wettbewerb auf Hawaii qualifiziert hatte:

Der findet zwar erst im Oktober statt, aber ich will schon ab Mitte August dort trainieren. Kommst du mit?

Puh! Hendrik verschränkte die Arme hinter dem Kopf und drückte den Rücken an die Lehne der Sitzbank. Dann nahm er das Bier, setzte sich draußen auf die Stufen vor dem Wohnwagen, legte den Kopf in den Nacken und blickte in den Sternenhimmel. Er hatte sich mit Nils schon oft über das Thema unterhalten, aber nicht damit gerechnet, dass sich sein Freund tatsächlich dazu entscheiden würde. In den vergangenen Jahren hatte Hendrik jede Gelegenheit, die sich ihm bot, ergriffen, um sein Leben in vollen Zügen auszukosten, denn alles konnte so schnell vorbei sein, das hatte er als Kind am eigenen Leib erfahren. Plötzlich drängte sich ein Gefühl von Panik in sein Bewusstsein. Noch immer quälten ihn Ängste, aber er hatte gelernt, damit auf seine eigene Art klarzukommen. Seine Eltern hatten ihn damals zwar ein paarmal zu dieser Kinderpsychologin geschleppt, aber die schmallippige Frau mit dem strengen Blick hatte ihn nur noch mehr verunsichert.

Er streckte die Beine von sich und atmete tief durch. Ein leises Zirpen drang aus den Dünen zu ihm herüber, und sofort breitete sich ein schmerzliches Verlangen in ihm aus. Hawaii hatte ihn schon immer gereizt. Am North Shore auf Oahu gab es eines der besten Surfreviere der Welt. Die riesigen Winterwellen waren legendär, und in dieser Zeit fanden die wichtigsten Surfwettkämpfe der Welt statt. Im August ging es etwas ruhiger zu, aber das wäre okay für ihn.

Hendrik stand auf und kehrte in den Wohnwagen zurück. Er klappte die Sitzfläche der Bank auf, holte ein Geschenk seiner Großeltern hervor und stellte es auf den Tisch. Der Leuchtglobus mit dem Holzfuß aus Buche aus den Fünfzigerjahren hatte er von ihnen zur Einschulung bekommen. Er drehte die Kugel, bis er den Pazifischen Ozean zwischen China und Nord- und Südamerika erreichte. Dort lagen die Hawaii-Inseln – fast genau auf der gegenüberliegenden Seite von Schleswig-Holstein, stellte er fest. Er strich mit dem Zeigefinger über das Gebiet und ließ seine Gedanken zu der Person wandern, die ihm nicht mehr aus dem Kopf ging. Seit er mit Sina im Krankenhaus gewesen war, löste sie etwas in ihm aus, aber er konnte seine Gefühle nicht einordnen. In der Küche hatte er sich von ihr angezogen gefühlt, und danach war er vollkommen verwirrt gewesen. Ihm gefiel ihr offener Blick und die Art, wie sie aufmerksam und freundlich auf Menschen zuging. Außerdem war sie wirklich hübsch, sehr sogar, und bei der Erinnerung an ihr hellblondes Haar breitete sich ein Flimmern in seiner Brust aus. Er schob den Globus beiseite und beschloss, sich mit seiner Entscheidung noch etwas Zeit zu lassen.

5

Sina stand in der Umkleidekabine und rieb sich die Oberarme. Sie trug nur ihre schlichte Baumwollunterwäsche und wartete, dass Leni ihr ein weiteres Kleidungsstück zum Anprobieren hineinreichen würde. Widerwillig lugte sie durch den Spalt der beiden Vorhänge. Marlis, der die Boutique gehörte, zog gerade ein rotes Kleid hervor und präsentierte es ihrer Freundin, die mit einem Strahlen im Gesicht über den Stoff strich und es sich vor dem langen Spiegel an den Körper hielt. Leni hatte Marlis auf ihrem ersten Empfang im Herrenhaus des Gutes kennengelernt, und die beiden hatten sich auf Anhieb gut verstanden. Marlis hatte ihr den Auftrag erteilt, eine alte Kommode aufzuarbeiten, und Leni hatte sie in ein türkisfarbenes Schmuckstück verwandelt. Seitdem hatte Marlis, die seit ihrer Kindheit in Eckernförde lebte, dafür gesorgt, dass all ihre Bekannten ihre Möbel zur Restaurierung in den Laden Überall auf Gut Schwansee brachten.

Sina zog ruckartig den Vorhang zu und ließ sich

auf den kleinen Hocker sinken. Sie fragte sich, warum sie sich auf diese Shoppingtour überhaupt eingelassen hatte. Normalerweise hatte sie Spaß daran, aber gerade hatte sie eigentlich überhaupt keine Zeit dafür, deshalb konnte sie das Ganze auch nicht genießen. Im Hofcafé wartete jede Menge Arbeit auf sie, außerdem sollte sie dringend in ihrer Wohnung die Küche und das Bad putzen.

»Probier das mal an!« Mit Schwung zog Leni den Vorhang zur Seite.

Sina verschränkte die Arme vor der Brust. »Das ist viel zu kurz.«

Leni drückte ihr lächelnd das rote Kleid samt Bügel in die Hand. »Nein, ist es nicht. Das wird toll aussehen, vertrau mir! Du kannst doch nicht immer nur in Jeans und T-Shirt herumlaufen.« Sie nickte Sina aufmunternd zu. »Ich schaue, ob ich noch mehr für dich finde.«

Sina hob protestierend die Hand, aber Leni war schon auf dem Weg zum Regal mit den Bikinis und Bademoden. Sie spürte, wie ihr die Hitze in die Wangen schoss: Ihr blieb aber heute auch nichts erspart!

Als Leni sie zwei Stunden später mit dem Sprinter vor dem Eingang zu ihrer Wohnung absetzte, fühlte Sina sich deutlich entspannter. Marlis hatte ihnen kurz vor Ladenschluss noch einen Sekt spendiert, sodass sie leicht beschwipst zum Hafen von Eckernförde gelaufen waren, dort einen Kaffee getrunken und sich schließlich mit Einkaufstüten bepackt auf den Heimweg gemacht hatten. Erleichtert ließ sich Sina mit den Tüten auf das Bett fallen. Sie streifte die Sneakers ab und streckte die müden Glieder aus. Eigentlich konnte sie froh sein, dass Leni sie hin und wieder aus ihrer Tretmühle herauslockte, sonst würde sie wahrscheinlich wirklich immer nur arbeiten, essen, hin und wieder Sport machen, Netflix gucken und schlafen. Sina rutschte zum Kopfende des Bettes, schob sich ein Kissen hinter den Nacken und ließ den Blick an ihrem Körper hinuntergleiten. Sie war als Jugendliche übergewichtig gewesen und deshalb von ihren Mitschülerinnen und Mitschülern oft gehänselt worden – »fette Kuh« und »Speckschwarte« waren noch die harmlosesten Bezeichnungen gewesen. Mittlerweile war sie einigermaßen zufrieden mit ihrer Figur. Seit sie regelmäßig joggte, hielt sie nämlich die Fettpölsterchen in Schach. Außerdem aß sie fast immer nur zwei Mahlzeiten am Tag – Intervallfasten nannte sich das. Für sie war das nach den ganzen Diäten, die sie ausprobiert hatte – von der Paleo-Diät bis zur Low-Carb-Ernährung – bisher die wirkungsvollste Methode, weil sie so einfach war: Sechs Stunden durfte man etwas essen und achtzehn Stunden eben nicht. Da sie morgens sowieso keinen Bissen runterbekam, frühstückte sie um elf Uhr ausgiebig und aß gegen siebzehn Uhr eine warme Mahlzeit. Damit hatte sie in einem halben Jahr fünf Kilo abgenommen, ohne dass sie ständig Hunger gehabt hatte. Hin und wieder gönnte sie sich auch etwas Süßes – zum Beispiel ein Stück ihres geliebten selbst gebackenen Apfelkuchens. Natürlich konnte sie mit diesen superdünnen Frauen, die sich ausschließlich von Rohkost und Smoothies zu ernähren schienen, nicht mithalten, aber sie hatte sich mit ihren Rundungen versöhnt. Gedankenverloren betrachtete Sina ihren Schrank. Sie erinnerte sich daran, wie ihre Hände über den zarten Stoff geglitten waren, und sofort kribbelten ihre Fingerspitzen, als könnten sie es nicht erwarten, den seidigen Stoff zu ertasten. Sie zwang sich, an etwas anderes zu denken, denn sie wusste, dass es ihr nicht guttun würde, wenn sie es herausnahm. Die linke Tür war deshalb wie immer fest verschlossen, damit sie nicht so leicht der Versuchung nachgeben konnte. Sie hielt die Luft an und zählte innerlich bis drei, aber dann hielt sie es einfach nicht mehr aus. Sina sprang aus dem Bett, holte den Schlüssel aus der Schublade des Nachttisches und öffnete die Tür: *Es hing immer noch dort.* Die durchsichtige Schutzhülle schimmerte im Abendlicht, das durch das Seitenfenster in den Raum drang. Ihr Herz machte einen Sprung, als sie mit der Hand darüberstrich und das leise Knistern des Plastiks in ihre Ohren drang. Einen Moment lang ließ Sina sich von den Bildern in ihrem Kopf mitreißen, aber dann zitterten plötzlich ihre Hände, und kleine weiße Punkte erschienen am Rand ihres Gesichtsfeldes. Sie schnappte nach Luft, zog die Hand zurück, als hätte sie sich verbrannt, und schlug die Tür schnell wieder zu.

Als Hendrik nach Feierabend mit einem Becher Kaffee in der Hand vor dem Wohnwagen stand und in den Himmel blickte, hatte er sich entschieden: Er würde Nils nach Hawaii begleiten. Zwar musste er das noch mit Hinnerk klären, aber er konnte sich nicht vorstellen, dass sein Freund etwas dagegen haben könnte, denn ab Mitte August würde es in der Surfschule sowieso ruhiger, da in den meisten Bundesländern die Sommerferien zu Ende gingen. Allerdings hatte er ihm angeboten, sein Partner zu werden, und seine Abwesenheit könnte dann natürlich schon zum Problem werden. Hendrik schob die Bedenken aber beiseite. Sein Kumpel würde Verständnis dafür haben, zumal Hinnerk früher ebenfalls sehr viel gereist war. Er ließ seinen Blick über die Dünen und den Strand schweifen, hielt dann aber inne, als er eine blonde Frau entdeckte, die gerade aus dem Wasser stieg und ihre Locken schüttelte. Konnte das sein? Er stellte den Becher ab und machte sich auf den Weg, als würde er an einem unsichtbaren Band gezogen. Als er den Strand erreichte, hatte die Frau das Wasser bereits verlassen. Sie kam direkt auf ihn zu, aber er konnte sie nicht richtig erkennen, da ihn die Sonne, die sich plötzlich zwischen die Wolken schob, blendete. Er hielt sich die Hand schützend vor die Augen, und nun sah er, dass sie einen weißen Bikini trug, der ihre Rundungen perfekt zur Geltung brachte.

»Hi, Hendrik!«

»Sina?«

Sie stand direkt vor ihm mit gesenktem Blick. Ein winziges Lächeln umspielte ihre Lippen, als sie die Arme vor der Brust kreuzte. »Gibst du mir mal mein Handtuch?«

»Na klar.« Er beugte sich hinunter und reichte es ihr. Dabei berührten sich ihre Hände, und Hendrik spürte ein Knistern auf der Haut, als habe er einen Elektrozaun berührt.

Verdutzt hielt er eine Sekunde inne, dann drehte er sich ein Stück zur Seite, obwohl er nur schwer den Blick von ihr abwenden konnte.

»Danke!« Sie rubbelte sich ab und schlang das Handtuch um sich. Wasserperlen glitzerten auf ihren Schultern, und als sie ihn mit ihren großen dunkelblauen Augen ansah, spürte er plötzlich ein leichtes Ziehen im Nacken, das sich über seine Schultern bis zu seinen Fingerspitzen ausbreitete. Er wollte irgendetwas sagen, brachte aber kein Wort heraus.

»Ist alles klar bei dir?«

Hendrik blinzelte. Schließlich hatte er sich wieder im Griff: »Hast du vielleicht Hunger?«

Einige Minuten später brutzelten vorgekochte Nudeln mit Tomatensoße in der Pfanne, während Sina sich kurz duschte. Er stellte zwei Teller auf den Tisch, legte Löffel und Gabeln daneben und holte zwei Gläser aus dem Hängeschrank. Als Sina aus dem kleinen Badezimmer kam, füllte sich der Raum mit dem Duft des Duschgels, das er vor ein paar Tagen in einem Surfladen in Kiel gekauft hatte – einer exotischen Mischung aus Zitrone und Ananas. Sina trug Jeansshorts und dazu ein weites weißes T-Shirt, das ihr seitlich von der Schulter fiel. »Jetzt habe ich aber auch richtig Hunger. Vielen Dank für die nette Einladung.«

»Sehr gern!«, erwiderte er und deutete mit dem Kopf auf die Sitzecke. »Es ist angerichtet.«

Sina grinste. »Perfekt, danke!«

Er platzierte die Pfanne zwischen ihnen und füllte die Teller auf. »Ich hoffe, es schmeckt dir. Ich bin ja leider nicht so ein Profi wie du.«

»Auf jeden Fall sieht es gut aus. Kochst du dir jeden Tag etwas?«

»Nein, nur wenn ich Lust dazu habe. Wie ist das bei dir?«, fragte er. »Ich meine, wenn du schon den ganzen Tag in der Küche stehst …«

Sie drehte die Nudeln um ihre Gabel. »Kochen macht mir eigentlich immer Spaß.«

»Aber jetzt hast du doch bestimmt auch ganz schön viel Stress, oder?«

»Ja, aber seit Samuel mir hilft, ist es besser.«

Hendrik betrachtete Sina über den Rand seines Wasserglases hinweg und hatte dabei das Gefühl, als würde er sie gerade erst richtig kennenlernen. Sie hatte ebenmäßige Gesichtszüge, stellte er fest, sehr weibliche Kurven und wohlgeformte Beine. Als er sie, während sie aßen und sich unterhielten, immer wieder musterte, fielen ihm weitere Details auf: ihre großen Augen, die langen Wimpern und das geflochtene Armband, das sie um ihr linkes Handgelenk trug. Als sie von ihrer Ausbildung zur Köchin erzählte, spürte er die Leidenschaft, die sie für ihren Beruf empfand.

»Meine Eltern waren nicht gerade begeistert, als ich mein Studium abgebrochen habe, um eine Ausbildung zur Köchin anzufangen«, sagte sie, »aber ich wusste, dass es die richtige Entscheidung war.«

»Dann hast du also Abitur gemacht?«

Sie runzelte die Stirn, und ihre Miene verdunkelte sich. »Wieso, hast du mir das etwa nicht zugetraut?«

»Nein…«, er räusperte sich, »ich meine, natürlich traue ich dir das zu.« Er fühlte sich plötzlich wie der allerletzte Idiot. Dabei hatte er nur Interesse an ihr zeigen und sie keineswegs verletzen wollen. »Entschuldige bitte, das war nicht so gemeint.«

Sie hob abwehrend die Hand. »Ist schon gut.«

»Welche Pläne hatten deine Eltern denn mit dir?«, fragte er, denn er wollte nicht, dass ihr Gespräch versiegte.

Sie strich sich eine Locke aus dem Gesicht. »Sie haben sich immer gewünscht, dass ich studiere, am liebsten Jura oder Betriebswirtschaft, damit ich es einmal besser habe als sie.«

»Was machen deine Eltern denn beruflich?«

»Meine Mutter ist Hausfrau, hat aber mal Schneiderin gelernt, und mein Vater ist im Außendienst tätig.«

»Hast du Geschwister?«

Ihre Miene erhellte sich, und Hendrik war froh, dass sie ihm seine Bemerkung nicht mehr übel nahm. »Ja, ich habe drei Brüder.« Sie nippte an ihrem Weinglas. »Torge macht gerade eine Ausbildung zum Tischler, und die Zwillinge kommen nach den Sommerferien auf das Gymnasium.«

»Dann seid ihr altersmäßig aber ganz schön weit auseinander?«

»Ja, das stimmt. Mats und Johann sind Nachzügler, die beiden waren eigentlich nicht geplant.« Sie lehnte sich zurück und streckte ihre Beine unter dem Tisch aus. »Meine Mutter wollte gerade wieder anfangen, als Schneiderin zu arbeiten, aber das ging dann natürlich nicht. Die Schwangerschaft war echt heftig, und als die beiden dann da waren, ging bei uns erst einmal alles drunter und drüber. Ich habe meiner Mutter, so gut es ging, geholfen, aber es war keine leichte Zeit.« Sie lächelte. »Jetzt sind die beiden Rabauken aus dem Gröbsten raus, und wir alle sind verrückt nach ihnen.« Sina hielt einen Moment inne, dann suchte sie seinen Blick: »Wie ist eigentlich dein Verhältnis zu Nathan?«

Hendrik überlegte kurz, was er auf diese Frage antworten sollte. Er wollte Sina unbedingt auch einen Einblick in sein Familienleben geben, aber auch nicht zu viel von seinen Gefühlen zeigen. »Er ist halt mein großer Bruder. Wir waren uns als Kinder sehr nahe, führen aber mittlerweile ganz unterschiedliche Leben«, sagte er schließlich ausweichend, und wusste nicht mehr weiter. Er sprang auf und hielt ihr die Hand hin. »Wollen wir noch mal runter ans Wasser?«

Sina hatte den Kopf in den Nacken gelegt und blickte hinauf zu den Sternen. Hendrik stand neben ihr. Der laue Sommerwind wehte durch ihre Haare, sie roch das Salzaroma der Ostsee, hörte das Rauschen des Meeres und atmete tief im Rhythmus der Wellen ein und wieder aus. Langsam entspannte sie sich, vergaß, dass er ihr im Wohnwagen eine Antwort schuldig geblieben war. Sie fragte sich, ob sie zu viel von sich erzählt hatte. Vielleicht interessierte ihn ihr persönliches Umfeld in Wirklichkeit gar nicht, und er hatte sich nur bemüht, freundlich zu sein. Früher hätte sie sich niemals über so etwas Gedanken gemacht, aber seitdem sie von einem Moment auf den anderen alles verloren hatte, woran sie bis dahin fest geglaubt hatte, fiel es ihr schwer, ihren Gefühlen zu trauen. Sie genoss Hendriks Gesellschaft und spürte, dass sich etwas für sie veränderte, wenn er in der Nähe war, aber sie hatte auch Angst davor, sich selbst zu verlieren.

»Schau mal!« Hendrik stellte sich hinter sie und deutete nach oben. »Eine Sternschnuppe.« Sina spürte die Wärme seines Körpers und hätte sich am liebsten an ihn gelehnt, aber sie traute sich nicht. Stattdessen folgte sie der Bewegung seines Armes und sah einen hellen Punkt, der wie eine Minirakete durch den Abendhimmel schoss. Ein Glücksgefühl durchströmte sie, und ihre Augen füllten sich mit Tränen. Am liebsten hätte sie diesen magischen Moment angehalten, aber dann war die kleine Sternschnuppe auch schon verglüht. Hendrik drückte ihre Hand. »Schnell, wünsch dir was!«

Sina schloss die Augen, und wie von selbst fügte sich ein Satz in ihrem Kopf zusammen.

»Das war wunderschön«, sagte sie schließlich und wischte sich mit dem Handrücken über die Wangen.

»Ja, das fand ich auch.« Er drückte ein zweites Mal ihre Hand. »Ist alles okay mit dir?«

»Ja«, erwiderte sie leise. »Ja, mir ist nur ein bisschen kalt.«

Hendrik drehte sie zu sich um und ließ seinen Blick an ihr hinuntergleiten. »Du hast ja auch nicht gerade viel an«, sagte er mit einem Unterton, der ihr einen Schauder über den Rücken jagte.

»Ich wollte ja auch eigentlich nur kurz schwimmen gehen und dann wieder nach Hause fahren.«

»Musst du morgen arbeiten?«

Sina hob ihre ausgestreckte Hand zur Stirn. »Jep! Morgen um sechs Uhr muss ich im Hofcafé stehen.«

Hendrik grinste, dann zog er sie hinter sich her. »Komm, ich fahr dich mit dem Bus nach Hause.«

»Was ist mit meinem Fahrrad? Das brauche ich doch morgen?«

»Kein Problem, das nehmen wir mit.«

Kurze Zeit später setzte Hendrik sie vor dem Eingang zu ihrer Wohnung auf Gut Schwansee ab. Sie winkte ihm noch einmal zu, als er mit dem VW-Bus an ihr vorbeiratterte, stellte das Fahrrad an die Hauswand und öffnete die Eingangstür.

In ihrer Wohnung ließ sie sich im Flur auf den Boden sinken. Dann wiederholte sie noch einmal still ihren Sternschnuppenwunsch: »Ich wünsche mir, dass ich mich wieder verlieben kann.«

6

Zwei Tage später saß Sina im Garten vor dem Hofcafé und hielt ihr Gesicht in die Sonne. Die Frühschicht war vorbei, und sie hatte schon alles für den Mittagstisch vorbereitet. Paul fuhr knatternd mit einem Trecker vorbei und hob die Hand, als er sie erblickte. Sina winkte zurück.

»Bis nachher, es gibt heute Currywurst mit Pommes!«

Paul trat auf die Bremse und hielt sich achselzuckend die Hand hinters Ohr. Sina rief den Satz noch einmal lauter. Er grinste, hob den Daumen und fuhr dann weiter. Sie lächelte in sich hinein, denn wenn dieses Gericht auf der Tageskarte stand, konnte sie sich jedes Mal über einen vollen Gastraum freuen. Sie trank den letzten Schluck ihres Milchkaffees, machte sich beschwingt wieder an die Arbeit und war gerade dabei, die Tische abzuwischen, als ihre Chefin das Hofcafé betrat, sie heranwinkte und ihr einen Zettel in die Hand drückte.

»Fünfunddreißig Gäste haben sich angemeldet«,

sagte sie, während sie ihr brummendes Handy aus der Seitentasche des blau-grün karierten Blazers fingerte. »Wir besprechen das dann demnächst. Haben Sie sich Gedanken über die Speisenabfolge und die Getränke gemacht?«

»Selbstverständlich«, erwiderte Sina, »ich habe schon eine Liste mit ein paar Vorschlägen erstellt.«

Sie nickte Sina zu, dann nahm sie das Gespräch an und verschwand wieder.

Sina atmete erleichtert aus. Das war gerade noch mal gut gegangen. Sie hatte zwar bereits in ihren Kochbüchern geblättert, aber noch keinen genauen Plan, was sie der Reitsportdelegation servieren wollte.

»Macht die Chefin wieder Druck?«

Sina zuckte zusammen, dann drehte sie sich um. »Was machst du denn hier?«

Samuel grinste. »Arbeiten?« Er strich sich mit der Hand durch sein kurzes graues Haar.

»Aber doch nicht heute!«

»Ja, das stimmt, eigentlich habe ich heute frei, aber mir hat der Vormittag gereicht. Außerdem komme ich gerade nicht ungelegen, oder?«

»Wieso? Hast du einen Plan?«

Samuel hob eine seiner buschigen Augenbrauen. »Wir könnten uns morgen Abend mal zusammensetzen und die Veranstaltung planen. Was hältst du davon?«

»Hast du Erfahrungen mit solchen Events?«

»Das kann man wohl sagen«, erwiderte er, doch in diesem Moment polterte eine Gruppe von Fahrradfahrern ins Hofcafé, sodass sie ihr Gespräch unterbrechen mussten. Die sechs jungen Männer trugen alle schwarze Radlerhosen und enge T-Shirts, hatten gerötete Gesichter und Schweißperlen auf der Stirn. Laut grölend belegten sie den großen Tisch gegenüber vom Tresen und bestellten quer durch den Raum Bier und Korn.

Samuel drehte sich um und warf Sina einen vielsagenden Blick zu. »Ich geh schon mal zapfen.«

Sie sah ihrem neuen Mitarbeiter nach und dachte, dass sie ihn besser kennenlernen wollte. Bisher wusste sie kaum etwas über Samuel. In ihren Gesprächen ging es meistens nur um die Arbeit, aber immerhin hatte er ihr erzählt, dass er geschieden war und eine kleine Tochter hatte, die Sofia hieß und zehn Jahre alt war. Sina freute sich darauf, dass Samuel ihr seine Hilfe angeboten hatte. Wenn er schon mehr Erfahrungen im Catering hatte als sie, wäre sicher alles etwas einfacher.

Während Sina die Gerichte für den Mittagstisch zubereitete, schweiften ihre Gedanken immer wieder zu Hendrik und dem Abend am Strand. Es war ein wunderschöner Moment gewesen, als sie dort am Meer gestanden hatten. Ihre Haut prickelte, wenn sie daran dachte, wie nah sie sich gekommen waren. Doch dann fühlte sie einen kleinen Stich in der Brust, denn seitdem hatte er sich nicht wieder im Hofcafé blicken lassen und auch sonst nicht gemeldet. Sina presste die Zähne zusammen. Auf der einen Seite wünschte sie sich, ihn zu sehen, fürchtete sich aber andererseits auch davor. Sie war sich nicht sicher, ob sie ihren Gefühlen trauen konnte. War da etwas zwischen ihnen, oder bildete sie sich das nur ein? Etwas in ihrem Inneren signalisierte ihr, sich in Acht nehmen zu müssen, denn sie wollte auf keinen Fall wieder verletzt werden. Lieber würde sie bis an ihr Lebensende alleine bleiben. Sina dachte daran, was in den vergangenen zwei Jahren alles passiert war, und ein zuversichtliches Gefühl breitete sich in ihr aus. Sie hatte bereits eine Menge erreicht und war auf einem guten Weg. Der Job gab ihr Sicherheit, aber dennoch spürte sie, dass es Zeit für eine Veränderung war. Mit Leni verband sie eine innige Freundschaft, aber manchmal, wenn sie abends zu Hause auf dem Sofa saß, fühlte sie sich dennoch einsam. Sehr sogar. Besonders seit Snow gestorben war. Noch immer schmerzte die Erinnerung an den Tag, als sie und Leni Snow in dem kleinen Wäldchen in der Nähe des Gutes beerdigt hatten. »Friedhof der Kuscheltiere« nannte die Gutsfamilie diesen Ort, denn dort hatten im Laufe der Jahre viele Hunde, Katzen, Hasen, Hamster und Vögel ihre letzte Ruhestätte gefunden. Nun lag dort auch Snow, mit der sie fünfzehn Jahre ihres Lebens verbracht hatte. Vielleicht war es an der Zeit, ins Tierheim zu fahren und sich nach einer neuen Katze umzuschauen.

Sina schnitt den Apfelkuchen, den sie morgens gebacken hatte, in gleichmäßig große Stücke. Zwei Bleche hatte sie vorbereitet, und sie war sich sicher, dass am Abend kein Krümel mehr übrig sein würde. Nachdem die Radler ihre Getränke von Samuel bekommen hatten, kamen die nächsten Gäste durch die Tür, eine fröhliche Gruppe von Frauen, die bestimmt Kuchen bestellen würden – und dazu jede Menge Latte macchiatos. Sina wusch sich kurz die Hände, strich sich eine Locke aus der Stirn und eilte ihrem Kollegen zu Hilfe.

Als um kurz nach sechzehn Uhr die letzten Hofcafégäste zur Tür hinaus waren, hängte Sina ihre Schürze an den Haken, ließ noch einmal ihren Blick durch die blitzsaubere Küche gleiten und ging dann ins Café hinüber. Sie verabschiedete sich von Samuel, der am Tresen stand und mit zwei Landwirten plauderte, die auf ein frühes Bier vorbeigekommen waren. Es war ein gutes Gefühl, dass sich jemand genauso für das Hofcafé verantwortlich fühlte wie sie. Er hatte freiwillig die Abendschicht übernommen. Normalerweise schlossen sie um achtzehn Uhr, aber bei schönem Wetter und wenn genügend Gäste da waren, blieb das Hofcafé auch mal länger geöffnet. Draußen war es noch angenehm warm, ein lauer Wind wehte, und es duftete frisch und würzig. Sina vermutete, dass einige Landwirte aufgrund des trockenen und sonnigen Wetters der vergangenen Tage mit der Heuernte begonnen hatten. Sie liebte diese Zeit sehr, schon als Kind hatte sie die Jahreszeiten auf dem Land besonders intensiv erlebt. Im Frühjahr war immer die arbeitsreichste Zeit gewesen, denn dann wurden Zuckerrüben, das Sommergetreide, Erbsen und Ackerbohnen gesät. Die Heu- und Strohernte im Sommer und Spätsommer war dann das nächste Highlight gewesen. Oft hatte sie beim Abladen und Einlagern der Ballen geholfen und sich dabei etwas dazuverdient. Die Arbeit war anstrengend, aber auch sehr befriedigend gewesen.

Ein Motorgeräusch riss sie aus ihren Erinnerungen. Im nächsten Moment sah sie das Auto der Tierarztpraxis Riepen mit einem angekoppelten Pferdeanhänger auf den Hof fahren. Dr. Anja Riepen saß am Steuer, und als sie Sina erblickte, lenkte sie ihr Fahrzeug zum Hofcafé. Zusammen mit ihrem Mann Markus kümmerte sich Anja schon seit vielen Jahren um alle Vierbeiner auf Gut Schwansee. Markus war für die Pferde zuständig, und seine Frau versorgte die Hunde, Katzen und Kleintiere.

Die blonde Tierärztin stoppte das Auto, dann kurbelte sie das Fenster runter. »Moin, Sina, weißt du, wo Bernhard ist? Oder Susanne? Ich kann die beiden nicht erreichen.«

»Die sind heute Morgen mit Nathan zu einem Termin mit einem Reitplatzspezialisten gefahren.«

»Wann kommen sie zurück?«

»Keine Ahnung.« Sina runzelte die Stirn. »Sie wollten danach auch noch Bekannte in der Nähe von Hamburg besuchen.«

»Ist wenigstens Hendrik da?«

Als sie den Namen hörte, machte Sinas Herz einen kleinen Sprung.

»Leider nicht. Um was geht es denn?«

»Ich wollte sie fragen, ob sie ein verwahrlostes Pony aufnehmen können.«

Sina zuckte innerlich zusammen. »Was ist denn mit ihm passiert?«

»Der Besitzer hat es nicht genug gefüttert, es ist in einem sehr schlechten Zustand.«

»Das ist ja furchtbar…« Sie hielt einen Moment inne, dann fuhr sie mit gepresster Stimme fort. »Dass es so etwas gibt.«

»Ja, leider«, erwiderte Anja stirnrunzelnd, als ob ihr gerade ein Gedanke durch den Kopf geschossen wäre. »Hast du gerade Feierabend?«

Als Sina zögernd nickte, stieß sie die Tür auf. »Komm, steig ein!«

Anja startete den Motor und lenkte das Auto vom Hof. »Warum kümmert sich der Besitzer nicht um sein Pony?«, fragte Sina, während sie sich anschnallte. Sie fühlte sich etwas von Anja überrumpelt, wollte ihr aber unbedingt helfen, da ihr das Wohl aller Tiere ganz besonders am Herzen lag.

»Es geht um einen ganz schlimmen Fall von Animal Hording.«

»Du meinst das Sammeln von Tieren?« Sina erinnerte sich an einen YouTube-Film über eine Frau, die hundertsiebzig Tiere, darunter Katzen, Wellensittiche und Meerschweinchen, in ihrer Dreizimmerwohnung in Kiel gehalten hatte.

»Ja, genau. Wir fahren zum Hof von Kurt Hausschild«, erwiderte Anja. »Er lässt Pferde, Esel, Schafe, Ziegen, Hunde und Katzen verwahrlosen. Das Veterinäramt hat eine Zwangsräumung angeordnet, und wir sollen das Pony mitnehmen.«

»Und das möchtest du gerne bei uns auf Gut Schwansee unterbringen?«

»Es wäre die beste Lösung, jedenfalls so lange, bis ein neuer Besitzer gefunden ist.«

»Was wird denn aus den anderen Tieren?«

»Die werden ebenfalls auf Höfen hier in der Nähe verteilt, und die kleineren Tiere kommen ins Tierheim.«

Anja fuhr im zügigen Tempo zunächst auf die Landstraße in Richtung Eckernförde. Nach einigen Kilometern bog sie auf einen schmalen Wirtschaftsweg ab, der nur Platz für ein Fahrzeug bot. Hin und wieder gab es am Rand Einbuchtungen, damit entgegenkommende Fahrzeuge ausweichen konnten. Sina wusste, dass Anja und Markus mit dem Tierschutzverein in Eckernförde zusammenarbeiteten und zum Beispiel frei laufende Katzen kostenlos kastrierten oder sterilisierten. Auf dem Tresen in der Tierarztpraxis stand eine Spendendose in Form einer Bulldogge, in die Sina bei jedem Besuch ein wenig Kleingeld gesteckt hatte, wenn sie mit Snow dort gewesen war. Die beiden Tierärzte nahmen immer wieder ausgesetzte Hunde und Katzen auf und versorgten sie medizinisch. Für Sina war es unbegreiflich, wie jemand sein Tier einfach an einen Baum binden und wegfahren konnte. Immer wieder hatte sie solche Nachrichten gelesen, besonders in der Weihnachts- und Urlaubszeit. Sie ballte die Fäuste und presste die Lippen aufeinander. Tiere waren doch keine Wegwerfartikel! Deshalb würde sie alles, was in ihrer Macht stand, tun, um dem armen Pony zu helfen, auch wenn sie Angst vor dem hatte, was sie erwartete.

Sie erreichten die Einfahrt zu einem Dreiseitenhof aus rotem Backstein, an den rechts und links Koppeln angrenzten, die mit einem Elektrozaun abgesichert waren. An den Plastikpfählen, die schief und krumm in der Erde steckten, flatterten eingerissene Litzen. Auf dem Hof erblickte Sina mehrere Schubkarren mit platten Reifen, verrostet und ineinander verkeilt, daneben quollen die Mülltonnen über. Angewidert verzog Sina das Gesicht.

Anja stoppte neben einem Polizeiauto und einem Geländewagen, aus dem gerade eine zierliche Rothaarige stieg, die eine Akte unter den Arm geklemmt hatte.

»Da ist ja schon Frau Schlüter, die Amtstierärztin«, sagte Anja und winkte der Frau zu, die kurz zurücknickte, sich aber dann den beiden Polizisten zuwandte, die ebenfalls ihr Auto verließen.

Aufgeregt ließ Sina den Blick weiterschweifen, sie fühlte sich ein wenig so, als wäre sie in den Dreharbeiten für eine *Tatort*-Folge gelandet. Anja forderte sie auf, kurz zu warten, und Sina beobachtete, wie alle Beteiligten sich vor der Haustür des Hofbesitzers versammelten. Sina zupfte sich am Ohr und presste die Lippen zusammen. Hoffentlich rastet der Besitzer nicht aus, dachte sie besorgt. Einer der Polizisten, ein junger Mann mit breiten Schultern, klingelte, aber nichts geschah. Ein weißer Sprinter mit der Aufschrift des Tierschutzvereins Eckernförde fuhr auf den Hof.

»Das ist Liam, er nimmt die Kleintiere mit«, erklärte Anja und stieß die Tür auf. Sie winkte dem Mann am Steuer zu, der daraufhin neben Anjas Auto anhielt. »Komm«, sagte sie zu Sina, »wir sehen mal nach, wo das Pony ist.«

Neben dem Wohnhaus, in dessen Nähe immer noch die beiden Polizisten standen, befand sich ein längliches rot geklinkertes Stallgebäude. Die Steine waren teilweise aus dem Mauerwerk gefallen und lagen zerbrochen auf dem Boden verstreut. Vor der Tür, die nur halb in den Angeln hing, kauerte eine graue Katze, deren eines Auge geschlossen war. Als Anja sich zu dem Tier runterbeugte, hob es kurz den Kopf.

»Na du, was ist denn mit dir los?«, fragte Anja leise. Die Katze ließ sich auf die Seite fallen. Ihr Fell sah verfilzt und schmutzig aus, und ihre linke Pfote war geschwollen. Sina runzelte die Stirn, als sie einen Holzsplitter entdeckte, der zwischen den Krallen steckte. Anja, die ihrem Blick gefolgt war, verzog sorgenvoll das Gesicht und winkte Liam heran, der einen Transportkorb in den Händen hielt. Sina schätzte den Mitarbeiter des Tierschutzvereins auf Mitte zwanzig.

»Die kannst du schon einmal mitnehmen.«

»Wird gemacht«, sagte er.

Liam strich sich durch seine kurz rasierten Haare, zog sich zwei Handschuhe über und hob die Katze behutsam vom Boden hoch, die sich fauchend und zappelnd gegen ihren Abtransport wehrte.

»Super, danke. Sina und ich gehen jetzt in den Stall, willst du mal gucken, ob du sonst noch irgendwo Tiere entdeckst?«

Liam nickte, dann trug er die Transportbox zu dem Sprinter. Als Sina hinter Anja den Stall betrat, drang ihr sofort ein beißender Gestank in die Nase. Es roch nach Kot und Urin. Sina schluckte und atmete durch den Mund ein und aus. Die Stallgasse war nicht beleuchtet, Anja suchte nach einem Lichtschalter, fand aber keinen. Durch die schmalen vergitterten Seitenfenster drang ein wenig Licht von draußen herein. Rechts und links waren kleine Boxen, in denen Schafe, Ziegen und ein Esel auf kniehohem Mist standen. Die Tiere waren abgemagert, hatten kahle Stellen im Fell und aufgescheuerte Beine. Sie hoben noch nicht einmal die Köpfe, als die beiden Frauen sie ansprachen.

»Furchtbar«, sagte Anja leise, »das ist schlimmer,

als ich es mir vorgestellt habe. Die Tiere werden nachher abgeholt.«

Sina nickte nur, ihre Kehle war wie zugeschnürt. Am liebsten hätte sie alle mitgenommen und auf Gut Schwansee aufgepäppelt. Wenn sie nur mehr Geld hätte, dann könnte sie allen Tieren in Not helfen.

Die beiden Frauen verließen den Stall, und als sie draußen waren, schob sich die Sonne zwischen den Wolken hindurch. Sina hielt schützend ihre Hand vor die Stirn. Als sich ihre Augen an die Helligkeit gewöhnt hatten, sah sie die beiden Polizisten und Liam, die Katzen, Hunde, Käfige mit Kaninchen und Meerschweinchen über den Hof zum Sprinter des Tierschutzvereins trugen. Plötzlich drang eine laute Stimme zu ihnen herüber.

»Das werden Sie bereuen, Sie werden schon sehen!«, schrie jemand.

Sina zuckte erschrocken zusammen. Anjas Augenbrauen schnellten nach oben.

»Lass uns mal schauen, was da los ist!«

Die beiden Frauen liefen zurück zum Wohnhaus. Anja stieß Sina in die Seite und wies auf den kleinen dicken Mann, dessen Halbglatze rosarot glänzte. Er stand wild gestikulierend vor Frau Schlüter.

»Ich werde Sie anzeigen! Das ist Diebstahl und Amtsanmaßung«, schrie er, aber die Amtstierärztin ließ sich von ihm nicht beeindrucken, sondern zog ein Blatt aus der Akte und hielt es ihm vor die Nase.

»Ihre Tiere sind hiermit beschlagnahmt. Wir bringen sie anderweitig unter. Wenn Sie nachweisen, dass Sie zukünftig dazu in der Lage sind, sie artgerecht zu halten, können Sie einen Antrag stellen, dann bekommen Sie alle wieder zurück.«

»Das könnte Ihnen so passen!«, schimpfte der Mann und hob die Faust, als wolle er zuschlagen. Geistesgegenwärtig schob sich Anja dazwischen.

»Vorsichtig!«, zischte sie ihm entgegen.

Zornesröte stieg dem Mann ins Gesicht. »Du Miststück«, schrie er und riss sich mit einem Ruck los. Dann stieß er Anja gegen die Brust, sodass sie taumelte, doch Sina fing sie im letzten Moment auf. »Ihr Schlampen!«, brüllte er weiter, aber dann packte ein Polizist zu und drehte ihm den Arm auf den Rücken.

»Sie kommen jetzt mal mit aufs Revier.«

Anja atmete erleichtert auf und blickte den beiden nach. Die Beamten führten den Besitzer des Hofes unter Widerstand ab. Er schimpfte in einer Tour, aber die Polizisten verfrachteten ihn wortlos ins Auto und ließen die Tür dann ins Schloss fallen.

»Wir müssen unbedingt das Pony finden«, sagte Sina schließlich. »Wo könnte es denn sein?«

Anja runzelte die Stirn. »Im Stall ist es jedenfalls nicht.« Sie ließ den Blick über den Hof gleiten. »Vielleicht steht es auf einer der Koppeln. Ich geh mal zum Auto und hole ein Halfter und einen Strick.«

7

Während die Polizei unter der Aufsicht der Amtstierärztin die Tiere aus Haus und Stall herausholte, liefen Sina und Anja über den Hof in Richtung Koppeln. Überall verstreut lagen alte Reifen, Planen, verrostete Blechtonnen und Haufen mit zerfetzten Mülltüten. Sie verließen den Hof und folgten einem Trampelpfad zur Koppel, die auf den ersten Blick leer wirkte, allerdings erstreckte sich die Weide bis zu einem kleinen Hügel.

»Wollen wir dort hinten mal gucken?«, fragte Anja, als habe sie im selben Moment den gleichen Gedanken gehabt wie Sina.

Sie öffneten das Metalltor, das nur mit einem alten, an den Enden ausgefransten Strick verschlossen war, und betraten die Koppel. Die Wiese war in einem schlechten Zustand. Überall lagen vertrocknete Pferdeäpfel, umlagert von summenden Fliegenschwärmen. Das Gras war abgefressen, stattdessen hatten kahle Stellen und großblättrige Unkräuter die Oberhand gewonnen. Als Tränke diente eine alte Badewanne, in der sich nur noch eine Pfütze schmutziges gelbes Wasser befand. Die beiden Frauen rümpften die Nase, als ihnen der Gestank der Brühe entgegenwaberte. Sina und Anja schlossen das Tor hinter sich, dann liefen sie den kleinen Hügel hoch. Die Sonne stand inzwischen schon ziemlich tief, aber es war noch immer warm.

Anja deutete auf eine Weidehütte, die am hinteren Ende stand. »Dort könnte sich das Pony verstecken. Vielleicht gibt es da auch noch etwas Heu.«

Nachdem sie ihr Ziel erreicht hatten, atmete Sina erleichtert aus. Sie wischte sich die Schweißperlen von der Stirn und lugte zusammen mit Anja in den Unterstand. Tatsächlich: Dort stand ein Pony. Es war vollkommen abgemagert. Unter dem rötlich braunen Fell, das sich über den Körper spannte, zeichnete sich jede Rippe ab. Außerdem hatte es zahlreiche Wunden, die eiterten oder schlecht verheilt waren. Das Tier hob den Kopf, kam den Frauen aber keinen Zentimeter entgegen. Anja deutete auf die Hufe, die so lang waren, dass sie sich vorne bereits nach oben bogen, dann näherte sie sich dem Pony, das ängstlich die Augen aufriss.

»Ganz ruhig, ich tue dir nichts.« Die Tierärztin streifte das Halfter vorsichtig über seinen Kopf, dann hakte sie den Verschluss ein und reichte Sina den Strick. »Halt ihn bitte mal fest.«

»Ist das ein Wallach?«

»Ja, sieht ganz so aus.«

Anja hob das linke Vorderbein an, während Sina

sich seitlich vor das Pony stellte. Auf ihren Händen fühlte sie die Wärme des Atems, der durch seine Nüstern strömte, und es hob den Kopf. Bernsteinfarbene Augen, die von langen schwarzen Wimpern umrandet waren, betrachteten sie, und unvermittelt hatte Sina das warme Gefühl, als ob das Pony sie kennenlernen wollte. Als Anja den Huf wieder abstellte, gab der Vierbeiner ein grummelndes Geräusch von sich. Sina strich ihm sanft über die Stirn.

»Ist ja gut«, murmelte sie ihm ins Ohr, woraufhin der Wallach leise schnaubte.

Anja richtete sich auf, und ein Lächeln huschte über ihr Gesicht. »Der mag dich.«

»Ich mag ihn auch«, erwiderte Sina zögernd, denn sie war selbst erstaunt über ihre plötzliche Zuneigung zu dem Vierbeiner.

»Führst du ihn zum Hof?«

»Kann er denn überhaupt laufen?« Sie deutete mit dem Kopf auf seine viel zu langen Hufe.

»Für die kurze Strecke wird es gehen«, erwiderte Anja mit Nachdruck. »Außerdem wird er dir folgen wollen.«

Als Sina an dem Strick zupfte und mit der Zunge schnalzte, setzte das Pony tatsächlich zögerlich einen Fuß vor den anderen.

Anja nickte. »Wusste ich es doch.«

Als Hendrik auf den Hof fuhr, sah er als Erstes Anja und Sina, die gerade aus dem Auto der Tierarztpraxis stiegen. Im Rückspiegel konnte er beobachten, wie sie die Ladefläche des Pferdeanhängers herunterließen. Später würde er die beiden begrüßen, nahm er sich vor, aber jetzt musste er sich beeilen. Große Lust hatte er auf das Gespräch mit seinen Eltern absolut nicht, er konnte sich sehr genau vorstellen, auf was das Ganze hinauslaufen würde. Trotzdem hatte er zugesagt, als sein Vater vor zwei Tagen angerufen und ihn ins Herrenhaus eingeladen hatte. »Nur mal wieder schnacken«, sei der Grund, aber er kannte seinen Vater und vor allem seine Mutter zu gut, um das zu glauben.

Nachdem er seinen VW-Bus geparkt hatte, überquerte er die Steinbrücke, die über den Wassergraben zum Herrenhaus führte, in dem seine Eltern eine geräumige Wohnung unter dem Dach hatten. Als er den prächtigen Eingangsbereich betrat und den vertrauten Geruch nach Bohnerwachs, Holz und altem Gemäuer wahrnahm, fühlte er sich wieder in seine Kindheit zurückversetzt. Sein Blick glitt die breite, einladende Treppe hinauf, an deren einer Seite ein Handlauf aus dunkel poliertem Holz den Aufstieg nach oben erleichterte. Mit Nathan war er immer wieder dort hinuntergerutscht und in den Wäschekorb geplumpst, den ihre damalige Haushaltshilfe aufgestellt hatte, damit sie sich nicht verletzten. Hendrik lächelte, als er an das schöne Gefühl dachte, nach der Rutschpartie im duftenden Wäschehaufen zu landen. Er nahm wie immer zwei Stufen auf einmal, und als er oben ankam, stand sein Vater bereits in der Tür und machte eine einladende Handbewegung. »Dann komm mal rein, min Jung.«

Er folgte Bernhard in den Salon, wo seine Mutter bereits auf sie wartete – wie immer perfekt gekleidet mit einem grauen Flanellrock, gestreifter Bluse und halbhohen Pumps. Sein Vater hatte sich ausnahmsweise einmal ebenfalls in Schale geworfen: Er trug ein Tweetjackett, das bereits Hendriks Großvater Artur gehört hatte und aus feinster englischer Wolle gesponnen war. Damals hatte das Kleidungsstück sehr viel Geld gekostet, aber in seiner Familie galt seit jeher der Satz: »Wir können es uns nicht leisten, Billiges zu kaufen.«

Der Salon seiner Eltern war ein besonderes Refugium, in dem nur Vertraute der Familie Cornelius empfangen wurden. Vor dem Kamin, in dem heute kein Feuer brannte, stand eine viktorianische Chaiselongue aus Mahagoni, die mit einem schimmernden grünen Stoff bezogen war. Seine Eltern nahmen darauf Platz, und seine Mutter deutete auf den Sessel schräg gegenüber. »Setz dich doch bitte!«

Am liebsten wäre Hendrik sofort wieder aus der Wohnung geflüchtet, aber stattdessen ballte er die Fäuste zusammen und atmete tief ein und wieder aus.

Sein Vater hatte die Hände auf dem Schoß gefaltet und drehte Daumen, während seine Mutter die Kristallgläser mit Wasser füllte. Sie blickte ihn über den Rand der halbrunden Brille hinweg an.

»Hendrik, wir müssen reden«, begann sie und wandte sich zu seinem Vater, der nach einem kurzen Zögern zustimmend nickte. Sicher nahm er nur widerwillig und auf Drängen seiner Frau an diesem Gespräch teil, dachte Hendrik, denn er wusste, dass sein Vater unangenehmen Auseinandersetzungen am liebsten aus dem Weg ging.

Hendrik presste den Rücken an die Lehne, bis das Leder knarzte. Er fühlte sich unbehaglich, vor allem, weil seine Mutter ihn unverhohlen musterte.

»Geht es dir gut?«, fragte sie betont ruhig, aber Hendrik spürte den scharfen Unterton in ihrer Stimme, und sein Magen zog sich kurz schmerzhaft zusammen. Er atmete zweimal tief ein, bevor er antwortete. »Ja, danke der Nachfrage.«

Ein Moment der Stille breitete sich im Raum aus, niemand rührte sich. Seine Mutter presste die Lippen zusammen. Hendrik hatte wirklich keine Lust, das Ganze noch weiter in die Länge zu ziehen.

»Worüber wollt ihr denn mit mir reden?«, fragte er, bemüht, möglichst neutral zu klingen.

Seine Mutter zog kurz die Augenbrauen hoch. »Wir machen uns Sorgen um dich, Hendrik. Du bist jetzt schon fast dreißig Jahre alt und hast noch nicht mal eine Ausbildung, geschweige denn ein Studium beendet.«

»Ich bin Surflehrer – schon vergessen?«

»Surflehrer, das ist doch kein Beruf, den man bis zur Rente machen kann.«

Hendrik ballte die Hände zu Fäusten. Diese Worte seiner Mutter kannte er in- und auswendig. »Ich bin sehr zufrieden mit meinem Leben, und außerdem geht euch das alles gar nichts an.« Er spürte ein leises Pochen an der Schläfe, zwang sich aber, Ruhe zu bewahren.

Hendriks Vater hob beschwichtigend die Hand. »Wir wollen doch nur dein Bestes. Hier gibt es so viel zu tun, und von dir und deinem Bruder hängt doch die Zukunft von Gut Schwansee ab …«

»Von Nathan vielleicht«, fiel ihm Hendrik ins Wort, »aber nicht von mir. Nathan wird doch bald alles übernehmen.« Er bemerkte, dass sein Tonfall ungewollt wütend klang, das hatte er eigentlich vermeiden wollen, aber die Diskussionen mit seinen Eltern brachten ihn jedes Mal auf die Palme. Er konnte sich noch so sehr vornehmen, gelassen zu bleiben, es gelang ihm einfach nicht.

Seine Mutter schnappte nach Luft, aber Hendrik kam ihr zuvor. Er hob abwehrend die Hand. »Ich bin sowieso bald weg.«

»Wie meinst du das?« Sein Vater sah ehrlich betroffen aus, aber Hendrik musste es nun endlich loswerden.

»Ich fliege im August nach Hawaii, und danach reise ich weiter für eine unbestimmte Zeit – ihr seid mich also los.«

Sina befand sich vor der Box, in die sie und Anja das verwahrloste Pony geführt hatten. Hendriks VW-Bus stand vor dem Herrenhaus. Wahrscheinlich besuchte er seine Eltern, mutmaßte sie. Aber sie wollte jetzt nicht an ihn denken, sondern daran, wie es mit dem Vierbeiner weitergehen sollte. Anja hatte fast alle Wunden des Tieres gesäubert und desinfiziert, nachdem sie beide zuvor das schmutzige, verklebte Fell, die verfilzte Mähne und den Schweif notdürftig gebürstet hatten. Der Wallach hatte alles mit hängenden Ohren in der Stallgasse über sich ergehen lassen, doch nun stand er im frischen Stroh, hatte einen Haufen Heu vor der Nase, aber er regte sich nicht.

»Er muss sich erst einmal eingewöhnen«, erklärte Anja, als sie vom Händewaschen zurückkam. Sie stellte sich neben Sina. »Ich habe endlich mit Nathan telefoniert.« Sie deutete mit dem Kopf auf das Pony. »Er hat nichts dagegen, dass Kilian hierbleibt, aber er muss sich natürlich noch mit dem Rest der Familie abstimmen.«

»Dann kriegt Herr Hausschild ihn nicht zurück?«

»Wahrscheinlich nicht, es sei denn, er bekommt seinen Hof wieder in den Griff. Aber Frau Schlüter meint, dass sie nicht das erste Mal bei ihm waren. Im Dorf munkelt man, dass er trinkt und dass ihn deshalb auch seine Frau verlassen hat.«

»Hat er denn keine Kinder?«

»Doch schon, aber die leben alle nicht hier in der Nähe. Sein Sohn ist sogar nach Neuseeland ausgewandert.«

»Er hat also nur seine Tiere?«

Anja seufzte. »Ich weiß, es ist hart, aber zum jetzigen Zeitpunkt hatte das Veterinäramt gar keine andere Wahl.«

Der Wallach senkte den Kopf, schnupperte an dem Heu, dann zupfte er vorsichtig mit dem Maul ein paar Halme heraus. Sina und Anja hielten die Luft an. Als das Pony kaute, schnaubte und sich die nächste Portion holte, atmeten sie erleichtert aus.

»Das ist ein gutes Zeichen«, stellte Anja zufrieden fest. »Ich komme morgen vorbei, dann gebe ich ihm noch eine Wurmkur. Außerdem muss der Schmied die Hufe in Ordnung bringen.«

»Ja, das ist wirklich dringend nötig«, sagte Sina. »Ich kann mich ja um ihn kümmern?« Sie hielt einen Moment inne, dann fuhr sie fort: »Ich meine, solange er hier ist.«

»Das wäre natürlich super, aber hast du überhaupt Zeit dafür? Ich meine, du musst doch die Veranstaltung mit dieser Delegation aus der Reitsportszene vorbereiten?«

»Das kriege ich schon hin.«

»Wenn es eng wird, melde dich einfach, okay?«

»Ja, das werde ich dann.«

Anja packte ihre Sachen in die aufklappbare Tierarzttasche. »Ich muss jetzt los. Danke, dass du mir geholfen hast.«

»Kein Problem, das habe ich gern getan«, sagte Sina. Sie begleitete die Tierärztin zu ihrem Auto. »Weißt du, was für eine Rasse es ist?«

Anja ließ die Heckklappe zufallen, dann öffnete sie die Fahrertür, stieg ein und steckte den Zündschlüssel ins Schloss. »Kilian ist ein Connemara-Pony, das hat Frau Schlüter mir erzählt.«

Als sich Sina kurze Zeit später in ihrer Wohnung aufs Sofa fallen ließ, wanderten ihre Gedanken zurück zu ihren Erlebnissen auf dem verwahrlosten Hof. Sie fragte sich, warum dieser Kurt Hausschild sich nicht um seine Tiere kümmerte. Hatte ihn die Trennung von seiner Frau derart aus der Bahn geworfen? Sie wusste nur zu gut, wie sich Liebeskummer anfühlte, aber deshalb konnte man doch nicht einfach ein Pony verhungern und verdursten lassen.

Kilian – was für ein schöner Name. Sie stand auf, holte sich ihren Laptop und rief den Browser auf. Dann gab sie »Connemara-Pony« in die Suchmaske ein und erfuhr, dass diese Ponys ihren Ursprung in der Region Connemara im Westen Irlands hatten und als besonders robust und freundlich galten. Sina lächelte, als sie die Beschreibung las und gleichzeitig an den vernachlässigten Wallach dachte, der jetzt im Stall stand und sein Heu mümmelte. Eigentlich seien Connemaras Kinderponys, las sie weiter, aber aufgrund ihrer Stärke und Größe auch für kleinere Erwachsene geeignet. Plötzlich schoss ihr ein Gedanke durch den Kopf. Vielleicht würde sie, wenn Kilian wieder gesund war, auf ihm reiten können. Zwar hatte sie lange nicht mehr auf einem Pferd oder Pony gesessen, aber schließlich hatte sie als Kind fast jede freie Minute im Stall verbracht und ihr ganzes Taschengeld in Reitstunden gesteckt. Als Jugendliche hatte sie sogar ein Pflegepferd gehabt. Natürlich hätte sie, seit sie auf Gut Schwansee arbeitete, wieder mit dem Reiten beginnen können, aber sie hatte bislang kaum Zeit gehabt, und außerdem gab es hier nur Großpferde, die ihr ordentlich Respekt einflößten. Sina sprang auf und lief aufgeregt hin und her. Sie hatte jetzt ein süßes Pony, um das sie sich kümmern durfte! Hoffentlich war die Familie Cornelius damit einverstanden. Sie hoffte, dass Anja ihren Charme und ihre Überzeugungskraft würde spielen lassen, damit der Wallach erst einmal bei ihnen bleiben könnte. Unruhe breitete sich in ihr aus, denn es war auch eine große Sache, sich um Kilian zu kümmern, zumal sie auch noch alleine für das Hofcafé verantwortlich war.

Auf einmal überkam sie das Bedürfnis, gründlich aufzuräumen, um für Neues Platz zu machen. Sie nahm die Zeitungen und Zeitschriften vom Tisch, legte sie auf die kleine Kommode in der Ecke und ließ ihren Blick durch den Raum wandern. Das leere Körbchen von Snow hatte sie noch nicht weggeräumt. Vielleicht war genau jetzt der richtige Zeitpunkt dafür gekommen, dachte sie zögernd. Sie verschränkte die Arme vor der Brust und gab sich für einen Moment den schönen Erinnerungen an ihre Katze hin, dann gab Sina sich einen Ruck, nahm das Körbchen und steckte es in einen Müllsack. Vielleicht würde sich Liam darüber freuen. Sie nahm sich vor, gleich morgen beim Tierschutzverein in Eckernförde anzurufen.

8

Hendrik war auf dem Weg zur Surfschule, die Sonne schien vom wolkenlosen Himmel, und durch das halb geöffnete Fenster des VW-Busses wehte die frische Morgenluft hinein. Doch das perfekte Wetter konnte seine Stimmung heute ausnahmsweise nicht heben. Es ärgerte ihn maßlos, dass seine Mutter und sein Vater ihn immer noch wie ein kleines Kind behandelten. Warum konnten sie ihn nicht endlich in Ruhe lassen? Schließlich hatte er doch alles, was er brauchte: einen Job, genügend Geld, das er selbst verdiente, und ein Dach über dem Kopf. Okay, der Wohnwagen gehörte natürlich nicht ihm allein, aber Nathan hatte überhaupt nichts dagegen, dass er ihn überwiegend nutzte, erst recht nicht, seit Leni bei ihm eingezogen war. Nathan würde irgendwann die Leitung von Gut Schwansee übernehmen, und Hendrik gönnte es ihm von ganzem Herzen. Sein Bruder war schon als kleiner Junge extrem zielstrebig gewesen. Er hatte ihn dafür bewundert, aber andererseits auch nicht mit ihm tauschen wollen. Hendrik hatte sich in der Rolle des »kleinen

Bruders« wohlgefühlt, zumal Nathan ihm gegenüber nie überheblich gewesen war. Seine Kindheit war im Großen und Ganzen unbeschwert gewesen – bis auf die zwei Tage und Nächte, die er am liebsten aus seinem Gedächtnis streichen wollte. Die Gefühle bahnten sich plötzlich mit einer solchen Wucht ihren Weg, dass sein Herz für einen Moment fast stillstand. Er setzte den Blinker und fuhr auf einen Parkplatz. Kalter Schweiß lief ihm den Rücken hinunter, in seinen Ohren rauschte es, und sein Mund fühlte sich trocken an. Die Angst saß wie ein großes schwarzes Tier in seinem Nacken. Warum hört das nie auf?, dachte Hendrik verzweifelt.

Er stieg aus dem Auto, ließ die Tür ins Schloss fallen und stellte sich an den Rand des Feldes, das sich an den Parkplatz anschloss. Sanft wogten die gelben Weizenähren hin und her, zwei Möwen segelten nur ein paar Meter von ihm entfernt an ihm vorbei. Seine Augen tasteten sich langsam bis zum Horizont, er atmete tief ein und wieder aus, so lange, bis es nicht mehr ging. Das wiederholte er mehrere Male, bis sich sein Puls langsam wieder beruhigte und die dunklen Gedanken sich auflösten. Hendrik rieb sich die nackten Oberarme, dann lief er zum VW-Bus zurück. Als er den Motor startete, ging es ihm besser.

Während er weiter der Landstraße folgte, fragte er sich, ob Sina jetzt schon in der Küche stand. Seine Gedanken wanderten wie von selbst zurück zu ihrem zufälligen Treffen am Strand, und plötzlich vibrierte etwas in ihm, das er nicht zu deuten wagte. Tief in seinem Herzen spürte er plötzlich, dass er womöglich mehr als nur freundschaftliche Gefühle für sie empfand. Doch das durfte nicht sein. Er war sich mittlerweile sicher, dass er für feste Beziehungen nicht gemacht war. Einmal hatte er es versucht – mit Chiara –, und das war mächtig in die Hose gegangen. Er wollte sich frei und unabhängig fühlen, alles, was mit Verantwortung und Bindung zu tun hatte, engte ihn ein und nahm ihm die Luft zum Atmen.

Sina saß mit Leni am Holztisch vor dem Hofcafé. Der neue Sonnenschirm, den Sina mit Samuel vor ein paar Tagen in einem Gartenmarkt gekauft hatte, spendete angenehmen Schatten. Ihre Freundin zupfte ihr rotes T-Shirt, das die Schultern freiließ, zurecht, dann zwirbelte sie ihre dunklen Haare zu einem lässigen Knoten nach oben, während sie ohne Punkt und Komma von einer »wahnsinnig tollen« Strandparty berichtete, die für den Abend geplant war. »Ich finde, dass du mitkommen solltest.«

Sina blinzelte. »Ich weiß nicht: eine Vollmondparty am Strand?« Sie strich mit der Hand einen unsichtbaren Krümel vom Holztisch. »Ich habe hier so viel zu tun. Bald ist diese große Veranstaltung mit der Reitsportdelegation und …«

»Nichts und«, unterbrach Leni sie lachend. »Du musst dir auch mal was gönnen. Das wird bestimmt super, glaub mir. Die Bar ist komplett renoviert worden, ein DJ wird auflegen, und es gibt leckere Cocktails und Snacks.« Sie schob ihre große Sonnenbrille nach oben, fixierte Sina mit ihrem Blick und deutete mit dem Zeigefinger auf sie. »Du wirst sehen, es wird dir gefallen.«

Sina ließ die Schultern hängen. »Okay, ich komme mit.«

Leni sprang auf, zog ihre Freundin vom Stuhl hoch und drückte sie fest an sich. »Ich freu mich so. Wir treffen uns heute bei dir und fahren dann gemeinsam hin, ja? Bis später!«

Sina setzte sich wieder zurück auf ihren Stuhl, lehnte sich zurück und sah Leni nach. Sie war glücklich, dass sie hier auf Gut Schwansee eine Verbündete gefunden hatte, zumal Leni sie mit ihrer Energie und Fröhlichkeit oft ansteckte. Trotzdem war sie sich nicht sicher, ob es eine gute Idee war, zu dieser Party am Strand zu gehen. Sie war – im Gegensatz zu ihrer Freundin – überhaupt kein geselliger Mensch. Am wohlsten fühlte sie sich zu Hause, bei ihrer Familie oder bei der Arbeit. Insofern war es natürlich kein Wunder, dass sie in den vergangenen zwei Jahren hier niemanden kennengelernt hatte, und auch diese Dating-Apps waren so gar nicht ihr Ding. Bisher hatte sie sich immer gesagt, dass schon irgendwann der Richtige aufkreuzen würde. Plötzlich musste sie an Hendrik denken, und eine Welle widersprüchlicher Gefühle erfasste sie. Hoffentlich hatte er nicht bemerkt, wie aufgeregt sie gewesen war, als er sie in den Wohnwagen eingeladen und auch noch für sie gekocht hatte. Immerhin war es ihr gelungen, ein halbwegs normales Gespräch mit ihm zu führen, aber seitdem war nichts weiter zwischen ihnen passiert. Für ihn war sie nur eine von vielen, denn als Surflehrer lernte er bestimmt jeden Tag hübsche, junge, tolle Frauen kennen, die ihn anhimmelten und sich in ihn verliebten, da hatte sie eh keine Chance. Deshalb sollte sie die Gelegenheit wohl nutzen und unter Leute gehen. Was hatte sie schon zu verlieren? Sie nahm die beiden Tassen in die Hand und kehrte zaghaft lächelnd ins Hofcafé zurück. Ihre Skepsis löste sich langsam auf, und als sie die Tassen in die Spülmaschine eingeräumt hatte, freute sie sich auf das kleine Abenteuer.

Leni parkte den Sprinter auf einem Parkplatz in der Nähe des Strandes. Sie hatte sich auch bereit erklärt zurückzufahren, da sie sowieso nicht vorhatte, Alkohol zu trinken. Beim Aussteigen hörten die beiden Frauen aus der Ferne bereits die Klänge eines aktuellen Sommerhits.

»Da scheint schon einiges los zu sein.« Leni durchwühlte ihre große Umhängetasche, während Sina mit vor der Brust verschränkten Armen vor ihr stand.

»Suchst du was Bestimmtes?«

Leni hielt ihr ein eingewickeltes Bonbon unter die Nase. »Willst du auch eins?«

»Lieber nicht. Ich hätte mehr Lust auf einen Gin Tonic.«

Leni hakte sich bei ihr unter. »Das dürfte kein Problem sein.«

Sina und Leni folgten der schmalen Straße bis zur Strandpromenade. Stimmengewirr, laute Musik und Gelächter drangen von der Bar, die nur wenige Meter von der Ostsee entfernt zwischen den Dünen lag, zu ihnen herüber. Andere Gäste, die lachten und sich unterhielten, waren ebenfalls auf dem Weg dorthin. Vor der Holzhütte aus grob gezimmerten Brettern waren Stehtische aufgebaut, an denen Grüppchen von Menschen mit Gläsern oder Bierflaschen in der Hand standen. Einige hatten sich mit einem Getränk in der Hand in den Sand gesetzt und blickten aufs Meer.

»Das ist doch superschön hier«, sagte Leni, und Sina nickte zustimmend.

Die beiden steuerten die Bar an, hinter der ein breitschultriger Typ stand, der ein rotes Tuch auf Piratenart um den Kopf gebunden hatte.

Er grinste breit. »Ladys, was kann ich für euch tun?«

»Einen Gin Tonic und ein alkoholfreies Bier«, bat Leni.

»Geht klar!«, erwiderte der Hüne. Sein Blick ruhte für einen Augenblick auf Sina, dann wandte er sich an Leni. »Schön, dich mal wieder hier zu sehen. Ist Nathan auch da?«

»Nee, aber vielleicht kommt er später mit seinem Bruder nach.«

Die beiden Frauen nahmen ihre Getränke, gingen runter an den Strand und setzten sich in den Sand. Sina schloss für einen Moment die Augen und spürte, wie der Meereswind über ihre Wangen strich. Sie streckte die Beine aus und kostete mit der Zunge von dem Salzaroma, das sich auf ihren Lippen bildete. Die Sonne näherte sich langsam dem Horizont und leuchtete in einem warmen Orangeton. Eine Bekannte von Leni gesellte sich zu ihnen, und Sina ließ ihren Blick über den Strand gleiten. Sie hatte nicht gewusst, dass Nathan und Hendrik ebenfalls zur Vollmondparty kommen würden, und plötzlich war sie so aufgeregt wie vor einer Prüfung. Sie ließ eine Handvoll Sand durch ihre Finger rieseln, dann lehnte sie sich zurück und stützte sich mit den Ellenbogen ab. Das Rauschen der Wellen drang in ihre Ohren, und langsam beruhigte sie sich wieder. Nachdem die Sonne untergegangen war und es allmählich zu kühl wurde, gingen Sina und Leni zurück zur Bar. Mittlerweile waren noch mehr Gäste angekommen, die Musik war lauter gedreht worden, und Fackeln, die im Sand steckten, erhellten die Tanzfläche vor der Bar.

Leni deutete auf einen Stehtisch. »Guck mal, dahinten sind Nathan und Hendrik!« Sie winkte den beiden zu, und Sina wäre am liebsten im Boden versunken.

»Ich muss mal kurz auf die Toilette«, sagte sie betont beiläufig. Leni, die bereits auf dem Weg zu den beiden Cornelius-Brüdern war, nickte ihr zu. »Alles klar.«

Sina drängelte sich an einer Gruppe junger Surfer vorbei, dann folgte sie dem Hinweisschild zu den Toiletten, die sich in einem kleinen Holzhäuschen hinter der Bar befanden. Sie musste einen Moment warten, zusammen mit zwei jungen Frauen in kurzen Jeansshorts, die beide gierig an ihren Zigaretten zogen. Endlich war sie an der Reihe. Als sie wieder rauskam, war sie alleine in dem kleinen Vorraum mit dem Waschbecken. Sie fragte sich, ob es nicht besser wäre, einfach unauffällig zu verschwinden und Leni später eine WhatsApp-Nachricht zu schicken, dass ihr schlecht geworden sei. Allerdings wusste sie nicht, ob um diese Zeit noch Busse in Richtung Waabs fuhren, deshalb verwarf sie diese Idee wieder. Sina ließ kaltes Wasser über ihre Hände laufen und betrachtete sich im Spiegel. Sie fuhr sich mit den Fingern durch die Haare, die sich durch die feuchte Meeresluft kringelten, dann öffnete sie ihre kleine Schminktasche, die sie immer dabeihatte. Ihre Hand zitterte, als sie die Lidstriche nachzog, trotzdem gelangen ihr zwei schön geschwungene Linien. Noch etwas Wimperntusche. Fertig. Sie atmete zweimal tief ein und aus, dann machte sie sich auf den Weg zurück zum Strand.

»Hey, wen haben wir denn da?«

Drei Typen standen plötzlich vor ihr und versperrten ihr den Weg. »Bist du nicht die Kleine aus dem Hofcafé?«

Sina ballte die Fäuste zusammen. Einen von ihnen erkannte sie sofort: Es war Erik Graf von Bardelow vom Nachbargut, der schon auf dem Rapsblütenfest im Mai vergangenen Jahres Ärger gemacht hatte. Er war bestimmt zwei Köpfe größer als sie und kräftig gebaut. Sie würde mit Sicherheit den Kürzeren ziehen, wenn sie sich von ihm provozieren ließ, aber sie wollte es diesem Angeber auch nicht zu einfach machen. Sina straffte die Schultern.

»Ja, und?«, fauchte sie, woraufhin Erik schallend lachte.

»Na, sieh mal einer an, die Köchin ist eine kleine Wildkatze.«

Seine Kumpels stimmten grölend ein. Einer von ihnen kam einen Schritt auf sie zu.

»Bist du immer so kratzbürstig?«

Sina spürte, wie leichte Panik in ihr aufstieg. »Lasst mich einfach vorbei, okay?« Sie blickte nach links und rechts, aber dort waren überall dichte Strandrosenhecken.

Erik machte eine einladende Handbewegung, dann nickte er seinen beiden Freunden zu. »So interessant ist die Kleine nun auch wieder nicht.« Die Typen traten beiseite und ließen sie durch. Erleichtert atmete Sina auf, aber als sie dann mit klopfendem Herzen weiterging, blieb sie an einem Stein hängen und verlor das Gleichgewicht. Bevor sie hinfiel, fing sie im letzten Moment jemand auf.

»Hendrik!« Sie spürte seine Wärme auf der Haut, und als er sie vor sich auf die Beine stellte, richteten sich die Härchen auf ihren Unterarmen auf.

»Hey«, flüsterte er, und für einen kurzen Moment trafen sich ihre Blicke.

Sinas Mund fühlte sich plötzlich staubtrocken an. Sie konnte nicht denken, nicht atmen, sondern ihn nur anstarren. Im hellen Licht des Vollmondes erkannte sie seine ebenmäßigen Gesichtszüge, die dunkelblonden Locken und seine Mundwinkel, die amüsiert zuckten.

»Alles okay bei dir?«

»Ja, alles in Ordnung«, hauchte sie zurück. Sie strich sich mit beiden Händen über die Jeans. »Wo kommst du denn so plötzlich her?«

Hendrik deutete mit dem Kopf in die andere Richtung. »Leni hat sich gewundert, wo du so lange bleibst.«

Er zog sich den Kapuzenpulli über den Kopf und legte ihn über Sinas Schultern, dann kehrten sie zur Tanzfläche zurück, fanden aber Leni nicht mehr. Sina fühlte plötzlich ein nervöses Flimmern in der Magengegend, denn sie fragte sich, worauf das alles zwischen ihnen beiden hinauslaufen sollte. Sie spürte Hendriks Nähe mit jeder Faser ihres Körpers, und als sich ein älterer Typ mit Lederjacke an ihr vorbeidrängte, lag sie auf einmal in seinen Armen, und ihre Atmung setzte für einen Moment aus.

Hendrik zog sie eng an sich heran. »Ich freue mich so, dass du hier bist«, flüsterte er ihr ins Ohr.

Er strich eine Locke aus ihrem Gesicht, während die Musik noch lauter wurde und die Gäste in Scharen auf die Tanzfläche strömten.

Sina presste ihre Handflächen auf seine Brust, die sich fest und muskulös anfühlte. Sein Blick ruhte auf ihr, aber sie wusste überhaupt nicht, was sie sagen sollte. Sie öffnete die Lippen, als er sich zu ihr hinunterbeugte, doch er strich ihr nur sanft mit dem Daumen übers Kinn.

»Möchtest du auch noch etwas trinken?«

9

Als Hendrik mit dem Bier zurückkam, hatte Leni sich bereits zu ihr gesellt, aber vielleicht war das auch gut so, dachte Sina. Mittlerweile stand der Vollmond deutlich am dunkelblauen, mit Sternen übersäten Himmel. Die Stimmung wurde immer ausgelassener. Ihre Freundin zog sie mit auf die Tanzfläche, und ehe sich Sina versah, war sie von Partygästen umzingelt. Sie winkte Hendrik entschuldigend zu, ließ sich dann aber lächelnd mitreißen, fand ihren eigenen Rhythmus und verlor schließlich sogar Leni aus den Augen. Als der DJ eine kurze Pause machte, holte Sina sich ein neues Bier bei Jack, dann kehrte sie zu dem Stehtisch zurück, an dem Leni und Nathan eng umschlungen standen. Sie drehte den Kopf zur Seite und sah aus ein paar Metern Entfernung, wie eine dünne Blondine im kurzen Jeanskleid auf Hendrik zusteuerte und ihn herzlich umarmte. Ihr helles Lachen drang wie ein Alarmsignal in Sinas Ohren. Die junge Frau schüttelte die Mähne, zwirbelte die Locken um den Finger und warf den Kopf in den Nacken, als Hendrik sich zu ihr nach unten beugte. Eifersucht flammte brennend in Sina auf, sie drehte sich auf dem Absatz um, ihre Kehle schmerzte, und sie wollte nur noch weg, am liebsten sofort. Aber sie war nun einmal mit ihrer Freundin da, und zu Fuß konnte sie schlecht bis nach Gut Schwansee laufen.

Also ging sie runter an den Strand und streifte sich die Turnschuhe ab. Der Sand war kühl, und Seegras pikste ihr in die Haut. Ein paar Partygäste überholten sie lachend, streiften die Klamotten ab und stürzten sich kreischend ins Wasser. Sina setzte sich, streckte die Beine von sich und sah dem ausgelassenen Treiben zu. Das Bild von Hendrik und der hübschen Blondine ließ sie nicht los. Sina war sich bewusst, dass sie nicht aussah wie ein Model. Als Trotzreaktion hatte sie sich als Jugendliche sogar einmal die Haare komplett abgeschnitten, aber der Irokesenschnitt war bei ihren Mitschülern noch weniger angekommen. Nur Bianca, ihre beste Freundin seit dem Kindergarten, hatte immer zu ihr gehalten. Leider war sie kurz vor dem Abitur mit ihren Eltern nach Berlin gezogen, und seitdem hatten sie sich nur selten gesehen. Hin und wieder schrieben sie sich per WhatsApp, aber Sina hatte bisher keine Einladung ihrer Freundin, sie doch einmal in Berlin zu besuchen, angenommen. Die Vorstellung, sich alleine irgendwo hinzubegeben, wo sie sich nicht auskannte, gefiel ihr nämlich überhaupt nicht. Sie wusste auch nicht, warum das so war – vielleicht fehlte ihr einfach die Erfahrung. Im Gegensatz zu ihren Freundinnen war sie in den Ferien nämlich nie verreist, denn das hatten sich ihre Eltern einfach nicht leisten können. Stattdessen hatte sie auf ihre kleinen Brüder aufgepasst oder war an den Dorfsee oder den Strand gefahren. Nach dem Abitur waren viele ihrer ehemaligen Klassenkameradinnen und Klassenkameraden zu einem »Work and Travel«-Jahr nach Neuseeland, Australien oder auch auf die Philippinen aufgebrochen, aber sie hatte zunächst auf dem benachbarten Erdbeerhof gearbeitet und dann im Herbst ihr Studium der Ernährungswissenschaften in Kiel begonnen. Allerdings hatte sie schon nach kurzer Zeit gemerkt, dass ihr das rein theoretische Lernen eigentlich überhaupt nicht lag. Nebenher hatte sie in einem indischen Restaurant gejobbt, und als sie mit der Unterstützung ihres Chefs das erste köstlich duftende Curry gezaubert hatte, stand für sie fest, dass sie Köchin werden wollte. Ihre Eltern waren nicht besonders begeistert davon gewesen, dass sie ihr Studium nach nur vier Monaten beendete und dann eine Lehre in Lütjenburg begann, aber mittlerweile waren sie glücklich, dass Sina ihre Berufung gefunden hatte.

Jemand winkte ihr vom Wasser aus zu. »Hey, komm doch auch rein!«

Sina hob die Hand. »Ja, mach ich vielleicht«, rief sie zurück.

Gedankenverloren zeichnete sie Kreise in den Sand.

Warum sollte sie eigentlich nicht baden gehen? So viel hatte sie nicht getrunken, und eine kleine Abkühlung würde ihr vielleicht sogar ganz guttun. Danach hatte Leni vielleicht genug vom Feiern, und sie könnten endlich nach Hause fahren. Sie stand auf, schlüpfte aus ihrer Jeans und streifte das T-Shirt über den Kopf. Wie gut, dass sie den schönen schwarzen Sport-BH und den dazu passenden Slip angezogen hatte. Sie legte ihre Sachen ordentlich auf einen Haufen, trat an die Wasserkante und hielt ihren rechten Fuß hinein. Sie wusste, dass sich an dieser Stelle kaum Steine auf dem Meeresgrund befanden, deshalb rannte sie los und landete mit einem Hechtsprung in der Ostsee. Die Kälte nahm ihr für einen Moment den Atem, aber als sich ihr Körper an die Temperatur gewöhnt hatte, war sie ganz in ihrem Element. Sie kraulte los, weg vom Ufer und fort von dieser Vollmondparty, die ganz anders verlief, als sie sich das vorgestellt und gewünscht hatte. Sie liebte das Gefühl, leicht und schwerelos zu sein, und als sie ein »Sina, komm zurück« hörte, tauchte sie einfach unter und schwamm mit kräftigen Zügen davon. Sie öffnete die Augen, sah aber nichts als Dunkelheit. Als sie wieder hochkam, schlug ihr plötzlich eine Welle ins Gesicht. Sie schluckte Wasser, japste nach Luft. Dann verspürte sie einen heftigen Sog, der sie nach unten mitriss. Eine weitere Welle schwappte über sie hinweg, sie hustete und ruderte mit den Armen. Kein Grund zur Panik, dachte sie, schließlich war sie eine gute Schwimmerin. Trotzdem hämmerte ihr Herz gegen die Brust. Sie drehte den Kopf zur Seite, noch immer in den Fängen der Strömung. Schemenhaft erkannte sie das Ufer, sah aber niemanden mehr im Wasser. Sie hob den Arm, um auf sich aufmerksam zu machen, schluckte wieder Wasser, streckte die Beine nach unten, aber sie spürte keinen Boden unter den Füßen. Sie ließ sich auf den Rücken gleiten, in der Hoffnung, dass sie sich einfach treiben lassen konnte. Für ein paar Sekunden hatte sie das Gefühl, dass es klappen könnte, aber dann bemerkte sie, dass sie nicht weiter ans Ufer kam, sondern aufs offene Meer getragen wurde. Eine weitere Welle klatschte gegen ihr Gesicht, ihr wurde schwarz vor Augen. Gleich ist es vorbei, schoss es ihr durch den Kopf. Doch im nächsten Moment packte sie jemand von hinten an der Schulter. Erleichtert ließ Sina sich in die Arme des Retters sinken, spürte den kräftigen Körper unter sich, der sie mit regelmäßigen Schwimmzügen durch das Wasser zog. Über ihr leuchteten der Mond und ganz, ganz viele Sterne.

Hendrik strich leicht über Sinas Wange. Er atmete stoßweise, und Wasser tropfte von seiner Stirn auf sie herab. Leni brachte eine Decke, die sie aus der Strandbar geholt hatte, und legte sie über ihre Freundin.

»Ist sie okay?«, fragte Nathan.

»Ja, sie hat noch einmal Glück gehabt. Sie ist nur unterkühlt.«

Sina schlug die Augen auf. »Ich …«, begann sie, aber Hendrik legte den Finger auf ihre Lippen. »Nicht reden.« Er nickte Nathan zu. »Am besten, wir bringen sie gleich nach Hause.« Er wandte sich an Leni. »Hilfst du ihr beim Abtrocknen und Anziehen?«

»Na klar, ich kümmere mich um sie. Holt ihr mal das Auto.«

Nathan nickte. »Lasst uns alle mit meinem Jeep fahren, das ist besser. Wir können den Sprinter morgen abholen, okay?«

»Das ist eine gute Idee. Ich bin sowieso zu fertig, um noch zu fahren.«

Nachdem sich Hendrik bei Jack trockene Shorts und einen Pulli besorgt hatte, war er startklar. Er war froh, dass Nathan ihn begleitete. »Warum ist sie ins Wasser gegangen?«, fragte sein Bruder, als sie die Strandpromenade erreicht hatten.

»Keine Ahnung, vielleicht wollte sie einfach nur schwimmen, und die Strömung hat sie mitgerissen.«

»Aber sie wollte sich doch nichts antun, oder?«

»Quatsch, für so etwas ist sie nicht der Typ«, erwiderte Hendrik mit Nachdruck.

Sie hatten das Auto seines Bruders erreicht. Nathan stieg ein, öffnete die Beifahrertür, und Hendrik ließ sich neben ihm auf den Sitz fallen. Als sie das Ende der Promenade erreichten, kamen ihnen Leni und Sina schon entgegen. Hendrik sprang aus dem Wagen.

»Warte, ich helfe dir«, sagte er an Sina gewandt. »Setz du dich nach vorne, Leni.«

Er schob Sina, die widerstrebend die Arme vor der Brust verschränkte, auf die hintere Bank, setzte sich dicht neben sie und nahm ihre Hand, die sich eiskalt anfühlte. Dann beugte er sich nach vorn und tippte seinem Bruder auf die Schulter. »Du kannst losfahren.«

Sina saß bewegungslos neben ihm, aber immerhin hatte sie den Kopf an seine Schulter gelehnt. Leise Musik drang aus dem Radio, ansonsten hörte er nur das Geräusch des Motors. Hendrik war so froh, dass er zum Strand gegangen war. Irgendetwas hatte ihn beunruhigt, nachdem sich Charlotte, eine Surfschülerin von ihm, verabschiedet hatte. Danach hatte er Sina gesucht, sie aber nirgends gefunden. Am Strand angekommen, hatte er ihre Klamotten im Sand gefunden und sie entdeckt – als Schatten auf der Meeresoberfläche. Er wusste, dass es an dieser Stelle oft gefährliche Unterströmungen gab, und hatte sich sofort bis auf die Unterwäsche ausgezogen und war ins Wasser gesprungen. Ein paar Minuten später, und es wäre zu spät gewesen.

Endlich erreichten sie Gut Schwansee. Der Vollmond leuchtete über dem Dach des Herrenhauses, alles war still und friedlich. Vor dem Hengststall half Hendrik Sina aus dem Wagen. Sie blieben noch einen

Moment Hand in Hand stehen, bis Nathan über den Hof zu seinem Haus gefahren war. Zum ersten Mal seit Langem beneidete er Nathan darum, dass er mit Leni auf Gut Schwansee lebte, aber er verscheuchte schnell diesen Gedanken, als Sina sich zu ihm wandte und seine Hände mit ihren umschloss.

»Danke, dass du mich aus dem Wasser geholt hast.«

Einen kurzen Moment sahen sie sich in die Augen. »Was machst du aber auch für Sachen?«, flüsterte er liebevoll.

Sina blinzelte. »Ich wollte doch nur ein bisschen schwimmen gehen, das war alles.«

Hendrik hob die Augenbrauen, dann zog er sie zum Eingang. »Ich bringe dich nach oben.«

Als Sina den Schlüssel ins Schloss steckte, bemerkte sie, wie stark ihre Hand zitterte. Hendrik stand hinter ihr, sie spürte seine Wärme im Nacken. Drinnen deutete Sina auf die Tür zur Küche. »Kannst du uns vielleicht einen Tee machen? Ich ziehe mich kurz um.«

Als er verschwunden war, atmete Sina erleichtert auf. Im Schlafzimmer öffnete sie den Schrank, holte ein T-Shirt und Shorts hervor und zog ihre Klamotten, die sich etwas feucht anfühlten, aus. Ihr war immer noch kalt, am liebsten wäre sie unter die heiße Dusche gesprungen, doch sie wollte Hendrik nicht warten lassen.

Der Schock, fast ertrunken zu sein, steckte ihr immer noch in den Knochen, aber Hendrik war bei ihr, und darüber war sie überglücklich. Nachdem sie sich angezogen und sich ihr kuscheliges Plaid geschnappt hatte, ging sie in Richtung Küche. Hendrik kam ihr schon mit zwei Tassen entgegen. »Schön hast du es hier«, sagte er, nachdem er sich im Wohnzimmer auf das Sofa gesetzt hatte.

»Danke«, erwiderte sie und nahm neben ihm Platz. Sie saßen nur wenige Zentimeter voneinander entfernt, und Sina kam es so vor, als wäre die Luft zwischen ihnen elektrisch aufgeladen. Sie fühlte sich fast schmerzhaft von ihm angezogen und fragte sich, ob er dasselbe empfand.

»Wo hast du das eigentlich gelernt?«, fragte sie schließlich. »Jemanden aus dem Wasser zu retten, meine ich.«

Er wandte sich ihr zu, seine Augen schimmerten im Licht der Stehlampe.

Hendrik zog sein linkes Bein hoch. »Ich bin Rettungsschwimmer, seit vielen Jahren«, sagte er und legte seinen Unterarm auf der Lehne des Sofas ab. »Ich habe das Wasser schon immer geliebt«, fuhr er fort. »Natürlich habe ich auch reiten gelernt, zusammen mit meinem Bruder, aber der Wassersport war immer mehr mein Ding.«

»Also nicht nur Surfen und Kiten, sondern auch Segeln?«

»Ja, den Segelschein habe ich natürlich auch. Wenn du willst, kann ich dich mal mitnehmen?«

Sinas Herz machte einen kleinen Hüpfer. »Supergern, das war schon immer mein Traum«, gestand sie. »Irgendwohin, wo es ganz einsam ist, vielleicht sogar auf eine Insel?«

»Die gibt es mehr in Richtung Dänemark«, erwiderte er schmunzelnd, »aber wie wäre es mit einem Törn zur Aschauer Lagune?«

»Eine Lagune? Hier in der Nähe?«

»Vielleicht ist die Bezeichnung etwas übertrieben, aber es ist superschön dort und noch nicht so überlaufen. Man kann nämlich nicht direkt an den Strand fahren, sondern muss das Auto auf dem Parkplatz abstellen und den Rest zu Fuß laufen. Das schreckt wohl viele ab.«

Sina schmunzelte. »Das hört sich für mich nach einem perfekten Ort an.« Es entstand eine kleine Pause, die sich aber nicht unangenehm anfühlte.

»Musst du morgen eigentlich arbeiten?«, fragte Sina schließlich, nachdem sie den Becher auf dem niedrigen Holztisch abgestellt hatte.

Hendrik bewegte seine Hand auf der Lehne ein kleines Stück auf sie zu, streifte mit den Fingern ihre Schulter, und Sina spürte ein Prickeln, das durch ihren ganzen Körper ging. »Wieso? Willst du mich loswerden?«

Sina schluckte, in ihrem Kopf kreisten ihre Gedanken wie im Schnelldurchlauf. Sie wollte auf gar keinen Fall, dass er jetzt ging, aber sie war auch noch nicht bereit für mehr. »Eigentlich nicht, aber …«

Ehe sie ihren Satz beenden konnte, beugte sich Hendrik zu ihr nach vorne, umfasste ihren Nacken und küsste sie sanft auf die Lippen. »Ich lasse dich jetzt auf gar keinen Fall alleine, okay?«

Nach einer wohltuenden Dusche lag Sina unter der Decke, die sie sich bis zur Nase hochgezogen hatte. Hendrik war im Bad, sie hatte ihm eine noch verpackte Zahnbürste und ein frisches Handtuch mit auf den Weg gegeben. Als er endlich zur Tür hereinkam, wehte ihr der Duft des Orangenduschgels aus dem Naturkosmetikladen in Eckernförde entgegen, das sie sich hin und wieder gönnte. Er trug nur enge schwarze Shorts, und Sina ließ ihren Blick über die breiten Schultern und seinen muskulösen Oberkörper gleiten.

»Hast du ein T-Shirt für mich?« Er deutete fragend auf die linke Tür ihres Schrankes.

»Nicht dort!«, rief sie erschrocken, aber zum Glück war die Tür verschlossen. Sina deutete auf die andere Seite. »Dort sind ein paar alte, die dir passen könnten.«

Als er schließlich unter die Decke schlüpfte, schloss Sina einen Moment die Augen. Sie sog seinen Geruch ein, ließ sich von ihm in den Arm nehmen und rückte ganz nah an ihn heran. Sie war hundemüde, aber wollte jetzt nicht einfach nur einschlafen. Vielleicht würde sie sonst morgen aufwachen, und alles wäre nur ein schöner Traum gewesen.

»Wer war eigentlich die junge Frau?«, murmelte sie, schon halb weggedöst.

»Wen meinst du?«, flüstert er nahe an ihrem Ohr.

»Die mit den langen blonden Haaren.«

Sie spürte seinen Atem. »Du meinst Charlotte?«

»Wenn sie so heißt…«, sagte Sina. Ihre Stimme klang schärfer, als sie beabsichtigt hatte.

Hendrik lachte brummend. »Sie ist eine Surfschülerin von mir, Sina.« Er strich ihr eine Strähne hinters Ohr, küsste sie noch einmal sanft auf den Mund. »Und sie ist übrigens schon seit drei Jahren mit Felina zusammen.«

10

Als Sina die Augen aufschlug, erkannte sie in der Dunkelheit schemenhaft die Umrisse von Hendrik, der, auf die Hand abgestützt, neben ihr lag und sie betrachtete.

»Guten Morgen!«, flüsterte er und strich ihr sanft über die Wange.

Sina spürte ein aufgeregtes Flattern in der Brust. Sie hatte also nicht geträumt. Hendrik hatte sie gerettet und die ganze Nacht über neben ihr gelegen. »Schön, dass du da bist«, erwiderte sie leise. Sie richtete sich halb auf und rieb sich die Augen. »Wie spät ist es?«

Seine Finger wanderten weiter über ihren Hals bis zu ihrer Schulter. »Es ist noch früh, keine Sorge, du kommst rechtzeitig zur Arbeit. Ich mach uns mal einen Kaffee.«

Eine halbe Stunde später begleitete Hendrik sie zum Hofcafé. Er hielt ihre Taille eng umschlungen, und als sie die Eingangstür erreichten, schob er sie vorsichtig ein Stück von sich weg, blickte ihr in die Augen und küsste sie zärtlich auf den Mund. »Ich melde mich, okay?«

Sina nickte, schlang ein letztes Mal die Arme um ihn, dann ließ sie ihn widerwillig los. »Okay!«

Sie verfolgte ihn mit dem Blick, bis er mit dem VW-Bus vom Hof gefahren war. Nachdem sie die Tür des Hofcafés geöffnet hatte, schaltete sie das Licht an, ging in die Küche und bereitete das Frühstück vor. Während sie Eier in die Pfanne schlug, die Brötchen formte, Kaffeepulver in den Filter der Siebträgermaschine rieseln ließ und das Besteck polierte, dachte sie wieder über die Nacht mit Hendrik nach. Sie konnte es immer noch nicht glauben, dass er bei ihr geblieben war. Er hatte sie nur im Arm gehalten, war einfach für sie da gewesen. Sie fragte sich, ob er sich bei einer anderen Frau auch so verhalten hätte, schob dann aber den Zweifel beiseite. Sina wusste nicht sehr viel von ihm, das musste sie sich eingestehen, aber sie glaubte ihm, dass mit dieser Charlotte von der Strandparty nichts lief. Dennoch hatte sie Angst, ihr Herz vollkommen zu verlieren. Noch immer hatte sie die größte Enttäuschung in ihrem bisherigen Leben nicht überwunden. Die Furcht davor, dass dies noch einmal passieren könnte, saß wie ein schmerzender Stachel tief in ihrem Herzen.

Sina war froh, als Samuel gut gelaunt in die Küche kam. Er erzählte ihr, dass er am Abend zuvor mit seiner Tochter telefoniert habe, die er wegen der Trennung von seiner Frau leider nicht mehr häufig sah. Sina hatte ihn, seit sie ihn kannte, noch nie so fröhlich erlebt. Sie freute sich mit ihm, und außerdem lenkte er sie mit seiner guten Laune von ihren düsteren Gedanken ab. Die Zeit verging wie im Flug, und Sina war überrascht, als es schon Zeit für ihre Mittagspause war. Sie hängte die Kochjacke an den Haken und ging rüber in den Stall, um Kilian zu besuchen. Kurz bevor sie den Eingang erreichte, hörte sie ein Motorgeräusch. Sie drehte sich um, und ihr Herz machte einen kleinen Hüpfer. Hendrik fuhr mit seinem VW-Bus auf den Hof, pünktlich auf die Minute. Sie verharrte dort, wo sie stehen geblieben war, und wartete auf ihn. Er hatte ihr morgens per WhatsApp geschrieben, dass Nathan ihm von der Rettung des Ponys erzählt habe und dass er ihren Schützling einmal näher kennenlernen wolle, und nachdem sie zugesagt hatte, wäre sie am liebsten vor Freude an die Decke gesprungen.

»Hi!«

Sein Duft schlug ihr entgegen, als er vor ihr stand, und sie unterdrückte das brennende Verlangen, sich sofort an ihn zu schmiegen.

»Schön, dass du da bist«, sagte sie stattdessen leise. Sie spürte, wie sie errötete, deshalb drehte sie sich schnell zur Seite und deutete mit dem Kopf in Richtung Stall. »Er steht dort drinnen.«

Hendrik folgte ihr in die kühle Stallgasse. Als sie die Tür der Box öffnete, gab Kilian ein grummelndes Geräusch von sich. Ihrem Schützling ging es sichtlich besser, obwohl er immer noch nicht zutraulicher geworden war. Er stand ganz hinten in der Ecke, als wolle er sich dort verkriechen.

Sina streckte ihm die Hand entgegen. »Na, mein Kleiner, wie geht es dir heute?«

Der Wallach hob den Kopf, seine Ohren bewegten sich hin und her, aber er kam keinen Zentimeter auf sie zu.

»Ich tue dir nichts, das weißt du doch!«

»Ich glaube, ich habe eine Idee«, sagte Hendrik und zog eine Möhre aus der Gesäßtasche seiner Jeans. Er wandte sich an Sina. »Liebe geht durch den Magen.«

Der Wallach blähte die Nüstern, dann schnaubte er und bewegte sich auf Hendrik zu. Er reckte den Kopf nach vorn, nahm die Möhre zwischen die Lippen und kaute dann mit halb geschlossenen Augen.

Hendrik stellte sich neben ihn und kraulte ihn zwischen den Ohren. »Braves Pferd!« Kilian schüttelte den Kopf, sodass Hendrik lachen musste. »Doch, das bist du!«

Ein warmes Gefühl durchströmte Sina. Pferde und Ponys konnten sehr eigen sein. Wenn sie einen Menschen nicht mochten, dann zeigten sie das auch, indem sie sich einfach wegdrehten oder die Ohren anlegten. Wie schön, dass Kilian und Hendrik auf einer Wellenlänge waren. Schulter an Schulter standen sie noch eine Weile vor der Box, und Sina spürte ein leichtes Kribbeln in ihrem Körper.

Schließlich drehte er sich zu ihr um und suchte ihren

Blick. »Ich muss leider los zum Unterricht. Aber wir sehen uns bald, okay?« Er küsste sie leicht auf die Wange.

Sie nickte, begleitete ihn zu seinem VW-Bus und blieb stehen, bis er den Hof verlassen hatte. Mit einem Lächeln auf den Lippen kehrte Sina in den Stall zurück. Sie ging in die Sattelkammer und holte sich den kleinen Eimer, in dem sie den Striegel, die Wurzelbürste und den Hufkratzer für Kilian aufbewahrte. Seit sie ihn jeden Tag putzte, kam die außergewöhnliche Farbe seines Felles immer mehr zur Geltung. Es war rötlich braun, aber mit weißen Stichelhaaren, wodurch es jeden Tag etwas anders aussah. Seine Mähne, der Schweif und die Beine waren hingegen dunkelbraun, fast schwarz. Er war ein Rotschimmel – oder ein Red Roan, wie diese Farbe auf Englisch hieß, und die bei Fans dieser Rasse sehr beliebt war. Sie bürstete das Fell ihres Schützlings, noch immer wie hypnotisiert von den vergangenen, wunderbaren Momenten mit Hendrik.

»Hier stecken Sie also.« Von einer Sekunde auf die andere wurde Sina in die Realität zurückkatapultiert. Neben ihr stand Susanne Cornelius und musterte sie.

»Ich habe gerade Mittagspause«, erwiderte Sina reflexartig, obwohl sie sich eigentlich gar nicht rechtfertigen musste.

Die Chefin zupfte an ihrem Seidentuch. »Wie weit sind Sie mit der Planung für die Tagung?«

»Ich habe mit Samuel bereits die Speisen und Getränke ausgewählt«, sagte Sina, obwohl das nicht ganz der Wahrheit entsprach. Sie hatten zwar, nachdem er ihr das angeboten hatte, ausführlich über die verschiedenen Varianten diskutiert, sich aber noch nicht endgültig entschieden.

Frau Cornelius rümpfte die Nase. »Nun ja, dann will ich das mal glauben.« Sie hob den Zeigefinger. »In zwei Wochen ist es so weit, das heißt, ich will spätestens Anfang der kommenden Woche die Menüpläne sehen.«

Als Sina pflichtschuldig nickte, wandte ihre Chefin sich zum Gehen, drehte sich dann aber doch noch einmal um. Sina hielt für einen Moment die Luft an und bereitete sich innerlich auf das nächste Donnerwetter vor.

Susanne Cornelius kniff die Augen zusammen. »Ich habe übrigens gehört, dass Hendrik sie vergangene Nacht aus dem Wasser gefischt hat.« Sie straffte die Schultern, dann fuhr sie fort. »Angetrunken in der Ostsee schwimmen, mitten in der Nacht. Was ist nur in Sie gefahren? Sie haben nicht nur sich, sondern auch meinen Sohn in Lebensgefahr gebracht. So etwas darf nicht noch einmal vorkommen – haben wir uns verstanden?«

»Ja, natürlich.« Sina ließ den Kopf schuldbewusst hängen. Ihre Chefin warf ihr einen letzten strengen Blick zu, dann verließ sie mit hocherhobenem Kopf die Stallgasse.

Auf einmal wurde Sina schmerzhaft bewusst, dass

Hendriks Mutter sie nie an der Seite ihres Sohnes akzeptieren würde. Die kleine Köchin und der junge Gutsherr – so etwas gab es im wirklichen Leben eben nicht, sondern nur in diesen Vorabendserien im Fernsehen, die ihre Mutter so liebte.

Nachdem am Abend der letzte Gast das Hofcafé verlassen hatte, setzten sich Samuel und Sina an den kleinen Tisch gegenüber vom Tresen. Für das Bankett am dritten Abend des Events würde es ein klassisches Dreigängemenü im Goldenen Saal geben – darüber waren sie schnell einer Meinung gewesen. Sie hatten sich endlich auch auf die Speisenfolge des »Flying Menüs« geeinigt, das sie den Herrschaften von der Reitsportdelegation zum Empfang am ersten Tag in kleinen Gläsern und auf Minitellern servieren wollten. Sina legte den ausgedruckten Zettel auf den Tisch und las vor:

Warmer Gemüsesalat mit Gartenkräutern
Krabben auf Pumpernickel-Chips
Variationen vom Angler Sattelschwein
Frikassee vom Salzwiesenhuhn mit Knusperschalotten
Rote Grütze mit Vanilleschnee

Samuel lehnte sich im Stuhl zurück. »Das hört sich wirklich gut an. Willst du die Zutaten schon vorbestellen?«

Ein stolzes Lächeln huschte über Sinas Gesicht. »Ja, das werde ich gleich morgen angehen, damit alles möglichst einen Tag vorher frisch angeliefert wird. Dann haben wir genügend Zeit, alles vorzubereiten, was meinst du?«

Samuel nippte an dem Orangensaft. »Ja, das sollten wir auf jeden Fall schaffen.«

Samuel sah heute entspannt und fröhlich aus. Bestimmt hatte das mit dem Telefonat gestern zu tun.

»Wie geht es denn deiner Tochter?«, fragte sie.

Seine Miene hellte sich noch ein wenig mehr auf. »Sie war mit einer Freundin in einem Freizeitpark an der Ostsee und ist mit einer Achterbahn gefahren.« Sein Blick ging in die Ferne. »So etwas haben meine Ex-Frau und ich früher auch oft mit ihr gemacht.«

»Warum ist eure Beziehung eigentlich in die Brüche gegangen?« Kaum hatte sie gefragt, biss sie sich auf die Lippen. Das ging sie ja nun eigentlich überhaupt nichts an!

Samuel schien es aber nicht zu stören, gedankenverloren rieb er sich über das Gesicht. »Ach, das ist eine lange Geschichte.« Er hielt einen Moment inne, dann fuhr er fort: »Sie war meine Angestellte …«

»Du hattest mal ein eigenes Restaurant?«

Er machte eine abwehrende Handbewegung. »Ja, aber davon erzähle ich dir ein anderes Mal. Zuerst hatten wir ein ganz normales Verhältnis zueinander, aber nach einer Firmenfeier sind wir gemeinsam im

Bett gelandet, und von da an waren wir unzertrennlich.«

Sina nickte. »Aber das hört sich doch alles sehr schön an?«

»Wir haben uns auch sehr gut verstanden. Ich habe zusammen mit meinem Team gekocht, und Maren hat sich um die Gäste gekümmert. Aber dann wurde sie schwanger, und ab da ging irgendwie alles schief.« Er schluckte. »Ich war überfordert. Als sie nicht mehr mitarbeiten konnte, wuchs mir alles über den Kopf. Ich trank zu viel, gab zu viel Geld aus und hatte meine Mitarbeiter nicht mehr im Griff. Zu Hause musste ich mir dann auch noch Marens Vorwürfe anhören. Als Sofia dann auf die Welt kam, wurde alles etwas besser, aber sie war ein Schreikind, und meine Frau bestand darauf, dass ich mich nachts auch um das Baby kümmere, aber das alles hat mich total fertiggemacht.«

Sina schenkte ihm noch etwas Saft nach.

»Das war alles ziemlich viel, oder?«

Er stöhnte auf. »Du sagst es, aber ich will jetzt auch nicht jammern. Um es kurz zu machen: Als unsere Tochter ein Jahr alt wurde, haben wir uns getrennt. Danach musste ich mein Restaurant schließen. Ich hatte jede Menge Schulden und musste natürlich trotzdem den Unterhalt für die beiden zahlen.«

Samuel nahm das Glas in die Hand und drehte es hin und her. »Seitdem jobbe ich hier und da als Koch oder auch im Service.« Er grinste schief. »In der Gastronomie werden ja zum Glück immer gute Leute gesucht.«

»Das stimmt allerdings«, sagte Sina. »Ich bin jedenfalls froh, dass du hier bist. Elisabeth, die Frau von Albert, hat mir gestern gesagt, dass ihr Mann frühestens Ende August wieder arbeiten darf. So lange kannst du auf jeden Fall hierbleiben, aber vielleicht auch für länger.«

Samuel nickte. »Ja, das wäre schön.«

»Mich würde es jedenfalls freuen, und Arbeit gibt es hier immer genug. Apropos: Morgen wollte ich den Goldenen Saal auf Vordermann bringen, wo das Bankett stattfindet. Kannst du mir helfen?«

»Nichts lieber als das!«

Zur gleichen Zeit saßen Hendrik und Nathan zusammen mit Bürgermeister Karsten Andresen in der Waabser Mühle, einem urigen Restaurant direkt an der Landstraße, nicht weit von der Ostsee entfernt. Sie hatten sich alle ein Bauernfrühstück mit Salat bestellt. Eine dünne junge Frau mit schwarz gefärbten Haaren servierte ihnen die Gerichte auf großen angewärmten Tellern. »Lassen Sie es sich es sich schmecken«, sagte sie und deutete auf die halb leeren Biergläser. »Noch eine Runde?«

Karsten Andresen nickte. »Gern, Cora, aber die geht auf mich, okay?«

Dann wandte er sich den Brüdern zu. »Wie geht es mit der Reithalle voran?«

»Sieht alles sehr gut aus«, sagte Nathan. »Wahrscheinlich können wir schon kurz nach dem Besuch der Reitsportdelegation das Richtfest feiern.«

Der Bürgermeister kaute mit geschlossenen Augen, dann nickte er, wobei ihm eine Strähne seines dichten blonden Haares in die Stirn fiel. »Sehr schön, das freut mich.«

Hendrik war ebenfalls froh, dass sich für seinen Bruder alles so gut entwickelte. Wenn dieses Dressurchampionat, das er und ihre Mutter planten, wirklich stattfand, würde er allerdings schon verreist sein. Er war froh, dass er von dem ganzen Spektakel nichts mitbekommen würde, aber andererseits beschlich ihn auch ein Gefühl der Wehmut. Die durchdringende Stimme des Bürgermeisters ließ ihn aufhorchen.

»Wisst ihr eigentlich schon das Neueste?« Karsten Andresen winkte sie näher und sprach dann leise weiter. »Die von Bardelows wollen auch eine Reithalle bauen.«

Nathan schlug mit der flachen Hand auf den Tisch, dass die Gläser vibrierten. »Woher weißt du das?«

»Der Gemeinde liegt ein entsprechender Bauantrag vor.«

»Das gibt es doch nicht«, erwiderte Nathan. Er verschränkte die Arme vor der Brust. »Das ist doch wirklich das Allerletzte.«

»Dieser Mistkerl.« Nathan umklammerte das Lenkrad und blickte starr geradeaus. Selten hatte Hendrik ihn so sauer erlebt. »Ich dachte wirklich, Hektor hätte sich geändert.«

»Vielleicht ist es auch nur ein Gerücht«, erwiderte Hendrik beschwichtigend. »Du kennst den Landfunk hier. Warte erst einmal ab.«

Nathan schnaubte. »Du hast gut reden. Im August bist du doch schon wieder weg, was interessiert dich da unser Stress mit den von Bardelows.«

Hendrik ignorierte den Vorwurf. »Ich könnte dir doch sowieso nicht helfen, du weißt doch, dass ich mit dem Reitsport nichts am Hut habe.«

Darauf erwiderte Nathan nichts, und sie schwiegen, bis sie Gut Schwansee erreicht hatten. Hendrik fragte sich, was im Kopf seines Bruders wohl vorging, aber er scheute sich davor, ihn einfach danach zu fragen. Er hatte jedenfalls das Gefühl, dass auch Nathan mit dem Verhältnis, das sie momentan hatten, nicht glücklich war. Vielleicht sollten sie sich einmal in Ruhe aussprechen und mögliche Missverständnisse aus dem Weg räumen. Wenn sich die nächste Gelegenheit bot, würde er einen Vorstoß wagen, denn ihm lag sein Bruder wirklich am Herzen.

Nathan hielt vor seinem Haus, Hendrik stieg aus, bedankte sich fürs Mitnehmen und ging zu seinem VW-Bus. Er fühlte sich noch hellwach, wollte Sina um diese Uhrzeit aber nicht mehr stören, immerhin hatte sie morgen Frühschicht. Noch immer hatte er das Gefühl, als würde die Wärme ihres Körpers an ihm haften, und die Erinnerung an ihren Duft löste ein leichtes Ziehen in seiner Brust aus. Er wusste wirklich nicht, ob er schon wieder eine Beziehung eingehen wollte nach dem, was er mit Chiara erlebt hatte. Außerdem gab es noch ein weiteres Problem: Mitte August würde er nach Hawaii fliegen. Wenn er sich weiter mit Sina treffen wollte, musste er ihr davon erzählen – und zwar möglichst bald.

11

Ein salziger Geruch drang in Hendriks Nase, und er spürte einen kühlen Lufthauch, der die Schweißperlen auf seiner Stirn trocknete. Er blinzelte und ließ den Blick zum Fenster des Wohnwagens gleiten. Die Sonne, die so früh am Morgen noch sehr tief am Himmel stand, warf helle Sprenkel auf die Bettdecke.

Hendrik verschränkte die Arme hinter dem Kopf und streckte die Beine aus. Ein Albtraum aus seiner Kindheit hatte ihn nachts heimgesucht: Er war in einem Fahrstuhl nach oben gefahren, dann hatte sich der Raum immer weiter verengt, bis er sich flach auf den Boden legen musste. Zum Schluss war er von allen Seiten eingeschlossen gewesen und hatte kaum noch Luft bekommen.

Er scheuchte die quälende Erinnerung fort, sprang aus dem Bett und brühte sich in der Kochnische einen Kaffee auf. Während das heiße Wasser durch den Filter lief, wanderten seine Gedanken zum gestrigen Tag, zu der Begegnung mit Sina im Stall. Seit er sie im Krankenhaus in Eckernförde gesehen hatte, fühlte er sich wie elektrisiert. Er konnte sich auch nicht erklären, warum das so war. Nach der Beziehung mit Chiara hatte er sich eigentlich geschworen, erst einmal Single zu bleiben. Aber jetzt... Barfuß und mit freiem Oberkörper ging er nach draußen. Das Rauschen des Meeres drang zu ihm herauf. Der Wind wirbelte um seinen Körper, die Härchen auf den Unterarmen richteten sich auf. Er fühlte sich von Sina angezogen, wollte sie berühren, sie besser kennenlernen, ihr nah sein. Aber wäre das fair? Er würde bald verreisen, das war sein Wunsch, sein Leben, und deshalb durfte er auch nicht mit ihren Gefühlen spielen.

Er beschloss, eine Runde zu schwimmen. Das würde ihm bestimmt guttun. Er brauchte mehr Klarheit, ein inneres Signal, was er tun sollte. Bislang hatte er sich immer auf seine Intuition verlassen können. Er wünschte sich zwar eine Partnerin, eine Gefährtin an seiner Seite, aber frei zu sein, war für ihn lebensnotwendig. Er musste sich eingestehen, dass diese zwei Bedürfnisse – normalerweise – nicht zusammenpassten. Mit dem Becher in der Hand ging er über die Rasenfläche, die sich vom Wohnwagen aus bis zum Strand ausdehnte. Zwei Kaninchen hoppelten in zwei Meter Entfernung an ihm vorbei und verschwanden hinter einem Strandrosenbusch. Am Meer angekommen, ließ er sich in den Sand fallen und trank den Kaffee gedankenverloren in langsamen Schlucken aus. Danach erhob er sich, nahm Anlauf, rannte ins Wasser und stürzte sich kopfüber in die Wellen. Er kraulte weit hinaus, drehte sich dann auf den Rücken und ließ sich mit ausgebreiteten Armen treiben. Die Geschichte mit seinem Bruder ließ ihn ebenfalls nicht los. Ob Nathan sich in der Zwischenzeit wieder beruhigt hatte? Er fragte sich allerdings auch, was ihr Nachbar im Schilde führte. Was hatte Hektor mit dieser neuen Reithalle vor? Das Verhältnis zu der Familie von Bardelow war angespannt, solange er sich zurückerinnern konnte. Nur Nathan und Viktoria, die Tochter von Beatrice und Hektor, verstanden sich, sie verband seit jeher die Leidenschaft für die Pferde und den Turniersport.

Der Grund für die Feindschaft zwischen ihren Familien lag in der Vergangenheit. Jahrzehntelang war Gut Schwansee im Besitz der von Bardelows gewesen, bis die Familie bankrott war und Bernhards Vater Artur das Gut erwarb – in ihren Augen ein unwürdiger Bürgerlicher. Seitdem hatte es immer wieder Ärger gegeben.

Als sein Vater im Frühjahr des vergangenen Jahres die zweite Windkraftanlage plante, hatte Hektor schon einmal Bernhards Pläne durchkreuzt, indem er auf dem Land von Gut Schwansee Seeadler aussetzen ließ. Die Gemeinde hatte daraufhin einen Baustopp verhängt, weil sie das Leben der Vögel in Gefahr sah, aber Nathan und er hatten Hektors Plan durchschaut und vereitelt. Hendrik fragte sich, ob der Bau der Reithalle die Retourkutsche dafür sein könnte.

Er drehte sich zurück auf den Bauch, schwamm ans Ufer und kehrte in den Wohnwagen zurück. Schnell rubbelte er sich mit einem Handtuch trocken, zog sich ein T-Shirt über und schlüpfte in seine Lieblingsshorts. Dann nahm er das Handy in die eine und die Leinenschuhe in die andere Hand, schloss den Wohnwagen hinter sich ab und versteckte den Schlüssel in dem kleinen Metallkästchen hinter dem Vorderrad. Er musste nur vormittags Surfstunden geben, also konnte er auf dem Rückweg gegen Mittag beim Hofcafé vorbeifahren. Er musste Sina endlich von seiner geplanten Reise erzählen und in Zukunft wohl doch Abstand von ihr nehmen, um es ihnen nicht zu schwer zu machen.

Sina ließ den Blick durch den Goldenen Saal schweifen. Seit der vergangenen Veranstaltung, der Geburtstagsfeier eines Jagdfreundes von Bernhard Cornelius vor drei Wochen, war hier nicht mehr richtig aufgeräumt und geputzt worden. Der bestimmt vier Meter hohe Raum war in einem hellen Beige gestrichen und die Wände mit aufwendig gestalteten goldenen Stuckelementen verziert. Der dunkelbraune Parkettboden bildete dazu einen sehr hübschen Kontrast. Über dem offenen Kamin war ein großer goldener Spiegel befestigt, der das Licht, das durch die hohen Sprossenfenster drang, in den Saal reflektierte. Sina hatte mithilfe von Samuel die Stühle gestapelt und die Tische in einer Ecke zusammengerückt. Sie wählte ihre Lieblingsplaylist auf dem Handy aus, steckte sich die Stöpsel der Kopfhörer ins Ohr, nahm den Staubsauger in die Hand und legte los.

In geraden Bahnen ließ sie die Bürste über den Fußboden gleiten, bis plötzlich Hendrik vor ihr stand. Er bewegte den Mund, aber sie konnte kein Wort verstehen, bis er mit einem kleinen Ruck die Stöpsel aus ihren Ohren zog. »Brauchst du Hilfe?«

Sein intensiver Blick brachte tief in ihrem Inneren etwas zum Vibrieren. Als sie nicht antwortete, berührte er ihren Oberarm, und ein Kribbeln breitete sich von dort über ihre Schultern aus. »Alles klar mit dir?«

»Äh, ja«, stammelte sie, froh darüber, endlich ihre Sprache wiedergefunden zu haben. »Kannst du vielleicht den Staubsauger zurück in die Abstellkammer bringen?«

Als Hendrik grinsend salutierte und damit um die Ecke verschwand, atmete Sina erleichtert aus.

Samuel betrat den Goldenen Saal, eine Thermoskanne in der Hand. »Kaffee?«

Hendrik schleppte den Staubsauger, der unerwartet schwer war, zu der Abstellkammer, die sich im Gewölbekeller unterhalb des Herrenhauses befand und von alten Holzbalken gestützt wurde. Vor einiger Zeit war die Decke dieses noch aus dem Mittelalter stammenden Bereiches abgesackt, und seine Eltern hatten viel Geld investieren müssen, um den Keller im Sinne des Denkmalschutzes zu sanieren. In gewisser Weise war Gut Schwansee Fluch und Segen zugleich, dachte er, während er die Tür zu dem kleinen Raum öffnete, in dem die Putzsachen untergebracht waren. Wenn seine Eltern irgendwann im Ruhestand waren, würde sich Nathan um die Instandsetzung des Gebäudes kümmern müssen. Es hatte durchaus auch Vorteile, der zweitgeborene Sohn zu sein.

Er stieg über die Schwelle, tastete nach dem Lichtschalter, aber nichts passierte. »Mist!«, fluchte er, und im selben Augenblick fiel die Tür hinter ihm ins Schloss. Blitzartig war es stockdunkel.

Hendrik erstarrte und drehte an dem Knauf, der sich jedoch keinen Millimeter bewegen ließ. So ein verfluchter Mist! Er ließ sich auf den Boden sinken, sein Herz hämmerte gegen die Brust, Schweißperlen bildeten sich auf der Stirn, und seine Kehle verengte sich. Er wollte schreien, brachte aber keinen Ton heraus. Nachdem er einige Minuten regungslos verharrt hatte, ließ er seinen Blick durch die Dunkelheit wandern. Er robbte nach vorn bis dorthin, wo er das Regal vermutete, in dem die Reinigungsmittel standen und auch die Großpackungen mit Toilettenpapier. Hendrik berührte Flaschen, Dosen, Putzlappen und Spülbürsten, aber sehen konnte er immer noch nichts. Noch einmal drehte er am Knauf, wieder ohne Erfolg. Die Tür war millimetergenau in die Laibung eingelassen, sodass nicht der winzigste Lichtstrahl hineindrang. Er hämmerte dagegen, schrie, aber niemand kam, um ihn zu befreien.

Wie aus dem Nichts war plötzlich alles wieder da: Es war eng, er war allein, niemand hörte sein Schreien, er hatte Hunger und Durst – und er würde mit Sicherheit sterben.

»Wo bleibt eigentlich Hendrik? Wollte er nicht nur den Staubsauger wegbringen?« Samuel blickte zur Tür.

»Vielleicht hat Ludwig ihn geholt«, erwiderte Sina augenzwinkernd.

»Wer?«

»Das Schlossgespenst«, fügte sie hinzu, ohne dabei eine Miene zu verziehen. Als sie Samuels ungläubiges Gesicht sah, prustete sie los. »Keine Angst, das ist natürlich nicht wahr, obwohl …« Sie hielt einen Moment inne und lächelte vielsagend. »Angeblich hat es schon den ein und anderen Besucher erschreckt.«

Samuel lachte. Sie saßen im Schneidersitz auf dem Holzboden und nippten an ihren Kaffeebechern. Seit sie sich im Hofcafé auch einmal über seine Tochter und Ex-Frau unterhalten hatten, war ihr Umgang vertrauter geworden.

Sina rappelte sich schließlich auf, auch weil ihre Knie schmerzten. »Ich schau mal, wo er ist.«

Als sie die Tür zum Kellergewölbe öffnete, hörte sie bereits ein dumpfes Klopfen.

»Hendrik?«

Das Geräusch kam von der Abstellkammer, deren Tür verschlossen war. Sie schmunzelte: Wahrscheinlich hatte er sich eingesperrt, er wäre nicht der Erste. Eine Tür, die sich von innen nicht öffnen ließ – sie hatte das noch nie verstanden, hatte immer danach fragen wollen und es doch wieder vergessen. Kaum hatte sie die Klinke heruntergedrückt, kam ihr Hendrik schon entgegengestürzt. Er war kreidebleich und schoss an ihr vorbei, ohne ein Wort zu sagen. Fast hätte er sie umgerannt.

»Hendrik!«

Nur widerwillig drehte er sich noch einmal zu ihr um, sein Gesicht wirkte schmerzverzerrt, sodass es Sina eiskalt über den Rücken lief. Er sah wirklich so aus, als hätte er einen Geist gesehen.

»Ich muss los«, presste er hervor.

»Was ist los, um Himmels willen?«

Er hob abwehrend die Hände. »Es tut mir leid.« Dann riss er die Tür auf, und im Bruchteil einer Sekunde war er verschwunden.

Sina blickte ihm fassungslos hinterher. Sie konnte kaum glauben, dass sie vor Kurzem noch in seinen Armen gelegen hatte. Er hatte sie gerade angestarrt, als ob sie eine Fremde für ihn sei. Sie fühlte einen Stich in ihrem Herzen, und ihre Augen füllten sich mit Tränen. Nein, sie wollte jetzt auf gar keinen Fall weinen, nicht wegen eines Mannes. Niemals wieder! Das hatte sie sich damals fest vorgenommen. Sie straffte die Schultern und fuhr sich mit dem Handrücken übers Gesicht. Die Fenster mussten noch geputzt werden. Es gab jede Menge zu tun, und sie hatte keine Zeit, sich selbst zu bemitleiden.

Als Sina später im Bett lag, fühlte sie sich hundeelend. Sie hatte mit Samuel gefühlt Hunderte Fensterscheiben geputzt und die Rahmen noch dazu. Danach hatten sie die großen runden Tische im Goldenen Saal positioniert und die Stühle verteilt. Sina war froh, dass sie sich durch die Arbeit hatte ablenken können. Noch immer rätselte sie, warum Hendrik sich ihr gegenüber so abweisend verhalten hatte. Wollte er nichts mehr mit ihr zu tun haben? Vielleicht bereute er, dass er nach der Vollmondparty bei ihr geblieben war. Sie seufzte, rollte sich vom Bett und sah aus dem Fenster. Die Sonne war schon fast untergegangen, und der Innenhof leuchtete orangerot. Sie ging in die Küche, holte sich einen Becher Eis aus dem Kühlschrank und kehrte in ihr Bett zurück. Stracciatella, ihre Lieblingssorte, aber selbst das schmeckte ihr heute nicht. Sie starrte auf den Kleiderschrank, besonders die linke verschlossene Tür zog sie magisch an, und sie fragte sich, wie so oft, ob es einen Grund gab, dass sich ihr Traum von der ganz großen Liebe nicht erfüllen wollte.

Sie stellte den Eisbecher auf den Boden, holte den Schlüssel hervor und schloss die linke Tür auf. Mit der flachen Hand strich sie über die Schutzhülle, die unter ihren Händen leise knisterte. Dann nahm sie es heraus und legte es über ihren Unterarm. Es war in der klassischen A-Linie geschneidert, mit einer perlenbestickten Corsage, die eine besonders schmale Taille zauberte. Mehrere Lagen Tüll, an den Enden mit Spitze verziert, fielen wie ein Wasserfall bis zum Boden herab. Sina schloss die Augen, drehte sich langsam im Kreis, erst in die eine und dann in die andere Richtung. Eigentlich hätte sie sich längst davon trennen müssen, aber sie brachte es einfach nicht übers Herz. Sie hatte so lange davon geträumt, sich schon als Kind genau ausgemalt, wie es später aussehen sollte, und Monate gebraucht, bis sie es endlich gefunden hatte. Sie seufzte leise, hängte es zurück auf die Stange und verschloss sorgfältig die Tür. Sie war einfach noch nicht so weit, ihr Brautkleid wegzugeben.

Er war wirklich der allerletzte Idiot. Hendrik saß auf den Stufen vor dem Eingang zum Wohnwagen und starrte auf die Ostsee. Es war bereits dunkel, aber er wusste nicht, wie spät es überhaupt war. Nachdem

Sina ihn aus der Abstellkammer befreit hatte, war er zunächst ziellos mit dem VW-Bus durch die Gegend gefahren. Mit der Zeit wurden seine Gedanken ruhiger, und er hatte überlegt, ob er nicht umkehren sollte. Er war ihr eine Erklärung schuldig, aber er wusste nicht, wie er sie formulieren sollte. So ein kaputter Kerl wie er musste sich wirklich von ihr fernhalten.

Hendrik nahm das Handy in die Hand und scrollte durch die WhatsApp-Nachrichten, die er in der Zwischenzeit erhalten hatte. Hinnerk hatte ihm geschrieben, sein Vater und Nathan, aber von Sina war nichts dabei. Wahrscheinlich hatte er es jetzt vollkommen verbockt.

Die Zeit in dieser verdammten Abstellkammer war ihm unendlich lange vorgekommen, dabei konnten es höchstens zwanzig Minuten gewesen sein.

Er war einer der besten Surfer und Kiter in Schleswig-Holstein, hatte sogar schon als Double in waghalsigen Filmszenen mit meterhohen Wellen mitgespielt und stürzte sich als Rettungsschwimmer ohne einen Moment des Zögerns in die Fluten. Aber wenn er in einem engen Raum im Dunkeln saß, fühlte er sich wieder wie ein kleiner verängstigter Junge.

Hendrik vergrub sein Gesicht in den Händen. Es musste doch möglich sein, dieses schwarze Tier endlich zu besiegen, das ihn immer wieder anfiel, als würde es in einer Ecke lauern und nur darauf warten, ihn zu quälen.

Er stand auf, ging in den Wohnwagen und ließ die Tür hinter sich zufallen. Wie froh er war, diesen Rückzugsort zu haben. Er ließ seinen Blick über die gepolsterte Sitzecke zu seiner Linken und die Küchenzeile neben der Eingangstür gleiten. Dort auf dem Herd stand noch die Pfanne mit dem Rührei, das er sich zubereitet hatte, bevor er nach draußen gegangen war, weil er unbedingt frische Luft schnappen musste. Der Appetit war ihm gründlich vergangen. Hendrik deckte das Essen mit einem Deckel ab, putzte sich in dem kleinen Bad die Zähne und ließ sich auf sein Bett fallen, das im Heck des Wohnwagens untergebracht war. Er verschränkte die Arme hinter seinem Kopf und schaute durch die Fenster nach draußen. Eins von den dreien war geöffnet, und durch den Spalt drang das Rauschen des Meeres in seine Ohren. Er schloss die Augen, und sofort erschien das Bild von Sina, die heute mit großen Augen vor ihm gestanden hatte. Es versetzte ihm einen Stich ins Herz, als er sich bewusst wurde, dass er sie verletzen würde, doch verhindern ließ sich das nicht.

12

Hendrik und Nils saßen in der Seebar, die sich auf einem Steg direkt auf der Kieler Förde befand. Es war ein lauer Sommerabend, die Sonne war gerade untergegangen, und der Himmel über der Ostsee leuchtete in einem dunklen Türkisblau. Die wenigen kleinen dunklen Wolken sahen aus, als hätte sie jemand mit einem breiten Borstenpinsel aufgetupft. Lichterketten, die rechts und links am weißen Geländer befestigt waren, schaukelten im Wind sanft hin und her und gaben dabei ein klirrendes Geräusch von sich.

Die beiden Männer hatten einen Strandkorb ganz hinten am Ende des Stegs ergattert und genossen von dort die gute Sicht bis ans Ufer. Sie tranken Bier und unterhielten sich über die geplante Reise nach Hawaii. Hin und wieder ließ Hendrik den Blick über das Handy gleiten. Er hatte Sina morgens eine WhatsApp-Nachricht geschickt, aber sie hatte immer noch nicht geantwortet, obwohl sie sie schon längst gelesen hatte. Nils, der sich zurzeit einen Bart wachsen ließ und die halblangen Haare zu einem Zopf zusammengebunden hatte, schilderte ihm die geplante Route. Er hatte die beiden Flüge nach Honolulu bereits gebucht. Mit zwei Stopps – in Paris und Los Angeles. Sein Freund arbeitete als Marketingmanager in einem Internetunternehmen und war schon immer sportbesessen gewesen. Sie hatten sich bei einem Surfwettkampf kennengelernt, auf Anhieb gut verstanden und seitdem bereits einige Reisen gemeinsam unternommen, aber noch nie für eine so lange Zeit.

»Ich freu mich schon riesig«, sagte Nils und wischte sich mit dem Handrücken den Schaum von den Lippen. Er hatte sich für die Zeit der Vorbereitung auf den Wettkampf zum Ironman unbezahlten Urlaub genommen.

Laute rhythmische Musik löste die eher ruhigeren Chill-out-Klänge ab, die bisher aus den Lautsprechern gekommen waren. Vorne am Steg, wo die Bar überdacht war, hatte eine Band angefangen zu spielen.

Hendrik schnappte sich das leere Glas von Nils. »Ich hole uns noch was zu trinken.«

Als er die bunt beleuchtete Bar erreichte, hatten sich auf der Tanzfläche schon einige Leute versammelt. Gut gekleidete und attraktive junge Menschen, die sich offenbar alle kannten. In der Seebar fanden oft Feste statt, die Location war dafür im Sommer perfekt geeignet. Hendrik orderte bei der jungen Bedienung zwei weitere Biere, und als er sich umdrehte, setzte die Musik aus, und es ertönte ein Tusch. Die Gäste bildeten einen Kreis. Dann erschien ein Brautpaar, und alle klatschten. Als Hendrik erkannte, wer da in einem bodenlangen weißen, mit Spitze besetzten Kleid vor die Menge getreten war, blieb ihm beinahe das Herz stehen. Chiara! Neben ihr stand ein großer, schlanker Mann in einem perfekt sitzenden grauen Anzug und blitzweißem Hemd, der ihm irgendwie bekannt vorkam. Während die beiden ihre Gäste begrüßten, blieb Hendrik mit den Getränken in der Hand stehen, denn er konnte den Blick nicht von seiner Ex-Freundin abwenden. Plötzlich hob sie ihren Kopf, als habe sie seine Nähe gespürt, und über die Menge hinweg begegneten sich ihre Blicke. Sie nickte ihm zu, aber dann umfasste ihr Bräutigam ihre Hüfte und zog sie mit sich.

»Was ist denn hier los?« Nils tauchte hinter ihm auf und nahm ihm ein Bier aus der Hand. »Ist das nicht Maximilian Kreuzer?« Er deutete mit dem Kopf zum Brautpaar, das sich nun in der Mitte der Tanzfläche gegenüberstand.

»Verdammt, du hast recht, das ist er.«

Zurück im Strandkorb knüpften die beiden Freunde an ihr Gespräch über den geplanten Urlaub an, aber Hendrik war nicht bei der Sache. Chiara hatte also Maximilian geheiratet – unglaublich: Sohn des Chefs einer Privatklinik, Internatsschüler, Medizinstudent und leidenschaftlicher Golfspieler. Als er noch mit Chiara zusammen gewesen war, hatten sie sich immer über solche Typen lustig gemacht, deren Weg schon seit der Geburt vorgezeichnet war und denen jedes noch so kleine Hindernis von den vermögenden Eltern aus dem Weg geräumt wurde. Wenn der Sprössling das Abi auf einer normalen Schule nicht auf die Reihe bekam, wurde er eben auf ein teures Internat geschickt, das Medizinstudium konnte mittlerweile auch im Ausland, zum Beispiel in Kroatien oder Litauen, absolviert werden. Für den späteren Einstieg ins Berufsleben sorgten dann die Eltern mit ihren Beziehungen in die oberen Etagen der Kliniken und der hiesigen Wirtschaft.

Ein Freund von Nils gesellte sich zu ihnen, und Hendrik stand auf, um sich ein weiteres Bier zu holen.

Mittlerweile war es vollkommen dunkel geworden, die Hochzeitsparty hatte sich in den ebenfalls überdachten Nebenraum verlagert. Hendrik ging hinaus auf den Steg vor der Eingangstür, der die Seebar mit dem Ufer verband. Fackeln waren am hölzernen Geländer angebracht und warfen ihr flackerndes Licht auf die dunkle gekräuselte Wasseroberfläche. Hendrik hörte ein Glucksen unter seinen Füßen, dort, wo die Wellen gegen die Holzpfähle rollten. Das Geräusch beruhigte ihn normalerweise, aber nicht heute – dazu hatte ihn die Begegnung mit seiner großen Liebe zu sehr aufgewühlt. Er stützte die Ellenbogen ab und ließ seinen Blick in die Ferne schweifen. Dann spürte er ein Kribbeln in seinem Nacken, und er drehte sich um. Chiara stand neben ihm, ein Hauch ihres Parfums wehte ihm in die Nase. Am liebsten hätte er sich kopfüber in die Fluten gestürzt.

»Hendrik …«

Er richtete sich auf, presste die Lippen aufeinander. »Herzlichen Glückwunsch zur Hochzeit.«

Sie stellte sich neben ihn, fast berührten sich ihre Hände. »Schön, dich zu sehen«, sagte sie leise.

Er starrte weiter geradeaus.

»Ach, Hendrik«, sagte sie schließlich und legte ihm die Hand auf den Arm.

Er drehte sich zu ihr um. Ihre Augen funkelten im Schein der Flammen, ihre rot geschminkten Lippen waren geöffnet und glänzten.

»Wir hatten doch eine schöne Zeit, oder?«

Er antwortete nicht. Chiara strich mit dem Zeigefinger über seine Hand.

»Max ist immer noch ein guter Kerl«, sagte sie leise.

Sein Blick streifte ihr Dekolleté, die schimmernde Haut, die Linie des Schlüsselbeins, dann den goldenen Herzanhänger der Kette, die sie um den Hals trug.

»Dann hast du ja dein Glück gefunden«, erwiderte er tonlos.

Jemand rief aus der Ferne ihren Namen.

»Deine Gäste warten auf dich.«

Sie hauchte ihm zum Abschied einen Kuss auf die Wange. »Ich hoffe, dass du auch bald die Richtige findest!«

Hendrik blieb stehen, die Arme vor der Brust verschränkt. Chiara raffte den Rock und ging über den Steg zurück. Ihre dunklen Locken wehten im Wind, die Absätze klackten auf den Holzbohlen, der seidige Stoff des Hochzeitskleides raschelte. Hendrik sah ihr nach, bis sie aus seinem Blickfeld verschwunden war.

Eigentlich konnte sie stolz auf sich sein, dass sie nicht reagiert hatte, dachte Sina, während sie die Teller unter den Wasserhahn hielt. Hendrik hatte ihr eine WhatsApp-Nachricht geschrieben:

Sorry wegen gestern.

Das war alles – drei Worte übers Handy. Was sollte sie ihm darauf auch zurückschreiben? Sie fragte sich, warum er nicht einfach bei ihr vorbeigekommen war. Offenbar war sie ihm nicht wichtig genug. Außerdem ärgerte sie sich darüber, dass sie die linke Schranktür in ihrem Schlafzimmer geöffnet hatte. Es war sinnlos, sich immer wieder zu quälen. Sie war total zwanghaft, was das anging. Wahrscheinlich hatte sie sogar einen psychischen Knacks, der dringend behandelt werden musste.

Sina stöhnte innerlich auf. Sie musste sich beeilen, für den Nachmittag hatte sich wieder einmal eine Gruppe Fahrradfahrer zum Kaffeetrinken angemeldet. Immer noch in Gedanken an Hendrik und sein merkwürdiges Verhalten rührte sie den Teig für den

Apfelkuchen an, fettete die Form ein, streute Semmelbrösel darüber und füllte den Teig hinein. Schließlich nahm sie einen kleinen Löffel, da sie das Gefühl hatte, etwas vergessen zu haben, und probierte. Mist! Es fehlte Zucker. Der Becher mit der abgewogenen Menge stand genau vor ihrer Nase. Sie füllte die Masse zurück in die Rührschüssel, ließ den Zucker darüberrieseln und stellte das Handrührgerät erneut an. Danach verteilte sie ein zweites Mal den Teig in der Form und schob sie in den Ofen. Während Sina anschließend den zweiten Kuchen vorbereitete, warf sie zwischendurch immer wieder einen Blick in den Ofen und stellte verärgert fest, dass der erste gar nicht richtig aufging. Also schnell wieder raus damit. Autsch! Jetzt hatte sie sich auch noch an der heißen Ofentür verbrannt. Die Oberfläche des Kuchens war steinhart. Wahrscheinlich hatte sich der Zucker nicht richtig aufgelöst, und war aufgrund der Hitze karamellisiert. Das war ihr noch nie passiert!

Sinas Augen füllten sich mit Tränen. Sie war stinksauer auf den blöden Kuchen, sich selbst und vor allem auf Hendrik, der in ihrem Kopf herumspukte wie das verdammte Schlossgespenst Ludwig. Schlimmer konnte der Tag wohl kaum mehr werden. Doch gerade als sie die Form mit der klebrigen Masse in den Mülleimer befördern wollte, spazierte Susanne Cornelius in die Küche.

»Was machen Sie denn da?« Ihre Chefin stand vor

ihr, die Hände in die Hüfte gestemmt. »So eine Verschwendung. Was ist denn in Sie gefahren?«

Sina fühlte sich wie auf frischer Tat ertappt. »Tut mir leid«, stammelte sie zerknirscht, die Augen auf den Fußboden gerichtet. »Der Kuchen ist nichts geworden. Normalerweise passiert mir so etwas nicht.«

Susanne Cornelius hob den Zeigefinger. »Das will ich hoffen, erst recht nicht, wenn die Reitsportdelegation hier eintrifft. Haben wir uns verstanden?«

Sina nickte schuldbewusst, dann rauschte ihre Chefin auch schon wieder davon.

Nach dem Abend in der Seebar hatte Hendrik bei Nils übernachtet. Er war morgens ziemlich verkatert aufgewacht, hatte sich dann aber gleich auf den Weg zur Surfschule gemacht und mehrere Stunden hintereinander Unterricht gegeben. Gegen Nachmittag hatte sich das Wetter von einer Minute auf die andere verschlechtert. Es stürmte und regnete, sodass der Unterricht auf dem Wasser abgebrochen werden musste. Nun saß Hendrik im Wohnwagen. Der Wind rüttelte an der Tür und peitschte den Regen gegen die Fenster. Obwohl er schon seit seiner Kindheit an der Ostsee lebte, wunderte er sich immer wieder, wie schnell das Wetter umschlagen konnte.

Die Begegnung mit Chiara wollte ihm einfach nicht

aus dem Kopf gehen. Er hatte nicht damit gerechnet, seine Ex-Freundin in einem weißen Brautkleid wiederzusehen. »Hendrik ist ein toller Mann, aber auch ein Kindskopf« – das hatte sie zu einem Freund von ihm gesagt, kurz nachdem sie ihre Beziehung beendet hatte. Sie wünsche sich einen Mann, mit dem sie sich eine Zukunft aufbauen und auf den sie sich verlassen könne. Es hatte wehgetan, das zu hören, aber nun spürte er mehr denn je, dass er das Kapitel Chiara endgültig abschließen musste.

Er hörte ein Klopfen, und als er die Tür öffnete, stand Nathan auf der Treppe, im strömenden Regen. Er hatte die Kapuze der Regenjacke bis in die Stirn gezogen, Wasser tropfte von seiner Nase. Die beiden Brüder umarmten sich. »Ich muss kurz mit dir reden«, sagte Nathan, während er die nasse Jacke abstreifte. »Hast du Zeit?«

Hendrik machte eine einladende Bewegung in Richtung Sitzecke. »Na klar, willst du auch einen Tee?«

Er stellte den Kessel auf die Gasflamme, holte ein Handtuch aus dem Badezimmer und warf es seinem Bruder zu.

»Hektor baut tatsächlich eine Reithalle«, sagte Nathan mit einem grimmigen Gesichtsausdruck. Nachdem er sich die Haare trocken gerubbelt hatte, nahm er zwei Becher aus dem Schränkchen über der Spüle und stellte sie auf den Tisch. »Ich habe Viky getroffen, und die hat es mir erzählt.«

Die beiden Brüder setzten sich gegenüber. »Okay, aber vielleicht wollen sie die Reithalle nur für sich nutzen?«

»Schön wäre es, aber du kennst doch unsere Nachbarn. Viky meint, dass er dort ebenfalls Turniere veranstalten will.«

Hendrik strich sich übers Haar. »Willst du irgendetwas unternehmen?«

»Nein, was sollte das auch bringen? Die von Bardelows können auf ihrem Grundstück bauen, was sie wollen, aber ich dachte, dich würde das auch interessieren.«

Hendrik hörte, dass ein scharfer Unterton mitschwang. »Ja, natürlich«, erwiderte er daher ruhig.

»Schön«, sagte Nathan, »es ist gut, dich auf unserer Seite zu wissen.«

»Auf welcher sollte ich denn sonst stehen?«

Einen Moment lang war die Spannung zwischen ihm und seinem Bruder fast mit den Händen greifbar. Hendrik war kurz davor, Nathan zu fragen, welches Problem er genau mit ihm hatte, aber dann hielt ihn das Pfeifen des Wasserkessels davon ab. Hendrik stand auf, füllte das heiße Wasser in eine Keramikkanne, dann nahm er zwei Teebeutel aus der Dose, die in dem Regal über der Spüle stand. Er platzierte die Kanne zwischen ihnen. »Der muss noch ziehen.«

Sie schwiegen. Draußen hatte sich der Sturm etwas gelegt, und es regnete auch nicht mehr.

Schließlich durchbrach Nathan die Stille.

»Noch eine andere Sache«, fing er an und strich sich mit der Hand durchs feuchte Haar. »Samuel hat mir erzählt, dass du in der Abstellkammer eingeschlossen warst?«

»Na und, was geht dich das an?«, brauste Hendrik auf. Sein Bruder hob beschwichtigend die Hände. »Brauchst du Hilfe?«

»Wie kommst du denn darauf?«, entfuhr es Hendrik genervt.

Nathan blinzelte ihm zu. »Ich weiß, was du damals durchgemacht hast…«

Hendrik entfernte die Teebeutel aus der Kanne und füllte die beiden Becher. Dann hob er den Kopf und blickte Nathan geradeheraus in die Augen. »Ich will nicht darüber reden, okay?«

»Wir haben dich alle gesucht, stundenlang…«

Hendrik erhob sich, fast hätte er den Becher mit dem Ellenbogen umgeworfen, aber er fing ihn im letzten Moment auf. Der Tee schwappte auf den Tisch. »Wie gesagt, ich will nicht darüber reden.«

Nathan stand auf und nahm seine Jacke vom Sitz. »Okay, wie du willst, ich muss sowieso wieder los. Du weißt, wo du mich findest, falls du es dir anders überlegst.«

13

Helles Sonnenlicht schien durch die blitzsauberen Sprossenfenster und ließ den Goldenen Saal erstrahlen. Die großen runden Tische waren im Raum verteilt, zusammen mit den passenden Stühlen. Ein schwacher Duft nach Ölseife vom Reinigen des Eichenholzparketts hing in der Luft. Sina und Samuel überprüften noch einmal die geplante Sitzordnung anhand ihres Planes. Susanne Cornelius hatte die Gästeliste morgens im Hofcafé vorbeigebracht und sich vergewissert, dass alle Vorbereitungen erledigt waren. Heute war es besonders warm, ein Julitag, wie er im Buche stand. Sina sehnte sich danach, mal wieder in der Ostsee zu baden, aber ihr fehlte einfach die Zeit. Eigentlich hatte sie auch noch fünfzehn Tage Urlaub, aber wahrscheinlich würde sie den erst gegen Ende des Jahres nehmen können, wenn die Saison auf Gut Schwansee zu Ende war. Egal, ihr machte die Arbeit wirklich Spaß, und sie freute sich auf die kommende Veranstaltung. Mit Elan stürzte sie sich in die letzten Vorbereitungen.

Später, nachdem die letzten Gäste des Hofcafés gegangen waren, verabschiedete sich Samuel vorzeitig, und Sina wischte die Stühle sauber, leerte den Mülleimer in der Küche und kontrollierte die Vorräte im Kühlschrank. Mittlerweile gingen ihr die täglichen Pflichten, die sie als Chefin des Hofcafés zu erledigen hatte, leicht von der Hand, und darauf war sie wirklich stolz. Sie erkannte auf einen Blick, ob etwas fehlte. Außerdem legte sie großen Wert darauf, keine Reste wegzuwerfen. Irgendwo hatte sie einmal gelesen, dass in Deutschland im Jahr fast dreizehn Millionen Tonnen Essen im Müll landeten – was für eine Verschwendung. Von zu Hause war sie es gewohnt, auch Reste zu verwerten. Nudeln, die übrig blieben, waren am darauffolgenden Tag zu einem Auflauf verarbeitet worden, und Pfannkuchen, der nicht gegessen worden war, landete in Streifen geschnitten in der Suppe.

Nach Feierabend wusch Sina sich die Hände, zog den Kochkittel aus und warf das Teil in den Korb für die gebrauchte Wäsche.

Als sie das Hofcafé abgeschlossen hatte, ging sie in Richtung Hengststall, spazierte dann am Herrenhaus vorbei und folgte dem nicht gepflasterten Weg zu der großen Koppel, die sich etwa hundert Meter dahinter befand. Die Laubbäume links und rechts spendeten angenehmen Schatten, aber als sie das kleine Wäldchen wieder verließ, strömte ihr die Hitze entgegen. Nach den kräftigen Schauern und dem Sturm gestern war am

Morgen das sonnige Wetter zurückgekehrt, als wäre nichts passiert. Die kleine Abkühlung hatte aber gutgetan. Sina hatte bei offenem Fenster tief und fest geschlafen und war sehr viel erfrischter aufgewacht als sonst.

Endlich erreichte sie die Wiese, und als sie Kilian rief, kam der Wallach mit seinen zwei Pferdekumpels sofort auf das Gatter zugelaufen. Ihr Schützling hatte sich mittlerweile gut erholt. Das Fell glänzte in der Sonne, die Hufe waren perfekt geschnitten, und er hatte ordentlich zugenommen. Sina strich mit der Hand über den hübschen Kopf.

»Na, mein Schöner, wie geht es dir heute?«

Kilian stupste sie mit dem Maul an, wahrscheinlich wollte er eine Möhre abstauben, aber Sina fütterte ihn nur, wenn er alleine war, sonst gab es Ärger mit den anderen Pferden.

Sie setzte sich auf einen flachen Stein vor dem Gatter und beobachtete die kleine Herde. Dann hielt sie ihr Gesicht in die Sonne und schloss die Augen. In der Ferne ertönte leises Motorengeräusch. Sie hörte das sanfte Rascheln des Laubes im Wind, das Zirpen einer Heuschrecke, die sich ganz in ihrer Nähe im hohen Gras befinden musste, und das beruhigende Brummen der Insekten, die sich in dem schmalen Blühstreifen tummelten, die Bernhard am Rande der Pferdekoppel ausgesät hatte. Schließlich fingerte Sina das Handy aus der Gesäßtasche der Jeans, gab ihren Code für die Bildschirmsperre ein und tippte auf das WhatsApp-Icon. Sie scrollte zu Hendriks letzter Nachricht. Vielleicht sollte sie ihm doch endlich antworten. Sie bewegte die Finger der rechten Hand hin und her, aber als sie bereits das Feld für die Antwort aufgerufen hatte, hielt sie inne, denn sie hörte Stimmen ganz in ihrer Nähe. Neugierig lauschte sie, konnte aber zunächst kein Wort verstehen. Sie warf der Herde auf der Koppel einen letzten Blick zu, erhob sich und ging zu dem Wäldchen, das nur ein paar Meter von der Pferdeweide entfernt war.

Schon von Weitem erkannte sie Hektor Graf von Bardelow, doch beim Anblick seiner Begleitung stutzte sie: Samuel. Ein ungutes Gefühl breitete sich in ihr aus. Woher kannten die beiden sich? Sie schlich sich zu dem Stapel gefällter Bäume am Rande des Weges. Zum Glück waren Samuel und Graf Bardelow so in ihr Gespräch vertieft, dass sie Sina nicht bemerkten. Sie bemühte sich, ein paar Wortfetzen aufzuschnappen, aber sie konnte nichts verstehen. Stattdessen sah sie, wie Hektor Samuel ein Tütchen überreichte, das dieser, nachdem er sich kurz hektisch umgesehen hatte, in die Hosentasche gleiten ließ.

Sina zwang sich, möglichst leise zu atmen. Hatte von Bardelow ihrem Koch Drogen verkauft? Oder was befand sich sonst in dem Tütchen? In ihrer Nase kitzelte es, und sie hoffte inständig, nicht plötzlich niesen zu müssen. Aus ihrer Deckung heraus beobachtete sie, wie Hektor Samuel auch noch einen Briefumschlag überreichte. Als die beiden Männer daraufhin in ihre Richtung blickten, duckte sie sich noch weiter runter. Sie spähte durch eine kleine Lücke zwischen den Holzstämmen und sah, wie die beiden sich die Hand schüttelten. Dann trennten sie sich.

Sina wartete noch einen Moment, bevor sie sich umdrehte und geduckt zurück zur Weide lief. Sie war sich so gut wie sicher, dass sie nicht gesehen worden war. Auf dem Weg zum Gut kreisten ihre Gedanken, und ihr anfänglicher Verdacht verdichtete sich. Diese Szene erinnerte sie an die Übergabe von Kokain oder Heroin in einem Fernsehkrimi, aber vielleicht ging auch ihre Fantasie mir ihr durch, und alles war ganz harmlos. Dennoch musste sie unbedingt mit jemandem über ihre Beobachtungen sprechen.

»Drogen?« Leni runzelte die Stirn. »Das kann ich mir überhaupt nicht vorstellen.«

»Aber was könnte es denn sonst sein?«

»Keine Ahnung, merkwürdig ist das Ganze schon.«

»Auf jeden Fall wundert es mich sehr, dass die beiden sich kennen.«

Sina saß mit ihrer Freundin vor dem Café Adele, das sich direkt an der Hafenspitze von Eckernförde befand. Nur wenige Meter von ihrem Tisch entfernt lagen vertäute Segelboote in verschiedenen Größen

Seite an Seite am Kai. Etwas weiter hinten breitete sich die in der Sonne hell schillernde Förde aus. Ein Kutter tuckerte langsam in den Hafen ein, umkreist von einer Schar kreischender Möwen.

Es war eine Menge los: Familien mit Bollerwagen und riesigen aufblasbaren Gummitieren, Jugendliche, die gelangweilt auf ihren Handys herumwischten, und Senioren mit Sonnenhüten und Kühltaschen in der Hand schlenderten an ihnen vorbei zum Strand. Genauso viele Menschen waren in die andere Richtung unterwegs. Ein paar Meter entfernt von ihnen erhob sich ein blau-gelb gestreifter Leuchtturm mitten auf der Promenade. Sina hatte sich immer über den ungewöhnlichen Standort gewundert, aber dann in der Zeitung gelesen, dass er an die alten Zeiten erinnern sollte. Vor vielen Jahren war er nämlich durch eine moderne rot-weiß gestreifte Variante auf dem Ostseesteg ersetzt worden. Damit es nicht zu Verwechselungen kam, hatte man dem ehemaligen Leuchtfeuer den Anstrich in den Farben eines schwedischen Möbelhauses verpasst.

Der Kellner servierte den beiden Frauen die bestellten Waffeln mit Vanilleeis und dazu zwei Espressi. Leni probierte mit geschlossenen Augen und ließ das Eis genüsslich auf der Zunge schmelzen.

Sina schob sich ebenfalls einen Löffel in den Mund. Sie wedelte mit ihrer Gabel in der Luft. »Echt lecker.«

Sie hatte sich den Nachmittag freigenommen, weil

Samuel ihr angeboten hatte, sie zu vertreten, und Leni hatte sich sofort bereit erklärt, mit ihr an den Strand zu fahren. Danach waren sie durch die Innenstadt gebummelt, hatten ein paar Klamotten anprobiert, in einer Buchhandlung gestöbert und waren schließlich in dem Café gelandet.

Leni legte die Gabel beiseite und schob die Sonnenbrille nach oben. »Hast du eigentlich Hendrik mal wiedergesehen?«, fragte sie mit einem unschuldigen Augenaufschlag.

»Jaaa, schon«, antwortete Sina gedehnt. »Wieso fragst du?«

»Na ja, immerhin hat er dich heldenhaft aus dem Meer gerettet und bei dir übernachtet?« Sie grinste. »Das hört sich für mich wie der klassische Beginn einer ganz, ganz großen Liebe an.«

Sina schob den Teller beiseite. Insgeheim bereute sie es, Leni davon erzählt zu haben, dass Hendrik nach der Vollmondparty bei ihr geblieben war. Andererseits wollte sie auch keine Geheimnisse vor ihrer Freundin haben. »Ich habe ihn vor ein paar Tagen im Herrenhaus gesehen«, begann sie, und dann schilderte sie ihrer Freundin Hendriks Reaktion, nachdem sie ihn aus der Abstellkammer befreit hatte. »Er sah aus, als hätte er einen Geist gesehen, und ist dann, ohne ein Wort zu sagen, von mir weggerannt.«

»Und was ist dann passiert?«

»Er hat mir über WhatsApp geschrieben, aber ich

habe ihm noch nicht geantwortet.« Leni schüttelte ihre dunklen Haare, die in Wellen auf ihre Schulter fielen, und lehnte sich im Stuhl zurück. Sie presste die Hände gegeneinander.

»Es gibt bestimmt eine Erklärung für sein komisches Verhalten. Du hast dich in ihn verliebt, oder?«

»Vielleicht ein bisschen«, erwiderte Sina zögernd.

»Hab ich's mir doch gedacht«, stellte Leni befriedigt fest. Sie richtete die Kuchengabel auf ihre Freundin. »Dann würde ich ihm endlich zurückschreiben, Süße, aber schnell!«

Lenis Worte hallten am Abend in Sinas Kopf nach, aber sie hatte sich immer noch nicht dazu durchringen können, die Empfehlung ihrer Freundin in die Tat umzusetzen. Seit sie Leni ihre Gefühle für Hendrik gestanden hatte, fühlte sie ein nervöses Flimmern in der Magengegend. Sie hatte – wenn auch nur indirekt – ausgesprochen, was sich schon seit einiger Zeit in ihrem Kopf zu einem Satz zusammengefügt hatte: *Ich bin verliebt.*

Sina saß an dem kleinen Tisch in ihrer Küche – vor ihr ein unberührtes Käsebrot – und ließ den Blick über den Innenhof schweifen, der um diese Zeit menschenleer war. Auf der runden Koppel schräg gegenüber graste Moonlight. Ein paar Spatzen stritten sich vor ihrer Wohnung um ein paar Haferkörner, die wahrscheinlich aus dem Futterwagen für die Pferde geflogen waren. Wie schon so oft erfüllte sie auf einmal tiefe Dankbarkeit dafür, an diesem idyllischen Ort leben und arbeiten zu dürfen.

Trotzdem verspürte sie ein wenig Heimweh. Sie fragte sich, wo ihre Eltern und Brüder wohl gerade waren. Bei dem herrlichen Wetter hatte Torge bestimmt nach der Arbeit den Grill angeworfen, und Mats und Johann tobten sich auf dem großen Trampolin aus, das sie von einem Nachbarn geschenkt bekommen hatten.

Sina seufzte und tapste barfuß ins Schlafzimmer. Sie setzte sich auf die Kante des Bettes und ließ die Füße baumeln. Dann griff sie nach dem Handy, das sie neben sich abgelegt hatte. Sie holte einmal tief Luft, rief den unbeantworteten Chatverlauf mit Hendrik auf und schrieb:

Hast du Lust zu reden?

Ihr Herz schlug schneller, als sie den Satz dreimal hintereinander las. Sie war kurz davor, alles wieder zu löschen, aber dann tippte sie doch auf »Senden«. Wie gebannt starrte sie auf das Display. Nur ein Haken erschien. Entweder Hendriks Handy hatte keinen Empfang, oder der Akku war leer. O Mann! Jetzt hatte sie ihm endlich geschrieben, und nun kam die Nachricht nicht an. Sie sprang vom Bett, raufte sich die Haare, öffnete die rechte Tür des Schrankes und betrachtete sich in dem bodenlagen Spiegel, den sie auf der Innenseite montiert hatte. Sie drehte sich einmal um ihre eigene Achse, dann griff sie erneut nach ihrem Handy.

Sie startete ihre Lieblingsplaylist, holte sich den Schlüssel aus dem Nachtschränkchen und öffnete die andere Schranktür.

Als Hendrik auf den Hof von Gut Schwansee fuhr, dämmerte es bereits. Er war mit einer Gruppe jugendlicher Feriengäste den ganzen Tag in Sankt Peter-Ording zum Kitesurfen gewesen. Hinnerk hatte die Teenager mit ihm gemeinsam beaufsichtigt, alleine war ihm die Verantwortung dann doch zu groß. Das Wetter war perfekt zum Kiten gewesen: schräg auflandiger Wind und ein wolkenloser Himmel. Hinnerk hatte ihn nach Hause geschickt, er würde den Rest des Tages allein mit der Gruppe zurechtkommen. Morgen war nur Theorie angesagt, abends sollte gegrillt werden, und dann war dieser Kurs auch schon wieder zu Ende.

Eigentlich hatte er bereits den rechten Blinker gesetzt, um in Richtung Campingplatz abzubiegen, aber dann überlegte er es sich anders. Hendrik wollte nicht mehr warten, bis Sina auf seine Nachricht antwortete, er war ihr eine Erklärung schuldig. Dieses ewige Schreiben per Handy ging ihm sowieso auf die Nerven, Missverständnisse waren einfach vorprogrammiert, und außerdem ließ sich das meiste doch viel besser durch einen kurzen Anruf oder ein persönliches Gespräch klären.

Hendrik stoppte den VW-Bus vor dem Eingang zu Sinas Wohnung. Ehe er unangemeldet bei ihr klingelte, wollte er ihr lieber vorher eine Nachricht schreiben oder sie anrufen, denn er war sich nicht sicher, ob sein Besuch um diese Zeit erwünscht war. Wenn sie morgen im Hofcafé arbeiten musste, war sie wahrscheinlich schon im Feierabendmodus. Tastend suchte er in den Taschen der Shorts nach seinem Handy. Hatte er es womöglich am Strand verloren? Hendrik ließ seine Hand in den Spalt zwischen den Sitzen gleiten, schaute darunter nach und schließlich öffnete er das Handschuhfach. Nichts! Plötzlich erinnerte er sich an die Nacht, als er Sina aus der Ostsee gerettet und bei ihr geschlafen hatte. Sein Kopf mahnte ihn, vernünftig zu sein und zum Campingplatz zu fahren, aber sein Herz war da ganz anderer Meinung. Er wollte sie unbedingt wiedersehen, aber vielleicht sollte er einen besseren Moment abwarten. Ach was, er würde einfach sein Glück versuchen. Wenn er ungelegen kam, konnte er sich zumindest mit ihr für den kommenden Tag verabreden.

Er sprang aus dem Auto, und auf dem Weg zu Sinas Haustür nahm er zwei Stufen auf einmal. Es gab keine Klingel, deshalb klopfte er – erst vorsichtig, dann lauter. Schließlich drückte er die Klinke hinunter. Eigentlich hatte er damit gerechnet, dass die Tür verschlossen war, doch sie öffnete sich. Einen Augenblick rang er mit sich, aber dann lugte er durch den geöffneten Spalt und erstarrte. Sina tanzte mit geschlossenen Augen im schwachen Schein von zwei Kerzen in Windgläsern, die auf dem Boden des Flurs standen, und in ihren Armen hielt sie ein bodenlanges weißes Brautkleid.

14

»Ich fahre dann mal los?« Samuel stand am Eingang zum Hofcafé, die Liste mit den noch notwendigen Einkäufen in der Hand. »In etwa einer Stunde bin ich wieder da.«

Sina, die gerade hinter dem Tresen die Gläser polierte, hob den Kopf. »Alles klar, bis nachher.«

Summend beendete sie ihre Arbeit, leerte dann den Mülleimer und öffnete eine neue Packung Bierdeckel. Sie hatte sich gestern Abend, nachdem sie das Hochzeitskleid wieder zurück in die Schutzhülle gesteckt und im Schrank verstaut hatte, viel besser gefühlt als sonst, wenn sie dem Drang nachgegangen war, es herauszuholen. Vielleicht war sie tatsächlich auf dem Weg der Besserung.

Ihr erster Blick hatte morgens dem Handy gegolten, das sie auf dem Nachttischchen neben dem Bett abgelegt hatte, aber es war immer noch nur ein Häkchen hinter ihrer versendeten Nachricht zu sehen.

Nun breitete sich doch wieder ein flaues Gefühl in ihrer Magengegend aus, als sie daran dachte. Sie schnitt sich ein Stück Apfelkuchen ab, biss hinein und kostete mit geschlossenen Augen. Diesmal hatte sie etwas mehr Vanille genommen, und das Aroma bildete mit den säuerlichen mürben Boskop-Äpfeln eine perfekte Symbiose. Sie tupfte sich mit dem Zipfel der Schürze den Mund ab. Backen konnte sie – wenigstens etwas.

Sie schaute kurz in den Gästeraum des Hofcafés, aber dort war kaum etwas los. Nur die zwei älteren Damen, die sich einen Tee bestellt hatten, saßen am Tisch schräg gegenüber vom Tresen. Sina fragte die beiden, ob sie noch etwas wollten, aber sie lehnten dankend ab. Sina wies auf die Klingel am Tresen. »Okay, wenn Sie es sich anders überlegen, melden Sie sich einfach. Ich bin in der Küche.«

Auf dem Weg zum Herd blieb ihr Blick an der Garderobe hängen. Samuel war ohne seine Jacke losgefahren. Dieselbe Jacke, die er getragen hatte, als er sich mit Hektor Graf von Bardelow getroffen hatte. Sina rang innerlich mit sich, doch dann blickte sie sich rasch um und ließ die Hand zunächst in die eine und dann in die andere Seitentasche gleiten. Sie wusste natürlich, dass sie damit eine Grenze überschritt, aber sie fand, dass es in diesem Fall eine Ausnahme war, denn schließlich war sie für das Hofcafé verantwortlich. Treffer, dachte sie triumphierend und zog ein handflächengroßes Plastikpäckchen hervor, das mit einem weißen Pulver gefüllt war. Vorsichtig öffnet sie den Zippverschluss und schnupperte. Der Inhalt roch nach nichts, vielleicht ein ganz klein bisschen nach etwas Süßem. Sie wusste nicht, was sie damit machen sollte, deshalb schloss sie das Päckchen wieder und steckte es vorsichtig zurück in die Jackentasche. Hoffentlich würde Samuel nicht bemerken, dass sie herumgeschnüffelt hatte.

Etwas Hartes stieß gegen Hendriks Zehen. Er zog den Fuß aus den Leinenschuhen, die er in Sankt Peter-Ording getragen hatte, und fingerte das Handy heraus. Er grinste in sich hinein. »Hier steckst du also!« Keine Ahnung, wie es dort hineingekommen war. Die Schuhe waren nass geworden, deshalb hatte er auf der Fahrt nach Hause ein anderes Paar getragen.

Hendrik wischte über das Display, aber nichts geschah. Offensichtlich war der Akku leer. Er steckte das Handy ans Ladekabel und wusch dann das Frühstücksgeschirr ab. Dabei ging ihm der gestrige Abend nicht aus dem Kopf. Er ärgerte sich im Nachhinein, dass er Sina nicht einfach angesprochen, sondern die Tür wieder zugezogen hatte und weggefahren war. Er war wirklich der allerletzte Idiot, aber der Anblick war auch zu seltsam gewesen. Er fragte sich, aus welchem Grund Sina in ihrer Wohnung mit einem Hochzeitskleid herumtanzte, das bestimmt mehrere Hundert Euro gekostet hatte. War sie einmal verlobt gewesen, und wenn ja, warum war die Hochzeit ausgefallen? Er konnte sich kaum vorstellen, wie schlimm es sein musste, wenn der eigentlich schönste Tag im Leben nicht wie geplant stattfand – aus welchem Grund auch immer.

Als Hendrik mit dem Abwasch fertig war, nahm er noch einmal das Handy in die Hand. Seine Miene hellte sich auf, als er Sinas Nachricht las. Sofort tippte er eine Antwort:

Na klar habe ich Lust zu reden, ich hole dich um sechs ab, okay?

Sein Puls beschleunigte sich, als er sah, dass sie online war und etwas zurückschrieb.

»Was war mit deinem Handy los?«

»Habe es gerade erst wiedergefunden, Akku natürlich am Ende.« Seine Finger schwebten nur so über die Tastatur.

»Okay.«

»Du glaubst mir nicht?«

»Doch, schon …«

»Lass uns reden, ja?«

»Ich warte unten vor meiner Tür auf dich.«

»Bis nachher.«

Hendrik legte das Handy beiseite. Er öffnete die Tür, stürmte die Stahltreppe hinunter, breitete die Arme aus und atmete die frische Meeresluft ein. Mit einem Mal fühlte er sich wie ausgewechselt.

»Da soll ich raufklettern?« Sina stand am Fuße einer Leiter, die zwar stabil aussah, aber bestimmt drei Meter nach oben zu einem Hochsitz führte, der am Rande eines Feldes stand.

»Keine Angst«, erwiderte Hendrik, »ich bin ganz dicht hinter dir.«

Sie hielt sich an den beiden Seiten fest, dann nahm sie vorsichtig eine Stufe nach der anderen, und schließlich war sie oben angelangt. Hendrik erreichte wenige Sekunden später den überdachten, aus Holz gezimmerten Raum. Da sie auf dem Land aufgewachsen war, hatte sie schon viele Gespräche von Jägern mit angehört. Sie wusste, dass Hochsitze dazu dienten, dem Wild aufzulauern. Außerdem konnte von dort aus zielgenauer geschossen werden. Die Vorstellung gefiel ihr gar nicht. Hendrik öffnete den Rucksack, den er mitgebracht hatte, und holte zunächst eine Decke heraus, die er vor der Holzbank platzierte, und breitete darauf zwei Teller, Besteck, Sektgläser, Brot, Käse, Trauben und Cracker aus. Schließlich zog er noch eine Flasche Sekt hervor.

»Ich hoffe, du hast Hunger …«, sagte er, während er die Flasche entkorkte, »… und Durst.«

Ein kurzer Blick auf das Etikett bestätigte Sinas Vermutung, dass es sich um einen edlen Tropfen handelte, nämlich einen Crémant de Loire. »Das sieht jedenfalls alles fantastisch aus.«

Hendrik füllte die Gläser. Sie stießen an, und ihre Blicke begegneten sich.

»Ich bin froh, dass du hier bist«, sagte er leise.

Sina nippte an ihrem Glas. »Danke, dass du dich doch noch gemeldet hast.«

Einen Moment standen sie sich nur schweigend gegenüber, die Spannung zwischen ihnen jagte Sina einen Schauder über den Rücken. Hendrik lächelte, und dabei bildete sich ein Grübchen in der linken Wange. Dann verschränkte er seine Finger mit ihren und zog sie zu dem Ausguck, der in die Holzwand gesägt war. »Schau mal!«

»Wow, wie schön!«

Sina erblickte ringsherum Weizenfelder, Weiden und kleine Wädchen bis zum Horizont. In der Ferne erkannte sie den blauen Streifen der Ostsee. Die Sonne stand schon tief und hüllte die Landschaft in ein goldenes Licht. »Gehört das alles zum Gut?«

»Fast alles«, erwiderte Hendrik. Er zeigte in Richtung Norden. »Dort hinten bei den zwei Windkraftanlagen beginnt das Land der von Bardelows.«

Ein Moment der Stille breitete sich zwischen ihnen aus. Sina brannte die Frage schon so lange auf der Zunge, deshalb wagte sie einen Vorstoß. »Warum hast du dich eigentlich so komisch verhalten, als ich dich aus der Vorratskammer befreit habe?«

Sie spürte, wie Hendrik neben ihr von einer Sekunde auf die andere erstarrte, und am liebsten hätte sie die Frage wieder zurückgenommen. Sie hoffte inständig, dass sie nicht zu weit gegangen war.

»Ich … Es fällt mir schwer, darüber zu reden«, sagte er schließlich bedrückt. »Gib mir Zeit, okay?«

Er drehte sich zu ihr und ergriff ihre Hand.

Sie nickte, aber gleichzeitig war sie enttäuscht, dass er ihr nicht vertraute.

In der Ferne ertönte das »Kuwitt, Kuwitt« eines Waldkauzes.

»Hörst du das?«, fragte Hendrik, während er ein paar der Leckereien auf dem Teller drapierte.

Sina nickte. »Als Kind habe ich immer ›Komm mit! Komm mit!‹ verstanden.«

Sie setzten sich nebeneinander auf die Bank, Hendrik stellte den Teller zwischen ihnen in die Mitte. »Hast du dich gegruselt?«

»Ja, schon. Ich hatte das Gefühl, dem Lockruf folgen zu müssen. Ich komme aus einer abergläubischen Familie, weißt du. Meine Oma sagte immer: ›Wenn das Käuzchen ruft, stirbt jemand.‹«

»Verrückt, dass heutzutage noch viele Menschen an so etwas glauben. Meine Omi hat zum Beispiel nie Wäsche über Silvester hängen lassen, das würde nämlich Unglück bringen.«

Sina nahm sich ein Stück Brot. »Die Mutter deines Vaters?«

»Ja, genau. Sie heißt Lydia und lebt zusammen mit Artur, also meinem Großvater, in einem Altenheim in Eckernförde.«

»Besuchst du sie manchmal?«

»Na klar, so oft, wie ich es zeitlich einrichten kann.«

»Das ist wichtig, als Familie muss man zusammenhalten.«

Dazu sagte er nichts, stattdessen bemerkte Sina einen angespannten Zug in seinem Gesicht.

Eine Zeit lang schwiegen sie und ließen nur ihre Blicke über die Landschaft gleiten. Dann unterhielten sie sich über die jüngsten Ereignisse auf Gut Schwansee und naschten dabei von Hendriks Teller. Sina fühlte sich wohl in seiner Nähe, und sie spürte, wie sich ihre innere Anspannung langsam auflöste.

»Warum lebst du eigentlich nicht auch auf dem Gut?«, fragte sie schließlich.

Hendrik drehte das Glas in der Hand hin und her, dann suchte er ihren Blick. »Bis zu meinem Studium habe ich im Herrenhaus gewohnt«, erwiderte er, »aber es gab immer sehr viel Stress, vor allem, als ich mich entschlossen hatte, als Surflehrer zu arbeiten. Seit ich auf dem Campingplatz lebe, ist das Verhältnis zu meinen Eltern besser geworden. Sie bekommen halt nicht mehr alles mit.«

»Für mich war es auch gut, zu Hause auszuziehen«, sagte Sina, nachdem sie sich ein paar Trauben vom Teller genommen hatte. »Ich liebe meine Familie, aber es wurde mir alles zu eng. Ich wollte endlich auf eigenen Beinen stehen.«

»Vermisst du deine Eltern und Brüder denn manchmal?«

»Schon, aber wir sehen uns ja hin und wieder, und außerdem habe ich hier ein neues Zuhause gefunden.« Als sie diese Worte ausgesprochen hatte, wurde ihr bewusst, dass es stimmte. Sie war nicht nur Bewohnerin oder Angestellte, sondern sie fühlte sich mit der Familie Cornelius und den anderen Menschen, die hier arbeiteten, eng verbunden.

Hendrik lächelte. Seine türkisblauen Augen waren auf sie gerichtet, als ob er auf ein Zeichen von ihr warten würde. Plötzlich veränderte sich etwas zwischen ihnen. Als sie beide zu den Trauben griffen, berührten sich ihre Hände, und Sina spürte etwas auf ihrer Haut, das sich wie ein elektrischer Schlag anfühlte. Hendrik blickte sie erstaunt an, und ein Moment der Stille entstand zwischen ihnen. Sina hatte das Gefühl, als würde sich die Luft zwischen ihnen aufladen, bis Hendrik zur Seite sah.

»Es wird spät. Komm, lass uns runtergehen«, sagte er.

Sinas Gefühle fuhren Achterbahn. Es fühlte sich an, als hätte Hendrik wieder einen Rückzieher gemacht. Sie sehnte sich danach, ihm ganz nah zu sein, ihn zu küssen und an sich zu ziehen, aber sie hatte auch eine Heidenangst davor. Als sie schließlich alle Sachen im Rucksack verstaut hatten, zeigte Hendrik auf den Ausgang. »Ich gehe zuerst, okay? Wenn du ausrutschst, kann ich dich auffangen.«

Sina nickte. »Gut, so machen wir das.«

Hendrik schulterte den Rucksack, dann drehte er sich um und betrat die erste Sprosse der Leiter. Mittlerweile war es fast dunkel, bemerkte Sina erstaunt. Die Zeit mit Hendrik war buchstäblich wie im Flug vergangen. Ihr war ein wenig schwindelig, vielleicht hatte sie doch zu viel von dem Crémant getrunken. Als Hendrik fast unten am Boden angelangt war, gab er ihr ein Zeichen, ihm zu folgen. Langsam, Stufe für Stufe, kletterte sie hinunter, aber als sie fast unten war, rutschte sie ab, drehte sich halb um ihre eigene Achse und landete mitten in seinen Armen.

Ein Glücksgefühl durchströmte sie, als sie den Kopf hob, und in seiner Miene etwas Vertrautes entdeckte, so als würde sie ihn schon immer kennen.

»Sina«, raunte er, als er sie auf den Boden abgesetzt hatte.

Sie hob den Kopf und öffnete die Lippen, um etwas zu erwidern.

»Nichts sagen«, flüsterte er und strich ihr mit dem Finger über die Wange.

Hitze sammelte sich in Sinas Körper, und ihr Herz pochte wie wild in der Brust. Dann beugte Hendrik sich zu ihr hinunter und ließ seinen Mund über ihren gleiten. Sie schloss die Augen, als sie seine Lippen und dann auch seine Zunge spürte, die sich zunächst vorsichtig, dann immer leidenschaftlicher ihren Weg bahnte. Sina stöhnte auf, erwiderte seinen Kuss, und presste sich an ihn. Sie spürte seinen kräftigen Oberkörper, seine Hüfte, die sich gegen ihren Schoß presste. Seine Hand strich sanft von ihren Schultern abwärts über ihren Rücken. Er schob das T-Shirt hoch, seine Finger wanderten über ihre Haut. Sie zitterte, als er den Kuss noch weiter intensivierte, aber plötzlich flammte ein Erinnerungsfetzen in ihrem Kopf auf, die Bilder vom Tag ihrer geplanten Hochzeit, und plötzlich wurde ihr eiskalt. Sie stieß ihn von sich.

»Es tut mir leid. Ich kann das nicht …« Sie biss sich auf die Lippen. »Nicht hier, nicht so …«

Hendrik betrachtete sie, dann löste er seinen Griff. »Ist okay«, sagte er schließlich.

»Es hat nichts mit dir zu tun«, presste sie hervor.

Er legte ihr beide Hände auf die Schulter. Seine Augen ruhten auf ihr. »Ist schon in Ordnung. Außerdem ist es schon spät.«

Sina hatte das Gefühl, als ob in diesem Satz ein vorwurfsvoller Unterton mitschwang. Hendrik reichte ihr die Hand und führte sie zurück zum VW-Bus, den er etwas abseits geparkt hatte. Auf dem Nachhauseweg schwiegen sie, und Sina wurde das Gefühl nicht los, das Date mit Hendrik total vermasselt zu haben. Er hielt vor dem Eingang zu ihrer Wohnung an und half ihr beim Aussteigen.

»Es war ein schöner Abend«, sagte er, als er sie bis vor die Tür begleitet hatte.

»Bis auf das Ende«, erwiderte sie zerknirscht.

Er zog sie an sich. »Mach dir nicht so viele Gedanken.« Er wandte sich zum Gehen, drehte sich dann aber noch einmal zu ihr um. »Ich will dich möglichst bald wiedersehen, okay?«

Sie blickte ihn mit weit geöffneten Augen fragend an.

»Ich muss dir noch etwas Wichtiges erzählen.«

15

Es war später Nachmittag, als die letzten Gäste im Hofcafé ihre Rechnung verlangten. Nachdem Sina abkassiert hatte, ging sie nach draußen und wischte dort die Tische ab. Übermorgen fand der Empfang für die Reitsportdelegation statt, und sie fragte sich, ob sie wirklich an alles gedacht hatte. Zurück in der Küche überprüfte sie noch einmal die Vorräte und die Liste der Zutaten. Danach schrubbte sie die Spüle, fegte den Boden und leerte die Mülleimer. Normalerweise beruhigte es sie zu arbeiten, aber heute funktionierte noch nicht einmal das. Sie hängte den Kochkittel an den Haken, wusch sich im Bad die Hände und bürstete die Haare. Zum gefühlt hundertsten Mal zog sie das Handy aus der Gesäßtasche ihrer Jeans, aber Hendrik hatte ihr immer noch nicht geschrieben. Seit dem romantischen Treffen auf dem Hochsitz und ihrem Kuss hatten sie sich nur hin und wieder zufällig gesehen. Hendrik hatte zwar jedes Mal sehr freundlich reagiert, aber keine weitere Verabredung vorgeschlagen – und genau das nagte an ihr.

Als Sina schließlich die Tür hinter sich abschloss,

hörte sie aus der Ferne ein Motorgeräusch, das sich langsam näherte. Ihr Herz schlug schneller, als sie sah, dass Hendriks VW-Bus auf den Hof einbog. Jemand saß auf dem Beifahrersitz, und als sie genauer hinsah, erkannte sie auch, wer es war – Samuel! Sina hatte noch nicht herausfinden können, ob in dem Tütchen, das sie in seiner Jackentasche gefunden hatte, tatsächlich Drogen waren oder ob es sich nur um irgendeine harmlose Substanz handelte.

Hendrik öffnete die Tür, stieg aus und lief ihr entgegen. Als er nur wenige Schritte von ihr entfernt war, zögerte er einen Moment. Ihre Blicke trafen sich, und ein erwartungsvolles Kribbeln durchfuhr sie. Sie lächelte, und er zog sie in seine Arme.

»Entschuldige bitte, dass ich mich nicht eher gemeldet habe«, flüsterte er ihr ins Ohr.

»Ist schon okay«, erwiderte sie reservierter, als sie es eigentlich beabsichtigt hatte. Sie war immer noch etwas verärgert darüber, dass er sich erst so spät gemeldet hatte.

Hendrik deutete mit Kopf zu seinem Auto. »Nathan hat mich gebeten, mich um Samuel zu kümmern. Er wird in die Wohnung über dir ziehen. Er hat in einer Pension gewohnt, und das ist natürlich viel zu teuer. Hier muss er erst einmal nichts bezahlen, das habe ich auch mit meinen Eltern und Nathan so abgesprochen. Bedingung ist, dass er weiterarbeitet, bis Albert wieder gesund ist. Dann sehen wir weiter.«

In der Zwischenzeit war ihr Koch aus dem Auto gestiegen und kam ihr entgegen. Sina gab ihm lächelnd die Hand. »Super, ich freue mich, dass wir jetzt Nachbarn sind.«

Gemeinsam gingen sie zu Hendriks VW-Bus, in dem Samuels Habseligkeiten verstaut waren. Hendrik hatte sich schon den Schlüssel zur Wohnung, die seit fast einem Jahr leer stand, geholt, und als er die Tür aufschloss, strömte ihnen ein muffiger Geruch entgegen. Zuvor hatte hier ein Bereiter gelebt, der sich von einem Tag auf den anderen aus dem Staub gemacht und einen Haufen Müll hinterlassen hatte. Es hatte drei Tage gedauert, bis Bernhard und Paul alles entsorgt hatten. Sina riss die Fenster auf, öffnete alle Türen und inspizierte die Küche und das Bad.

»Ich hole mal das Putzzeug«, sagte sie, und die Männer nickten dankbar. Morgen würden sie den ganzen Tag benötigen, um das »Flying Menü« vorzubereiten, deshalb musste unbedingt jetzt klar Schiff gemacht werden.

Zwei Stunden später war die Wohnung nicht mehr wiederzuerkennen. Sina hatte das Bett im Schlafzimmer frisch bezogen, im Wohnzimmer das Sofa und die zwei Sessel abgesaugt, und Hendrik und Samuel hatten in der Zwischenzeit Bad und Küche geputzt. Der Kühlschrank funktionierte ebenfalls, und heißes Wasser war auch vorhanden. Sina ging noch einmal runter zum

Hofcafé und holte zwei Flaschen Wasser, Brot, Käse, Butter, zwei Stücke von ihrem Apfelkuchen, Kaffee und Milch. Samuel bedankte sich überschwänglich.

»Das ist doch selbstverständlich«, erwiderte Sina. »Wenn du willst, können wir demnächst nach Feierabend mal ein Glas Wein trinken.«

Ein Lächeln huschte über sein Gesicht. »Super Idee, sehr gern!«

Als Hendrik neben Sina die Treppe zum ersten Stock hinunterging, rotierten die Gedanken in seinem Kopf. Am liebsten hätte er sie gefragt, ob sie mit ihm zum Campingplatz kommen wolle. Er fragte sich, warum sie ihn vor dem Hochsitz zurückgewiesen hatte. Ob es etwas mit dem Hochzeitskleid zu tun hatte, das sie im Arm getragen hatte, als er sie besuchen wollte? Er hätte nicht einfach weglaufen dürfen, dachte er zerknirscht. Außerdem plagte ihn die ganze Zeit das schlechte Gewissen, weil er ihr noch immer nicht von seiner geplanten Reise erzählt hatte.

Als sie vor Sinas Wohnungstür standen, war die Anziehung zwischen ihnen körperlich spürbar, aber Hendrik wartete auf ein Zeichen von ihr.

»Sei mir nicht böse …«, begann sie, doch dann zog er sie zu sich heran.

»Du brauchst nicht weiterzureden«, flüsterte er,

während er ihr durchs Haar strich. »Du hast morgen einen harten Tag vor dir.«

Er küsste sie sanft auf den Mund. Ihre Lippen waren weich, und sie roch betörend nach Vanille. Auch wenn er sich kaum zurückhalten konnte, wollte er sie zu nichts drängen. Er genoss es einfach, Zeit mit ihr zu verbringen.

»Hast du Lust auf einen Ausflug?«

»Super, gern«, antwortete sie mit einem Lächeln im Gesicht. »Wohin soll es denn gehen?«

Er schmunzelte vielsagend. »Lass dich überraschen.«

Kurze Zeit später drehte Hendrik in seinem Bus die Musik lauter, kurbelte das Fenster runter und ließ sich den Wind um die Nase wehen. Er freute sich, dass Sina offenbar so fühlte wie er. Aber er war sich auch ziemlich sicher, dass sie schlechte Erfahrungen mit Männern gemacht haben musste, ansonsten konnte er sich ihr widersprüchliches Verhalten nicht erklären. Hendrik musste sich allerdings eingestehen, dass er sich ebenfalls noch nicht hundertprozentig sicher war, ob er seinen Empfindungen zu Sina trauen konnte. Außerdem zog es ihn weiterhin in die Ferne, und er stellte fest, dass es ihn zermürbte, immer derart hin- und hergerissen zu sein. Er wusste, dass er nicht alles haben konnte, irgendwann musste er sich für einen Weg entscheiden.

Er durchfuhr die Einfahrt zum Campingplatz und folgte der beleuchteten Straße zum Strand hinunter. Wenige Minuten später öffnete er die Tür zum Wohnwagen, schaltete das Licht an, holte sich eine Flasche Mineralwasser aus dem Kühlschrank und trank ein paar Schlucke. Dann ging er nach draußen und setzte sich auf die Stahltreppe vor dem Eingang. Er blickte in den klaren Sternenhimmel, das Rauschen des Meeres drang an seine Ohren. Nur wenige Meter entfernt erkannte er die Umrisse der Dünen und Strandrosen, deren Duft zu ihm herüberwehte. Seine Gedanken wanderten wie von selbst zu Sina und dem Hochzeitskleid. Er fragte sich inzwischen, ob sie vielleicht schon einmal verheiratet gewesen war. War sie womöglich sogar Witwe? Die Vorstellung eines solchen Schicksalsschlages jagte ihm eine Gänsehaut über den Rücken. Vielleicht würde sich während ihres Ausflugs eine Gelegenheit ergeben, sie darauf anzusprechen. Bis dahin würde er sich weiterhin gedulden müssen und ihr Zeit lassen, sich ihm zu öffnen.

16

Der Empfang der Reitsportdelegation rückte immer näher. Sina und Samuel beschlossen, am Tag zuvor das Hofcafé nur vormittags zu öffnen, um in Ruhe das »Flying Menü« vorbereiten zu können. Alle Zutaten waren rechtzeitig eingetroffen, die Getränke gut gekühlt, und die Gläser und kleinen Teller für die Speisen standen ordentlich aufgereiht auf der Ablage in der Küche.

Sina füllte die Pumpernickel-Brösel in die Küchenmaschine und stellte den Schalter auf die zweite Stufe, dann legte sie eine Backmatte auf das Blech und heizte den Ofen vor. Die Rote Grütze hatte sie schon am Vorabend zubereitet, und der Vanilleschnee stand ebenfalls bereits im Kühlschrank. Samuel hobelte in der Zwischenzeit die Möhren, die Zucchini, den Kohlrabi, die Rote Bete und die Pastinaken in dünne Streifen. Erst morgen würden sie das Gemüse für den ersten Gang in Olivenöl aus einer kleinen Manufaktur in Spanien dünsten und dann mit frischen Kräutern servieren.

Sina vermengte die fein gemahlenen Pumpernickel-Brösel mit Milch, bis eine sämige Masse entstanden war, strich dünne Kreise auf die Backmatte und schob dann das Blech behutsam in den vorgeheizten Ofen. Dort würden die Kreise trocknen und schön knusprig werden.

Die Krabben aus Husum hatte sie bereits eigenhändig gepuhlt. Serviert wurden sie dann zusammen mit der Creme, die sie aus dem Sud der Schalen, Rapsöl und Sahne hergestellt hatte. Das Frikassee vom Salzwiesenhuhn war ebenfalls vorbereitet, morgen würde sie nur noch die bereits angedünsteten Schalotten karamellisieren. Auch die Variationen vom Angler Sattelschwein würde sie zusammen mit Samuel frisch zubereiten.

Der Abend zuvor mit ihm war schön gewesen. Sie hatten Wein getrunken und über ihre Erlebnisse aus der Schulzeit gesprochen. Samuel war wirklich nett. Allerdings spukte immer noch die Sache mit dem weißen Pulver in ihrem Kopf herum. Natürlich konnte es dafür auch eine ganz harmlose Erklärung geben, aber warum sollte sich ihr Koch dann heimlich zur Übergabe mit Herrn von Bardelow treffen? Sie nahm sich vor, ihn nach dem Event direkt darauf anzusprechen. Glücklich darüber, endlich einen Plan zu haben, setzte sie einen Kaffee auf, und als dieser durchgelaufen war, fragte sie Samuel, ob er Lust habe, noch einmal alles mit ihr durchzugehen.

»Klar, Chefin!«, sagte er und deckte das Gemüse mit einem sauberen Tuch ab.

Sina deutete auf die Teilnehmerliste. »Frau Cornelius hat noch einmal bestätigt, dass morgen fünfunddreißig Gäste an dem Empfang teilnehmen werden.«

Samuel trank einen Schluck Kaffee. »Das ist doch gut«, erwiderte er mit einem Lächeln im Gesicht. »Für jeden Gang haben wir fünfzig Portionen, das dürfte also auf jeden Fall reichen.«

»Ja, das denke ich auch. Wenn es knapp wird, können wir immer noch Kanapees zubereiten, das geht ja schnell.«

Samuel nickte. »Das ist eine gute Idee, so machen wir das.«

Die Speisenfolge für das Menü im Goldenen Saal am Abend des dritten Tages stand ebenfalls fest: Als Vorspeise würde es einen marinierten Bokseer Ziegenkäse mit einem Sommersalat geben, dann würden hausgemachte Bandnudeln mit zwei Variationen vom Eiderwiesenrind und dazu gerösteter Blumenkohl folgen, und als Nachtisch hatten Sina und Samuel ein köstliches Mandel-Himbeer-Eis kreiert, das auf einer Vanillewaffel mit Sahne serviert wurde. Für Vegetarier hatten sie Lauchpuffer mit Kräuterdip vorgesehen. Sina überflog noch einmal die Liste. »Haben wir irgendetwas vergessen?«

»Ich denke nicht«, erwiderte Samuel lächelnd, »ich kann es gar nicht erwarten, dass es endlich losgeht.«

Sina ließ den Blick über die Stehtische gleiten, die Bernhard und Paul aufgebaut hatten. Der große Tag war gekommen, und die Teilnehmer der Reitsportdelegation standen auf dem Hof in Grüppchen unter großen blauen Sonnenschirmen, unterhielten sich und ließen sich den warmen Gemüsesalat mit Gartenkräutern schmecken.

Nina und Tamara, zwei junge Frauen aus dem Dorf, die Sina als Aushilfen engagiert hatte, liefen von Tisch zu Tisch und boten Gläser mit eisgekühltem Sekt und Orangensaft an. Susanne Cornelius, die sich mit einer älteren Dame im Tweetjackett unterhielt, begegnete ihrem Blick und nickte ihr kurz zu. Offensichtlich war ihre Chefin mit dem Auftakt der Veranstaltung zufrieden. In der Ferne sah sie Hendrik im Gespräch mit einem Mann, und sie freute sich, dass er sich ebenfalls unter den Gästen befand.

Bernhard Cornelius ging mit einem Tablett leerer Gläser an ihr vorbei. Er hatte morgens spontan seine Hilfe angeboten, worüber sich Sina sehr gefreut hatte.

»Na, mien Deern, allens löppt best«, sagte er mit einem Augenzwinkern. »Jüst so heff ik me dat dacht.«

Sie nickte lächelnd und deutete mit dem Kopf zum Himmel. »Ja, stimmt«, erwiderte sie, »und das Wetter spielt auch mit.«

Sina eilte zurück in die Küche, wo Samuel gerade die leeren Teller in die Spülmaschine räumte. Sie schob sich an ihm vorbei und griff nach dem Tablett mit den Gläsern, in die sie zuvor bereits die Krabben gefüllt hatte. Ihr Koch öffnete den Kühlschrank und reichte ihr die Schüssel mit der aufgeschlagenen Creme, die sie mit einem kleinen Löffel auf die einzelnen Portionen verteilte, und dann krönte sie die Komposition mit den Pumpernickel-Chips.

Kurze Zeit später verließ sie die Küche mit einem Tablett ihres zweiten Ganges des »Flying Menüs«, und Nina nahm es ihr auf halbem Weg ab. Mit Nachschub kehrte Sina zurück, und als sie damit vor die Tür des Hofcafés trat, hatten sich zwei weitere Gäste an den letzten freien Tisch gestellt. Sie stutzte, denn einer der Männer, der ihr den Rücken zuwandte und einen blauen Blouson trug, kam ihr irgendwie bekannt vor – fast so, als würde sie ihn schon seit Ewigkeiten kennen. Es rauschte in ihren Ohren, als sie ihren Blick über seinen Rücken gleiten ließ. In diesem Moment fuhr er sich tastend durch sein dunkelbraunes Haar bis zu einer kahlen Stelle am Hinterkopf. Dort hielt er inne, klopfte einige Male mit dem Finger darauf und ließ die Hand dann fallen. Es gab nur einen Menschen mit dieser Eigenart, den sie kannte: Konrad. Ihr Ex-Verlobter.

Ihr Mund fühlte sich auf einmal ganz trocken an. Sie steuerte wie an einem unsichtbaren Band gezogen auf den Tisch zu, das Tablett mit den Getränken in den Händen.

»Möchten Sie einen Sekt oder lieber einen Orangensaft?«

Die beiden Männer unterbrachen ihr Gespräch und nahmen sich jeder ein Glas, schauten sie dabei aber noch nicht einmal an. Sina blieb wie angewurzelt stehen. Ja, es war Konrad. Er sah schlanker aus, und er war braun gebrannt, so als ob er gerade aus dem Sommerurlaub gekommen wäre.

»Haben Sie noch einen Wunsch?«, setzte Sina mit schneidender Stimme nach.

Konrad wedelte mit der Hand, aber Sina ignorierte diese unfreundliche Geste einfach und wandte sich an seinen Begleiter. »Möchten Sie noch etwas, Graf von Rathenau?«

Jetzt endlich hob ihr Ex-Verlobter den Kopf, und ihre Blicke begegneten sich. Er riss die Augen auf.

»Sina? Was machst du denn hier?« Er streckte die Hand nach ihr aus, aber sie stieß seinen Arm weg. Erschrocken umfasste er seinen Ellenbogen, und Sina hatte plötzlich das Gefühl, als ob ihr der Boden unter den Füßen weggerissen wurde. »Entschuldigen Sie mich bitte«, presste sie hervor, drehte sich auf dem Absatz um und eilte zurück ins Hofcafé.

In der Küche atmete Sina mit geschlossenen Augen tief durch. Das Herz schlug ihr bis zum Hals. Es fühlte sich vollkommen unwirklich an, Konrad wiederzusehen. Wie konnte er ausgerechnet heute und dann auch noch auf Gut Schwansee wieder in ihr Leben treten?

Eigentlich war dies der Moment, den sie die ganze Zeit herbeigesehnt hatte, vor allem weil sie endlich wissen wollte, warum er ihr das damals angetan hatte. Doch in der Zwischenzeit hatte sich etwas verändert – sie hatte sich verliebt. Plötzlich wurde ihr bewusst, dass sie sich eben sehr unprofessionell verhalten hatte. Sie durfte nicht einfach wegrennen, auch wenn es sich bei dem betroffenen Gast um ihren Ex-Verlobten handelte. Sina spürte, wie ihr die Schamesröte ins Gesicht stieg. Was sollte nur Graf Rathenau von ihr denken?

Sina straffte die Schultern und hob den Kopf. Sie musste sich jetzt um den Empfang der Reitsportdelegation kümmern, das stand an erster Stelle. Zwar war sie vollkommen durcheinander, aber sie würde sich zusammenreißen.

»Alles klar mit dir?« Samuel war hinter ihr in die Küche getreten. »Was war denn gerade los? Du bist ja ganz bleich.«

Sina machte eine abwehrende Handbewegung. »Es ist etwas Persönliches«, erwiderte sie. »Ich erzähle es dir später, okay?«

Samuel hob die geballte Faust in die Luft. »Du brauchst nur etwas zu sagen, dann …«

Sina lachte auf. »Das ist lieb, aber ich kriege das schon alleine hin.«

Ihr Koch hob die Hand zur Stirn, als wolle er salutieren. »Alles klar, Chefin, aber du weißt, wo du mich findest.« Er kehrte zum Tresen zurück, und Sina krempelte die Ärmel hoch. Die Variationen vom Angler Sattelschwein erforderten jetzt ihre gesamte Aufmerksamkeit.

Erst nachdem gegen Mittag die Rote Grütze mit Vanilleschnee serviert worden war, traute Sina sich wieder vor die Tür. Die Gäste waren gerade auf dem Weg ins Herrenhaus. Im Goldenen Saal würde nun die Tagung stattfinden. Bernhard hatte ihr erzählt, dass die Teilnehmer sich zunächst in der großen Runde vorstellen wollten. Im Anschluss daran war ein vertrauliches Gespräch über das geplante Dressurchampionat geplant. Sie hoffte inständig, dass die Wahl auf Gut Schwansee fallen würde, denn die wirtschaftliche Situation war alles andere als rosig – das hatte ihr Leni vor einiger Zeit verraten. Jede Veranstaltung zählte in diesen Zeiten, in denen die Landwirtschaft immer weniger Geld abwarf. Sina seufzte innerlich. Sie und Samuel hatten jedenfalls alles dafür getan, dass dieses Event ein voller Erfolg werden konnte.

Getränke und kleine Snacks standen auf einem Büfett bereit, und für den Fall, dass jemand noch etwas Bestimmtes essen oder trinken wollte, blieb das Hofcafé bis zum Ende der Veranstaltung geöffnet. Dies hatte Sina mit Susanne Cornelius so besprochen. Morgen würde es ein gemeinsames Frühstück geben, und danach fuhren die Teilnehmer mit dem Bus zu verschiedenen Reitbetrieben in der Region, die sich ebenfalls als Austragungsort für das Dressurchampionat beworben hatten. Am dritten und letzten Tag der Veranstaltung würden schließlich alle zu dem Bankett im Goldenen Saal zusammenkommen, und im Anschluss daran würde der Austragungsort des Turniers bekannt gegeben. Sie setzte sich an einen der Tische vor dem Hofcafé, nippte an ihrem Glas Wasser und schloss für einen Moment die Augen. Erst jetzt wurde ihr bewusst, was sich soeben abgespielt hatte. Die Szene vom Vormittag stand ihr lebhaft vor Augen. Sie hätte wirklich niemals damit gerechnet, Konrad gerade hier wiederzutreffen. Okay, er hatte bis zum Tag ihrer geplanten Hochzeit für eine Reitsportmarketingagentur gearbeitet. Nach dem Betriebswirtschaftsstudium hatte er dort als Assistent des Geschäftsführers eine Anstellung gefunden. Womit er inzwischen seinen Lebensunterhalt verdiente, wusste sie allerdings nicht. Sina hatte gedacht, über ihn und das, was damals geschehen war, hinweg zu sein, aber der Schmerz meldete sich mit voller Wucht zurück. Fast fühlte sie sich wieder so wie an dem Tag, der eigentlich der schönste in ihrem Leben hätte werden sollen.

Jemand berührte von hinten ihre Schultern, und ein kleiner Schauder lief über ihren Rücken. Sie drehte sich um und sah direkt in Hendriks Augen, die heute in einem hellen Türkis leuchteten. »Sina, was ist los?«

Sie schüttelte den Kopf, aber er setzte sich ihr gegenüber und ergriff ihre beiden Hände.

»Nichts …«, presste sie schließlich hervor, aber sie spürte selbst, dass ihre Antwort alles andere als überzeugend klang.

Er beugte sich zu ihr hinüber, und sein ihr mittlerweile so vertrauter Duft drang in ihre Nase. Konnte er sie nicht einfach ganz weit von hier wegbringen? Irgendwohin, wo sie niemand kannte, am besten auf eine einsame Insel?

Hendrik strich ihr sanft über die Wange. »Warum bist du vorhin einfach weggerannt?«, fragte er besorgt. »Du musst ja richtig wütend gewesen sein.«

Sina war nicht in der Stimmung, sich jetzt von ihm ausfragen zu lassen, deshalb verschränkte sie die Arme schützend vor der Brust. »Ich weiß nicht, was du meinst«, erwiderte sie daher stur gerade ausblickend, aber sie bemerkte sogleich, dass dieser Satz vollkommen überflüssig war. Alle Anwesenden hatten ihr unprofessionelles Verhalten mitbekommen, und jetzt schämte sie sich sehr – so etwas war ihr noch nie passiert.

Hendriks Blick ruhte noch immer auf ihr. Dann fuhr er sich mit der Hand durchs Haar. »Wer ist dieser Mann, vor dem du vorhin geflüchtet bist?«

Sina drückte seine Hände, die sich warm und kräftig anfühlten. »Das ist Konrad, mein Ex-Verlobter.«

»Dein Ex … Möchtest du darüber reden, was damals passiert ist?«

Sie presste die Lippen aufeinander, denn sie fragte sich, ob sie ihm wirklich die ganze Geschichte anvertrauen sollte. Schließlich gab sie sich doch einen Ruck, denn wahrscheinlich würde er sowieso irgendwann erfahren, was an diesem Tag geschehen war.

»Ich stand im Brautkleid vor der Kirche …«, begann Sina, doch dann zog sich ihre Kehle schmerzhaft zusammen, und das nächste Wort blieb ihr buchstäblich im Halse stecken. Doch Hendrik betrachtete sie weiterhin geduldig und aufmerksam, also fuhr sie mit gepresster Stimme fort: »Er ist aber nicht gekommen.« Endlich hatte sie es ausgesprochen, und sofort fühlte sie sich etwas leichter ums Herz.

»Und warum nicht?«

Sie seufzte. »Keine Ahnung, er war wie vom Erdboden verschluckt. Erst haben wir gedacht, dass er einen Unfall hatte. Dann haben wir ihn überall gesucht – zunächst ohne Erfolg, aber schließlich hat er seine Eltern angerufen. Ihm ginge es gut, sie sollten sich keine Sorgen machen. Bei mir hat er sich erst viel später gemeldet und mir versprochen, mir alles zu erklären.« Sina hielt einen Moment inne. »Bis heute hat er das aber nicht getan.«

Hendrik stand auf, ging zu ihr und zog sie in seine Arme. Sie spürte seinen Herzschlag an ihrer Brust und schmiegte sich fest an ihn.

»Was für ein mieser Feigling.«

Hendrik schob sie sanft ein Stück von sich weg. »Den knöpfe ich mir mal vor!« Seine Augen flackerten, deshalb hob Sina beschwichtigend die Hände.

»Das musst du nicht«, erwiderte sie mit einem Zittern in der Stimme. »Ich bin darüber hinweg.«

Sie spürte seinen eindringlichen Blick, aber sie wollte nicht weiter über dieses Thema sprechen.

»Hendrik!« Susanne Cornelius war im Anmarsch, und ausnahmsweise freute sich Sina darüber. »Ich muss wieder in die Küche«, sagte sie und löste sich aus seinen Armen. »Wenn wir unseren Ausflug machen, reden wir noch mal über alles, okay?«

Ein freudiges Lächeln huschte über ihr Gesicht. »In Ordnung!«

Am liebsten wäre Hendrik sofort in den Goldenen Saal gelaufen, um sich diesen Ex-Verlobten von Sina einmal vorzunehmen. Jetzt verstand er auch, warum sie mit einem Hochzeitskleid im Arm getanzt hatte. Offensichtlich hatte sie dieses Erlebnis noch nicht verarbeitet. Es war für ihn vollkommen unverständlich, wie ein Mann einer Frau so etwas antun konnte. Wenn er doch endlich mit Sina alleine sein und ihr beweisen könnte, dass er anders war …

»Hendrik, gut, dass du hier bist.« Die schrille Stimme seiner Mutter, die in einem dunkelblauen Kostüm vor ihm stand, katapultierte ihn zurück in die Wirklichkeit. »Hast du mitbekommen, was Frau Claasen sich heute geleistet hat?«

»Ja, habe ich.«

»Fällt dir dazu nicht mehr ein?« Sie hob den Zeigefinger, eine Geste, die Hendrik besonders verabscheute. »Das geht gar nicht, einfach einen Gast zu stoßen, weil ihr irgendetwas nicht passt. Wenn die Veranstaltung vorbei ist, werde ich ein ernstes Wörtchen mit ihr reden.«

»Das wirst du schön bleiben lassen«, unterbrach er sie mit einem scharfen Unterton in der Stimme. »Sina hat einen sehr guten Grund für ihre Reaktion.«

Mit Genugtuung stellte Hendrik fest, wie die Wangen seiner Mutter erröteten.

»Läuft da etwas zwischen euch?«

»Ich habe sie getröstet, das ist alles«, sagte er mit gedämpfter Stimme, weil zwei Nachzügler an ihnen vorbei in Richtung Herrenhaus eilten.

Seine Mutter schüttelte missbilligend den Kopf. »Das hast du von deinem Vater – der hatte auch immer einen Hang zum Personal.«

17

Sina ließ ihren Blick über die Tische gleiten, an denen die Teilnehmer der Reitsportdelegation gut gelaunt frühstückten. Es gab duftende Brötchen, frisch aufgebrühten Kaffee und Tee in Thermoskannen, Teller mit Käse und Wurst aus der Region, aber auch frisches Obst, das morgens aus Eckernförde angeliefert worden war. Wer wollte, konnte sich auch noch Müsli holen, das Samuel in verschiedenen Schälchen auf dem Tresen aufgebaut hatte. Besonders ihr selbst gemachtes Bircher Müsli mit eingeweichten Biohaferflocken, geriebenem Apfel, gehackten Mandeln und einer Prise Zimt hatte es den Gästen angetan. Sina hatte Samuel gebeten, im Gastraum die Stellung zu halten, sodass sie in der Küche bleiben und dort in Ruhe vor sich hin arbeiten konnte – ohne von Konrad abgelenkt zu werden. Doch hin und wieder zog es sie doch zum Tresen, und sie hatte den Eindruck, dass ihr Ex-Verlobter sie beobachtete. Die Stimmung unter den Teilnehmern schien jedenfalls gut zu sein. Alle unterhielten sich miteinander, es wurde viel gelacht und diskutiert. Sie hoffte für die Familie Cornelius, dass die Entscheidung wirklich zugunsten von Gut Schwansee ausfallen würde. Als der Bus vorfuhr, strömten die Gäste nach draußen.

Erleichtert atmeten Sina und Samuel auf. »Die Hälfte ist schon geschafft«, sagte ihr Koch.

»Ja, ich finde wir können zufrieden mit uns sein.«

Er wandte sich zum Gehen. »Ich räume schon mal die Tische ab. Bereitest du die Gerichte für morgen vor?«

»Klar, kein Problem.«

Während sie das original italienische Mehl mit etwas Wasser und den Bioeiern vermengte, dachte sie erneut über Konrad nach. Es fiel ihr schwer, ihn aus ihren Gedanken zu verbannen. Sie fragte sich, warum ihr Ex-Verlobter ausgerechnet hier und jetzt auftauchte. Er war schon immer gut darin gewesen, zur richtigen Zeit am richtigen Ort zu erscheinen und die Chancen, die sich ihm dadurch boten, auch zu ergreifen. Er hatte sich nach seiner Ausbildung nie irgendwo bewerben müssen, sondern nur seine Kontakte genutzt. Wenn er irgendwo eingeladen gewesen war, kam er immer mit drei Visitenkarten nach Hause. Sie walkte den Nudelteig mit den Händen durch, das hatte sie einmal von einem italienischen Kollegen während ihrer Ausbildungszeit gelernt. Als das Bild ihres Ex-Verlobten in ihrem Kopf nicht verschwinden mochte, haute sie ein paarmal mit der Faust auf die Nudelmasse, aber dann besann sie sich und knetete besonnen weiter. Sina liebte diese Arbeit, die auf eine fast meditative Weise beruhigend wirken konnte. Nur heute wollte es ihr nicht gelingen, sich abzulenken. Die Vorbereitungen würden noch einige Stunden in Anspruch nehmen, aber sie hatte alles gut im Griff. Sie würde rechtzeitig fertig werden, auch wenn der Nachmittag rasend schnell vorbeiging. Als der Teig schön glatt und glänzend war, formte Sina eine Kugel und hüllte diese in Klarsichtfolie. Später würde sie den Teig walzen und in Streifen schneiden. Sie war immer wieder fasziniert, wie aus zwei Zutaten – Mehl und Eiern – so etwas Köstliches entstehen konnte. Bis morgen konnten die Bandnudeln trocknen und würden perfekt zu den Variationen vom Eiderwiesenrind munden, die sie zusammen mit Samuel vorbereiten würde. Danach fügte sie Honig, Zitronensaft, Olivenöl und gehackte Rosmarinnadeln in eine Schüssel, nahm einen Schneebesen und rührte so lange, bis sich die Zutaten zu einer dickflüssigen Emulsion verbunden hatten. Noch etwas Salz und Pfeffer, dann träufelte sie die Marinade über die Bokseer Ziegenkäsetaler, die sie in einer flachen Glasschale fein säuberlich aufgereiht hatte. Das Mandel-Himbeer-Eis hatte Samuel bereits zubereitet, nur den Teig für die Waffeln würden sie frisch zusammenrühren.

Nachdem sie alle Vorbereitungen beendet hatten, verabschiedete Samuel sich. »Wir sehen uns morgen.«

Sina nickte. »Ja und danke für deine Hilfe!«

»Dafür nicht.«

Sina warf noch einen letzten prüfenden Blick in die Küche und wollte dann zu ihrer Wohnung laufen. Doch als sie auf den Hof trat, traute sie ihren Augen nicht: Dort stand Konrad, die Hände in den Taschen seines Blousons. Als er sie erblickte, huschte ein scheues Lächeln über sein Gesicht. »Da bist du ja.«

Am liebsten hätte sie ihn einfach ignoriert, aber er stellte sich ihr in den Weg. »Wir müssen reden.«

»Müssen wir das?«

Er fixierte sie mit seinen schokoladenbraunen Augen. »Ich würde mich jedenfalls sehr darüber freuen.«

Seine Stimme klang weich und einschmeichelnd, aber Sina fiel darauf nicht rein. »Du hattest zweieinhalb Jahre die Möglichkeit, mit mir zu reden«, erwiderte sie und schob sich an ihm vorbei. »Für mich gibt es nichts mehr zu besprechen.« Ohne sich noch einmal umzudrehen, lief sie zur Haustür und atmete erleichtert aus, als diese hinter ihr ins Schloss fiel.

Zwei Stunden später kreisten Sinas Gedanken in Endlosschleife um die Begegnung mit Konrad. An Schlaf war nicht zu denken. Alle Gefühle, die sie in den vergangenen zweieinhalb Jahren verdrängt hatte, waren auf einmal wieder allgegenwärtig: Angst, Wut, Enttäuschung, Fassungslosigkeit…

Noch vor kurzer Zeit wäre sie wahrscheinlich überglücklich gewesen, Konrad wiederzusehen, und sie hätte sich wohl eine zweite Chance gewünscht. Aber nun hatte sich einiges in ihrem Leben geändert. Zwischen ihr und Hendrik hatte sich etwas entwickelt, und sie hoffte inständig, dass Konrad sie in Ruhe lassen würde. Sina wälzte sich noch einmal hin und her. Dann entspannte sie sich endlich, ihre Augen wurden schwer, und sie driftete in den ersehnten Schlaf. Ihr letzter Gedanke galt ihrem Ex-Verlobten: Sollte er doch bleiben, wo der Pfeffer wuchs.

Am nächsten Tag hatte Sina so viel zu tun, dass sie zum Glück gar keine Zeit hatte, sich weiterhin mit Konrad zu beschäftigen. Nachdem sie und Samuel den Teilnehmern der Reitsportdelegation das Frühstück serviert hatten, erforderten die Vorbereitungen für das abschließende Bankett ihre ganze Aufmerksamkeit. Samuel bereitete das Fleisch vor, während sie sich um den Waffelteig kümmerte. Sie hatte das Rezept schon mehrere Male ausprobiert und war sich sicher, dass die Waffeln sehr lecker schmecken würden, vor allem zusammen mit dem Eis und der Schlagsahne. Ein flaues Gefühl in der Magengegend erinnerte sie daran, dass sie selbst noch gar nichts gegessen hatte. Aber sie vertröstete sich auf später. Wenn dieser Tag zu Ende war, würde sie sich erst einmal Ruhe gönnen. Sie hoffte, dass Hendrik den gemeinsamen Ausflug nicht vergessen würde. Ein paar Stunden mit ihm alleine wären für sie das größte Geschenk nach dem ganzen Stress der vergangenen Wochen.

Sina füllte zimmerwarme Butter in die Schüssel der Küchenmaschine, dann stellte sie den Schalter auf die zweite Stufe. Noch immer war sie ihrem Chef Albert Lorenzen dankbar, dass er auf ihren Wunsch hin diese teure Profimaschine gekauft hatte. Damit war Backen einfach nur die reinste Freude. Das erste Mal hatte sie gesehen, wie eine YouTuberin damit arbeitete und auf diese Weise die tollsten Kuchen und Torten, aber auch Brot, Dips und andere Leckereien zubereitete. Nachdem die Butter cremig gerührt war, fügte sie Zucker, Eier, etwas Vanillearoma, Zitronenabrieb und gesiebtes Mehl hinzu. Als alle Zutaten perfekt vermengt waren, nahm sie einen Löffel und probierte ihre Kreation. Köstlich! Sie schloss die Augen und beglückwünschte sich selbst – das hatte sie sich irgendwann einmal angewöhnt: Lobe dich selbst, sonst lobt dich keiner.

Als Nächstes war die Vorspeise an der Reihe. Früh am Morgen hatte Thorsten, ein Biolandwirt aus Thumby, ihr den Salat dafür geliefert. Sie wusch die Blätter unter fließendem Wasser und schleuderte sie dann sorgfältig trocken. Danach durften die Rauke, der Lollo Rosso, der Feldsalat, der Radicchio und der Eichblattsalat auf ihren großen Auftritt in einer Holzschüssel warten.

Die Bandnudeln waren über Nacht auf dem Ständer gut angetrocknet. Sie brach von einer Nudel ein kleines Stück ab und probierte. Sehr gut, die Teigware hatte genau die richtige Konsistenz – nicht zu weich, sondern durch den Hartweizengrieß mit etwas mehr »Biss«.

Samuel hatte in der Zwischenzeit zu dem Fleisch noch eine feine Soße aus angerösteten Rinderknochen, Schalotten, Gemüse, Rotwein und Bouillon gekocht.

Als sie alle Arbeiten erledigt hatte, blickte sie auf die Uhr, die über der Tür angebracht war. In zwei Stunden begann der Höhepunkt der Veranstaltung, das Bankett. Sie erinnerte sich, wie sie auf die Zeiger gestarrt hatte, als ihr Chef den Herzinfarkt erlitten hatte. Vor drei Tagen hatte sie Albert nach der Arbeit besucht. Er war noch sehr schwach gewesen, hatte sich aber sehr gefreut – vor allem über das Stück frisch gebackenen Apfelkuchen, das sie ihm mitgebracht hatte. Sina hoffte inständig, dass ihr Chef vollständig genesen würde, und war gleichzeitig stolz, dass sie ihn seitdem so gut vertreten hatte.

Sina verließ die Küche und durchschritt den Gastraum zum Ausgang. In diesem Moment wurde die Tür geöffnet, und ihr Herz machte einen kleinen Hüpfer, als sie erkannte, wer eingetreten war. Hendrik! Er blieb nur wenige Zentimeter vor ihr stehen. »Nina hat sich gerade krankgemeldet.« Er umfasste ihre Hüfte und zog sie in seine Arme. Sina hob den Kopf und ließ ihren Blick über seine Lippen gleiten, von denen sie sich augenblicklich magisch angezogen fühlte. Er lächelte und küsste sie zärtlich, dann schob er sie wieder ein Stück von sich weg. »Ich springe für sie ein, okay?«

Hendrik war dabei, das schmutzige Geschirr in die Spülmaschine einzuräumen. Normalerweise gehörte eine solche Arbeit nicht gerade zu seinen Lieblingsbeschäftigungen, aber für Sina war er bereit, alles zu machen.

Als Sina die Küche betrat, ein Tablett mit Gläsern balancierend, schoss sein Puls in die Höhe. Er ließ einen anerkennenden Blick über ihre Kurven gleiten, und als er das Funkeln in ihren Augen sah, hätte er sie am liebsten entführt. Stattdessen ermahnte er sich innerlich zur Geduld. »Ich bin hier fertig. Was soll ich jetzt tun?«

Sina stellte das Tablett ab und deutete mit dem Kopf zur Tür. »Wenn du magst, kannst du Samuel im Herrenhaus helfen.«

»Alles klar.«

Hendrik nickte, gab ihr im Vorbeigehen einen Kuss und machte sich dann auf den Weg. Beschwingt betrat er den Nebenraum des Goldenen Saals, wo die Speisen bis zum Servieren warm gehalten wurden, blieb dann aber abrupt stehen, als er sah, wie Samuel – offensichtlich ganz in sein Tun vertieft – im Begriff war, Pulver aus einem verdächtig aussehenden Tütchen über die

Vorspeisenteller mit dem Salat und Bokseer Ziegenkäse zu streuen. Für den Bruchteil einer Sekunde fühlte sich Hendrik wie gelähmt, aber dann stürzte er auf den Koch zu, der erschrocken zusammenzuckte und abwehrend die Hände hob.

»Was soll das werden?«

»Ich, ich…«, stammelte Samuel und senkte den Blick.

Hendrik riss ihm das Tütchen aus der Hand und hielt es ihm unter die Nase. »Was ist das?«

Er sah, wie der Koch mit sich rang, bis er schließlich den Kopf hob. »Ein Brechmittel«, flüsterte er, und Hendrik bemerkte, wie ihm die Zornesröte ins Gesicht stieg.

»Sag mal, spinnst du! Was soll das?«

Samuel vergrub sein Gesicht zwischen den Händen. »Es tut mir so leid«, stammelte er, »ich hatte keine andere Wahl.«

Hendrik presste die Zähne zusammen. Er war so wütend, dass er den Koch am liebsten am Kragen gepackt hätte. »Was soll das heißen? Sag sofort die Wahrheit!«, erwiderte er kalt.

Ehe Samuel antworten konnte, kam Sina zur Tür herein. Sie runzelte die Stirn und sah von einem zum anderen.

»Was ist denn hier los?«

Sie legte ihm die Hand auf den Arm, und er fühlte, wie er sich durch ihre Nähe etwas beruhigte.

»Samuel hat versucht, unseren Gästen Brechmittel ins Essen zu schütten.« Hendrik hielt das Tütchen mit dem weißen Pulver wie ein Beweismittel in die Höhe.

»Ein Brechmittel?!« Sina wirkte fassungslos. »Das kannst du doch nicht ernst meinen… Jetzt wird mir einiges klar! Das Zeug hat dir von Bardelow gegeben!«

Hendrik bemerkte, dass diese Worte Samuel noch weiter in sich zusammensinken ließen, aber schließlich nickte er nervös. Wenn seine Tat nicht so hinterhältig gewesen wäre, hätte er ihm glatt leidtun können.

»Ich habe euch beobachtet«, fuhr Sina unbeirrt und mit schneidender Stimme fort. Sie wandte sich zu ihm. »Ich habe zufällig beobachtet, wie Hektor ihm das Zeug in der Nähe der Pferdekoppel zugesteckt hat.«

Hendrik blieb bei diesen Worten fast die Spucke weg, das Ganze wurde von Minute zu Minute schlimmer.

Er wandte sich an Samuel, der immer noch mit hängenden Schultern vor ihnen stand. »Ich schätze, du bist uns eine Erklärung schuldig. Wird's bald?!«

»Ich wollte das nicht, ehrlich…«, begann der Koch mit Tränen in den Augen, und er erzählte den beiden, dass alles in einem Café in Eckernförde begonnen habe. »Ich habe Schulden und war fertig, weil meine Ex wieder mal verhindert hat, dass ich meine Tochter sehen darf.« Er schwieg einen Moment, dann fuhr er fort: »Ich habe dort nach einem Job gefragt, aber es war keine Stelle frei. Auf dem Weg nach draußen hat mich dann Graf von Bardelow angesprochen. Er gab mir einen Kaffee aus und erzählte mir, dass euer Koch einen Herzinfarkt erlitten hat und dass ich dort bestimmt aushilfsweise anfangen könnte.«

Samuel schniefte, und Sina reichte ihm ein Taschentuch. Nachdem er sich geschnäuzt hatte, berichtete er weiter.

»Ich habe mich bei ihm für den Tipp bedankt, und dann hat er mir noch einen Cognac ausgegeben.« Schließlich habe er ihn noch zu der Pension gefahren, in der er vorübergehend untergekommen war. Er habe sich in aller Form bedankt. »Da nicht für«, hätte von Bardelow geantwortet. Zerknirscht sah Samuel Sina an. »Zum Schluss meinte er, dass ich mich bei Gelegenheit revanchieren könne.«

18

Das Bankett war eröffnet. Nachdem die Vorspeise abgeräumt worden war, ließ Sina es sich nicht nehmen, zusammen mit den Aushilfen den Gästen die Hauptspeise zu servieren. Es war bei großen Veranstaltungen immer eine besondere Herausforderung, dass alle Gäste möglichst zur gleichen Zeit ihr Essen serviert bekamen, aber zusammen mit den vier jungen Frauen, die an diesem Abend eingeteilt waren, klappte zum Glück alles wie am Schnürchen. Sina stand am Rand und ließ ihren Blick durch den Goldenen Saal gleiten, in dem die Gäste an weiß eingedeckten Tischen saßen und sich angeregt unterhielten. Die Kerzen in den Windlichtern, die auf den Tischen und dem Kaminsims standen, verbreiteten ein warmes Licht, und aus den Lautsprechern drang leise Klaviermusik. Ihr Blick streifte Konrad, der in einem dunkelblauen Anzug an einem Tisch rechts in der Ecke saß. Seit er vor ihrer Wohnung aufgetaucht war, war sie ihm aus dem Weg gegangen, und sie hoffte, dass er nicht noch einmal versuchen würde, mit ihr zu sprechen.

Nachdem auch der Nachtisch und etwas später Kaffee und Hochprozentiges serviert worden waren, zogen sich Sina, Hendrik, Bernhard und das Team zurück, da die Teilnehmer der Reitsportdelegation hinter geschlossenen Türen ihre Entscheidung darüber treffen wollten, auf welchem Hof das Dressurchampionat stattfinden sollte. Sina holte sich ein Glas Wasser und nippte gedankenverloren daran. Noch immer konnte sie nicht fassen, was Samuel getan hatte. Hendrik hatte ihn nach seinem Geständnis in seine Wohnung geschickt und ihr mitgeteilt, dass er mit seiner Familie besprechen wolle, was mit ihm passieren sollte. Sina war hin- und hergerissen, denn sie wusste, dass eine Kündigung ziemlich naheliegend war. Wie hatte sich ihr Koch nur auf so etwas einlassen können? Nicht auszudenken, wenn sein Plan geglückt wäre und ihre Gäste im Krankenhaus gelandet wären. Es gab keine Entschuldigung für sein Verhalten, aber andererseits tat ihr Samuel auch leid. Er war ihr zu einer großen Stütze geworden. Ohne seine Hilfe würde sie die Arbeit im Hofcafé nur mit Mühe bewerkstelligen. Doch fürs Erste musste sie dieses Debakel ausblenden und sich weiter um die Gäste kümmern. Das war sie Albert, der Familie Cornelius, aber auch sich selbst schuldig.

Für die Aushilfen gab es nichts mehr zu tun, und Sina entließ sie in den Feierabend. Hendrik ergriff Sinas Hand. »Komm, lass uns mal frische Luft schnappen.«

Er zog sie hinter sich her die Treppe hinunter, und als er die schwere eisenbeschlagene Eingangstür aufschlug, strömte ihnen ein lauer Wind entgegen. Sie stellten sich nebeneinander auf die gemauerte Brücke, die über den Wassergraben führte, und stützten sich mit den Unterarmen ab. Im Schein der Fackeln, die links und rechts angebracht waren, erkannte Sina das Schwanenpaar, das in diesem Jahr wieder fünf Küken ausgebrütet hatte. Die kleine Familie ließ sich über die dunkle Wasseroberfläche gleiten, und Sina wurde es ganz warm ums Herz.

»Ist das nicht schön?«, fragte Hendrik, als habe er ihre Gedanken erraten.

Sina nickte seufzend, und als er sie an sich zog, legte sie ihren Kopf auf seine Schulter. Am liebsten hätte sie in diesem Moment die Zeit angehalten.

»Das hast du doch alles super hinbekommen«, flüsterte ihr Hendrik ins Ohr. »Du kannst echt stolz auf dich sein.«

»Vielen Dank, das ist lieb von dir.«

Hendrik fixierte sie mit seinem Blick, und Sina hatte das Gefühl, als ob er ihr irgendetwas sagen wollte, aber in diesem Moment sprang die Tür auf, und Bernhard stürmte heraus.

»Wir haben es geschafft«, jubelte er. »Das Dressurchampionat wird auf Gut Schwansee ausgetragen!«

Hendrik stand mit seinen Eltern im Foyer und verabschiedete sich von den Gästen. Sina hatte in der Zwischenzeit einige Taxis bestellt. Die Gäste, die keinen Alkohol getrunken hatten, schlenderten zu ihren Autos. Während Hendrik Hände schüttelte, Glückwünsche entgegennahm und sich hin und wieder auch kräftiges Schulterklopfen gefallen lassen musste, fragte er sich trotzdem, wie nun alles weitergehen würde. Er hatte Sina noch immer nichts von seinen Reiseplänen erzählt, und das war alles andere als fair. Auf der Brücke, als sie mit ihm die Schwanenfamilie beobachtet hatte, war er kurz davor gewesen, es ihr zu sagen, aber dann hatte er ihre strahlenden Augen gesehen und einfach kein Wort herausgebracht.

Nur noch wenige Gäste standen in der Reihe, darunter Sinas Ex-Verlobter und Heinrich Graf von Rathenau, der Vorsitzende der Delegation.

»Vielen Dank und einen guten Heimweg«, presste Hendrik hervor, als Konrad vor ihm stand.

»Ich habe zu danken«, erwiderte dieser und verzog sein Gesicht zu einem schiefen Grinsen.

Dieser miese Feigling!, dachte Hendrik und ballte die Fäuste. Am liebsten hätte er ihn am Kragen gepackt und ihm einmal so richtig die Meinung gegeigt, aber dann war Konrad auch schon mit einem anderen Gast an ihm vorbeigezogen. Das war aber eigentlich gut so, denn jetzt war nun wirklich nicht der richtige Moment für eine Auseinandersetzung. Kurz bevor er das Herrenhaus verließ, drehte er sich noch einmal um.

»Ich werde mich dafür einsetzen, dass diese Veranstaltung auch im kommenden Jahr hier auf Gut Schwansee stattfinden wird.« Er blickte Graf Rathenau fragend an, der daraufhin zustimmend nickte.

»Ich wüsste nichts, was dagegensprechen sollte.«

Hendrik biss sich innerlich auf die Zunge. Wenn Konrad tatsächlich Einfluss auf die Wahl des Veranstaltungsortes hatte, durfte er das bislang noch gute Verhältnis mit Sinas Ex-Verlobtem nicht aufs Spiel setzen.

Hendrik sprang als Erster an Bord der *Seuten Deern*, der Holzsegeljacht seiner Familie, die in der Sommersaison im Hafen von Eckernförde vor Anker lag. Dann reichte er Sina die Hand und half ihr an Bord. »Keine Angst, ich halte dich fest.«

»Wow, ein Segeltörn!«

Hendrik freute sich, dass ihm die Überraschung gelungen war, zumal Sina heute besonders bezaubernd aussah. Sie trug eine weiße Shorts, Leinenschuhe und ein enges blau gestreiftes T-Shirt, das ihre Schultern frei ließ. Als er sie abgesetzt hatte, hielt er sie einen Moment fest, und ihre Blicke verfingen sich. »Willkommen an Bord!«

Sie grinste. »Was soll ich tun?«

Er deutete mit dem Kopf zum Heck des Bootes.

»Setz dich einfach, ich bringe uns erst einmal raus aufs offene Meer.«

Er sprang zurück an den Pier, löste die Leine vom Poller, und schon war er wieder zurück an Bord. Dann ging er nach unten in die Kajüte und holte eine Decke. Außerdem nahm er den Korb mit, in dem er ein paar Leckereien und Getränke verstaut hatte. Nachdem er sie versorgt hatte, stellte er sich ans Steuerrad und startete den Motor, denn das Hafenbecken war zu eng und zu stark befahren, um unter Segeln diesen Bereich verlassen zu können. Er plante, entlang der Küste Richtung Schwedeneck zu segeln und dann vor Aschau zu ankern.

Bevor er ablegte, vergewisserte er sich noch einmal, dass Sina sich wohlfühlte. Sie hatte schließlich drei anstrengende Tage hinter sich, und dann hatte sie auch noch ihren Ex-Verlobten unerwartet wiedergesehen. Seine Sorge war jedoch unbegründet: Sina hatte ihre Beine von sich gestreckt und hielt das Gesicht in die Sonne. Sie bemerkte noch nicht einmal die Möwe, die ein paar Meter über ihrem Kopf kreiste. Wahrscheinlich hoffte diese, einen Bissen von dem Picknick abzubekommen. Er steuerte das Boot aus dem Hafen heraus und nahm dann Kurs in Richtung Schwedeneck. Es wehte ein mäßiger ablandiger Wind, wahrscheinlich würde er bald die Segel setzen können. Hendrik freute sich auf die nächsten Stunden. Endlich würden sie einmal ungestört und vor allem fernab von Gut Schwansee und dem Landfunk sein. Wenn das Wetter so bliebe, könnten sie sogar auf dem Boot übernachten. Als sie weit genug draußen waren und der Wind von vorne kam, löste er die Schotleinen und setzte das Großsegel, das sich knallend aufblähte. Hendrik liebte dieses Geräusch, denn schon als Kind hatte es ihm signalisiert: Jetzt geht es richtig los! Er zog an der Winsch, bis das Segel straff war. Aus den Augenwinkeln bemerkte er, dass Sina ihn beobachtete, und das gefiel ihm, denn hier an Bord war er in seinem Element. Jeder Handgriff war für ihn selbstverständlich. Er spürte, wie sich das Boot in den Wind legte, und löste das Focksegel, um weiter Fahrt aufzunehmen. Jetzt konnte er die *Seute Deern* erst einmal laufen lassen.

Hendrik deutete auf die Pinne. »Halt mal bitte kurz fest.«

Er setzte sich neben Sina, öffnete den Korb und holte zwei Flaschen Rhabarberschorle hervor, die er entkorkte. Mit einer Hand übernahm er das Ruder und reichte ihr eine Flasche. Sie stießen klirrend an.

»Schön, dass du da bist«, sagte er aufrichtig.

Sina ließ ihren Blick über das Deck bis hinaus auf die Ostsee und die nahe liegende Küste gleiten. »Segeln ist toll!«

»Ist das etwa dein erstes Mal?«

»Nein, ich habe mal als Schülerin an einem Segelkurs teilgenommen, das war während einer Projektwoche in der Grundschule.«

»Aber der Funke ist bei dir nicht übergesprungen?«

Sina lachte auf. »Schon, ein bisschen, aber ich war zu der Zeit eher ein typisches Pferdemädchen. Fast jeden Tag bin ich mit meiner Freundin nach der Schule mit dem Fahrrad zum Reitstall gefahren, aber dann, als ich aufs Gymnasium kam, hatte ich leider immer weniger Zeit.«

Hendrik nahm ebenfalls einen Schluck. »Und warum?«

»Na ja, ich musste morgens mit dem Bus zur Schule nach Rendsburg fahren, nachmittags Schularbeiten machen und meiner Mutter im Haushalt helfen. Außerdem habe ich noch Zeitungen ausgetragen und im Sommer auf dem Himbeerhof im Nachbardorf gejobbt, um mir mein Taschengeld aufzubessern.«

»Das hört sich ganz schön stressig an«, sagte Hendrik.

Sie grinste. »Das war es auch«, erwiderte sie und hielt sich die Hand schützend vor die Stirn, weil die Sonne sie blendete.

Er drückte ihr noch einmal die Pinne in die Hand. »Warte mal kurz, ich hole dir etwas.«

Kurze Zeit später kam er mit einem ausgeblichenen babyblauen Hut und einer Flasche Sonnencreme zurück. Sina hob protestierend die Hände, aber Hendrik kannte keine Gnade.

»Augen zu und umdrehen!«, befahl er und tupfte ihr dann vorsichtig den Sonnenschutz auf die nackten

Schultern. Am liebsten hätte er sie an sich gezogen, um ihren Duft einzuatmen, aber er hielt sich zurück. Schließlich hatten sie noch den ganzen Abend Zeit. Als sie sich wieder gegenüberstanden, zog er ihr vorsichtig den Hut, der eine wellenförmige Krempe hatte, über den Kopf.

»Hey, was ist das denn für ein Teil?«, protestierte sie stirnrunzelnd. »Damit sehe ich bestimmt total bescheuert aus, oder?«

Hendrik schmunzelte innerlich, weil der Hut tatsächlich irgendwie lustig aussah. »Der steht dir hervorragend«, sagte er augenzwinkernd, »außerdem sieht dich hier draußen ja keiner außer mir.«

Hendrik blickte zur Mastspitze. Das Boot war etwas vom Kurs abgedriftet, deshalb zog er das Ruder herum, damit der Wind wieder mehr von vorne einfiel. Nun glitt die *Seute Deern* wie von selbst durch das Wasser. Die Gischt spritzte ihm ins Gesicht, und er schmeckte Salz auf den Lippen. Sina hatte sich mit den Händen nach hinten abgestützt und genoss den Törn offensichtlich genauso wie er. Er segelte weiter die Küste entlang, bis sie Aschau erreichten. Die Sonne stand schon ziemlich tief, und an dem Naturstrand waren nur wenige Besucher zu sehen. Wahrscheinlich würden sie in kürzester Zeit das kleine Paradies für sich haben. Er deutete auf eine Einmündung, durch die man in die Lagune gelangen konnte. »Dort dürfen wir leider nicht anlegen.«

Sina hob fragend die Augenbrauen. »Schade, warum denn nicht?«

»Das gehört alles zum Campingplatz.« Er nickte mit dem Kopf in Richtung Strand. »Wir gehen dahinten vor Anker.«

Kurze Zeit später hatten sie die seichte Stelle erreicht, die sich einige Meter vom Ufer entfernt befand. Sina war beeindruckt. Das Wasser schillerte im Sonnenlicht, und Sina entdeckte den Naturstrand, der teilweise von Seegras bedeckt war. Gemeinsam holten sie die Segel ein und befestigten sie am Mast. Dann zogen sie sich schnell um. Als Sina nur in Unterwäsche vor Hendrik stand, drehte er sich diskret um. Sie hatte ihren schwarzen Bikini eingepackt, in dem sie sich am wohlsten fühlte. Schnell stieg sie aus ihrer Unterwäsche und schlüpfte hinein. Hendrik trug die Badehose unter seiner Shorts. Während er noch einmal die befestigten Segel kontrollierte, ließ sie den Blick über die glatte Wasseroberfläche gleiten. Sie spürte ein Kribbeln im Körper, die Vorfreude darauf, gleich schwimmen zu dürfen, aber auch darauf, dass Hendrik an ihrer Seite sein würde.

Das Boot hatte hinten eine kleine Leiter, von der aus man ins Wasser steigen konnte. Hendrik ließ Sina den Vortritt. Sie stellte sich auf die erste Stufe, ging leicht in die Hocke und streckte die Arme über dem Kopf aus. Dann stieß sie sich ab und landete kopfüber in der Ostsee. Sie drehte sich einmal um ihre Achse, und als sie auftauchte, ließ sie sich auf dem Rücken treiben. Dann sah sie, wie Hendrik Anlauf nahm und mit den Beinen zuerst über die Reling sprang. Das Wasser spritzte ihr ins Gesicht.

»Hey, spinnst du?«, rief sie lachend, dann kraulte sie los, aber binnen weniger Sekunden war er neben ihr.

Als Sina nicht mehr weit vom Ufer entfernt war, ließ sie sich zurückfallen, denn das Wasser war angenehm warm und glasklar. Als es flacher wurde, konnte sie sogar den hellen Sandboden erkennen.

»Das ist der Hammer, oder?«, rief ihr Hendrik zu, der bereits Boden unter den Füßen hatte. Sie nickte, dann tauchte sie unter. Sie öffnete die Augen und sah flache Steine und hellgrüne Algen auf dem Meeresgrund, die vom Wasser hin und her bewegt wurden. Sie liebte es so sehr, im Meer zu sein. Normalerweise jedenfalls. Kurz flackerte die Erinnerung an die Strandparty auf, und ihr Herzschlag beschleunigte sich. Wie hatte sie nur so leichtsinnig sein können? Aber jetzt war alles anders. Es war noch hell, es gab keine gefährliche Unterströmung, und Hendrik war an ihrer Seite. Als sie ebenfalls das Ufer erreichte, setzten sie sich dicht nebeneinander in den warmen Sand.

»Du kannst ja richtig gut schwimmen«, sagte er noch etwas außer Atem.

Sina spürte Hendriks Nähe überdeutlich, und die Haare in ihrem Nacken richteten sich auf. Sie drehte den Kopf zur Seite. »Du aber auch!«

Er grinste. »Dann haben wir ja mal etwas gemeinsam.«

Sie fragte sich, was er damit wohl meinen könnte. Dass sie ansonsten gar nichts verband? Nein, sie wollte sich jetzt nicht die Stimmung verderben lassen, sondern einfach den Moment mit ihm genießen. Einmal nicht an morgen und irgendwelche Konsequenzen denken, das war jetzt ihr Plan.

Die Wellen plätscherten an ihren Füßen, und zwei Möwen segelten über sie hinweg. Die letzten beiden Badegäste rollten ihre Handtücher ein und verschwanden zwischen den flachen Dünen in Richtung Parkplatz. Endlich waren sie allein. Sie schwiegen in stillem Einvernehmen und blickten über die Ostsee. Sina ließ kurz ihren Blick über Hendriks breite Schultern gleiten, von denen Wasserperlen tropften. Seine langen muskulösen Beine steckten im Sand, und als er sich mit den Händen nach hinten abstützte, entdeckte sie eine schmale helle Narbe unterhalb des Schlüsselbeins. Sie deutete mit dem Finger darauf.

»Was ist denn da passiert?«

Hendrik grinste. »Kleiner Unfall mit dem Surfbrett.«

»Oh, das hört sich aber gefährlich an.«

»War es auch, ich bin in Portugal gegen einen Felsen gekracht. Zum Glück war ein Kumpel auf einem

Jetski in der Nähe und hat mich aus dem Wasser gefischt.«

Das hätte aber auch ganz anders ausgehen können, dachte Sina im Stillen. Kurz überlegte sie, wie es wohl wäre, zu Hause auf einen Mann zu warten, der solche Risiken einging, aber dann schob sie den Gedanken beiseite. Sie atmete tief ein und blickte lächelnd aufs Meer hinaus.

Die Sonne leuchtete orangerot – wie eine zu groß geratene Apfelsine, und eine leichte Brise ließ das Seegras um sie herum rascheln. Sina musste innerlich grinsen. Offensichtlich hatte sich die Natur entschieden, an diesem Abend das komplette Romantikprogramm zu liefern. Sie hätte sich nicht gewundert, wenn auch noch Geigenmusik erklungen wäre.

Schließlich schlug Hendrik vor, zum Boot zurückzuschwimmen. Als sie am Segelboot angekommen waren, ließ er Sina den Vortritt und half ihr, die Treppe hochzusteigen. Das war eine ganz schön wackelige Angelegenheit, deshalb war sie erleichtert, als sie wieder sicher auf dem Deck stand. Hendrik folgte ihr, nahm ihre Hand und zog sie in die Kajüte, die zwar klein, aber sehr gemütlich war. Auf beiden Seiten gab es zwei Holzbänke, die mit blauen Kissen bezogen waren. Links befand sich die Tür zur Toilette, und vorne im Bug war eine Schlafmöglichkeit mit zwei spitz zulaufenden Matratzen. Sina rieb sich die Oberarme.

»Dir ist kalt«, stellte Hendrik fest. Er öffnete die

Klappe der Bank und zog zwei Handtücher heraus. Dann stieg er hoch zum Deck und brachte ihre Klamotten mit zurück. »Wenn du fertig bist, können wir oben ja noch ein Picknick machen.«

»Sehr gern.«

Nachdem Hendrik verschwunden war, streifte sie sich den Bikini ab, und während sie in ihren Slip, die Shorts und das T-Shirt schlüpfte, wurde ihr Blick immer wieder von der Schlafkoje angezogen. Die Begegnung mit Konrad drängte sich in ihr Bewusstsein. Sie hatte sich immer davor gefürchtet, ihn wiederzusehen, vor allem weil sie glaubte, ihn immer noch zu lieben. Doch mittlerweile wusste sie es besser: Das war vorbei.

Sie fuhr sich mit der Hand durch die Locken und betrachtete sich in dem kleinen Spiegel, der neben dem Eingang hing. Eine junge blonde Frau mit zerzausten feuchten Haaren, einem sonnengebräunten Teint und leuchtenden Augen. Sie atmete ein und wieder aus. Als sie oben an Deck ankam und Hendrik erblickte, breitete sich ein brennendes Verlangen in ihr aus. Sie konnte einfach nicht anders. Sie musste ihn endlich küssen, und dann würde sie weitersehen.

19

Hendrik lächelte, als er Sina sah, und ging ihr entgegen.

»Da bist du ja endlich.«

Er blieb nur wenige Zentimeter von ihr entfernt stehen, und die Luft zwischen ihnen schien sich elektrisch aufzuladen. Ihr Puls beschleunigte sich, sie wagte es nicht, sich zu rühren. Er streckte die Hand aus, ließ seine Finger über ihre nackten Schultern gleiten, hielt dann aber inne, als wolle er ihre Reaktion abwarten. Sie blinzelte, hob den Kopf und lehnte sich an ihn. Er beugte sich zu ihr hinunter und küsste ihre Lippen, vorsichtig und abwartend. Sina seufzte und schlang ihre Arme um seinen Hals. Sie fühlte die Wärme, die er ausstrahlte und atmete seinen Geruch ein. Er suchte ihren Mund, sie kam ihm mit einem Seufzen entgegen, und als sie seine Zunge spürte, war es um sie geschehen. Sie flog davon wie auf einem Kettenkarussell und überließ sich vollkommen ihren Gefühlen. Sina spürte die Muskeln seiner Oberarme, während er seinen Kuss noch weiter intensivierte, und ließ ihre Hände unter sein T-Shirt gleiten, während er ihre Brüste durch den dünnen Stoff des T-Shirts liebkoste.

Eine Welle ließ das Schiff hin und her schaukeln, und sie schwankten eng umschlungen ein paar Schritte zur Seite. Hendrik lachte auf. »Vielleicht sollten wir lieber nach unten gehen, was meinst du?«

Sina nickte und folgte ihm die Stufen hinunter. Er schaltete eine kleine Lampe an, die den Raum in ein warmes ockerfarbenes Licht hüllte. Dann zog er sie zur Schlafkoje. Er öffnete den Knopf ihrer Shorts, während sie ihm das T-Shirt über den Kopf zog. Ein Kleidungsstück nach dem anderen landete auf dem Boden, und sie ließen sich schließlich nackt auf die Matratze fallen. Sina streckte die Arme nach oben aus, und Hendrik ergriff ihre Hände, hielt sie fest und ließ sie nicht mehr los.

»Ich habe mir das so sehr gewünscht«, raunte er ihr ins Ohr.

»Ich mir auch«, erwiderte sie leise. Ihre Wangen glühten, als hätte sie Fieber, und jede Zelle ihres Körpers sehnte sich danach, ihm ganz nahe zu sein. Er presste sich an sie, und fast hätte sie endgültig alles um sie herum vergessen, aber dann siegte doch ihre Vernunft. »Hast du …?«

Er grinste vielsagend, stand kurz auf und kam nach wenigen Sekunden wieder. Sie schob sich ein Kissen unter den Nacken und wartet ungeduldig, bis er so weit war. In ihrem Kopf breitete sich ein Flimmern aus, als er sich schließlich zwischen ihre Beine schob. Er streichelte sie zärtlich, während er ihr in die Augen sah, küsste sie, bis sie sich noch weiter für ihn öffnete, und als sie ihn endlich in sich spürte, keuchte sie auf. Sina ließ sich von seinen Händen, seiner Zunge und seinen Lippen erobern, kam ihm entgegen, erwiderte seine Zärtlichkeiten, sodass er ebenfalls aufstöhnte. Dann zog er sich zurück, drehte sie auf die Seite und umfasste ihre Brüste. Sie bewegten sich im selben Rhythmus, Sina spürte seinen Mund an ihrem Hals. Hendrik keuchte, murmelte Komplimente und streichelte sie einfühlsam, bis sie schließlich den Höhepunkt erreichte. Sie hatte das Gefühl, als ob ein Feuerwerk in ihrer Mitte explodierte und sich wellenartig durch jede ihrer Zellen ausbreitete. Wie durch einen Schleier bemerkte sie, dass auch er so weit war. Sein Körper, der sich heiß und feucht anfühlte, entspannte sich an ihrem Rücken. Sie schob sich näher an ihn heran, denn sie wollte diesen Moment so lange wie möglich auskosten – am liebsten für immer.

Das Boot schaukelte sanft, das Glucksen der Wellen drang durch das halb geöffnete Fenster in ihre Ohren. Die ganze Anspannung der vergangenen Tage war von ihr gewichen, und am liebsten hätte sie das Segelboot gar nicht mehr verlassen. Wie es wohl wäre, mit Hendrik irgendwohin zu segeln? Bisher hatte sie noch nicht viel von der Welt gesehen. Auf dem Gymnasium hatte sie an einer Studienfahrt nach London teilgenommen, und einmal war sie mit ihren Eltern und Brüdern auf Mallorca gewesen. Ansonsten hatte ihr immer das Geld und vor allem die Zeit gefehlt, um auf Reisen zu gehen. Das Bild einer einsamen Insel mit einem weißen Strand, türkisfarbenem Wasser und vielen Palmen flimmerte durch ihren Kopf, und sie sah sich und Hendrik Hand in Hand ins Wasser rennen. Sie seufzte und kuschelte sich noch enger in seine Arme. »Woran denkst du?«, flüsterte er ihr ins Ohr.

»Ach, an nichts Besonderes«, erwiderte sie und drehte sich zu ihm um. Sie lagen sich jetzt genau gegenüber, das Licht in der Kajüte drang in einem schmalen Streifen zu ihnen hinein. Sie sahen sich tief in die Augen, bis Hendrik die Stille brach.

»Hast du Hunger?«

Sie grinste. »Jetzt, wo du es sagst!«

An Deck zündete Hendrik die Kerzen von einigen Windlichtern an, die sie mit nach oben genommen hatten. Nur mit Unterwäsche und T-Shirt bekleidet tapsten sie barfuß über das Deck. Hendrik breitete ein Handtuch aus, öffnete den Rucksack und holte eine Flasche Sekt heraus. Dann folgten Gläser, ein Baguette, Camembert-Käse und Trauben. Sie setzten sich im Schneidersitz gegenüber und stießen mit ihren Gläsern an.

Der Sekt war zwar nicht mehr so kalt, aber Sina genoss trotzdem jeden Schluck. Hendrik brach das Brot in kleine Stücke und schnitt den Käse in Scheiben. Als sie den ersten Bissen kostete, spürte sie erst, wie hungrig sie war. Hendrik holte eine Wolldecke aus der Kajüte, und sie setzten sich eingehüllt nebeneinander auf die Bank an der Pinne.

Als Hendrik ihre Hand umschloss, lehnte Sina sich mit einem kleinen Seufzer an seine Schulter. Am liebsten hätte sie in diesem Moment die Zeit angehalten. Kurz überlegte sie, ob er vor ihr schon andere Frauen mit an Bord genommen hatte, aber dann blinzelte sie diesen unnötigen Gedanken fort.

Sie rückte noch ein Stück näher an Hendrik heran. »Musst du morgen eigentlich arbeiten?«

»Erst am Nachmittag, und wie sieht es bei dir aus?«

»Ich muss ins Hofcafé«, erwiderte sie zögernd. »Normalerweise hätte mich Samuel vertreten.«

Sie hielt einen Moment inne und suchte seinen Blick. »Was habt ihr denn jetzt mit ihm vor?«

»Nathan hat ihm gesagt, dass er bei uns nicht mehr arbeiten kann. Meine Eltern und ich sehen das genauso.«

Sina runzelte die Stirn. »Okay, das ist hart, aber ich verstehe euch.«

Hendrik nahm eine Traube in die Hand. »So richtig überzeugt klingt das aber nicht?«

Sina zögerte einen kleinen Moment, bevor sie antwortete. »Es ist die richtige Entscheidung«, erwiderte sie. »Ich könnte ihm wahrscheinlich auch nicht mehr vertrauen. Andererseits…« Sina nippte an ihrem Glas.

»Er war in einer Notlage, und er ist ein verdammt guter Koch.« Sie runzelte die Stirn. »Trotzdem: ein Brechmittel! Stell dir mal vor, unsere Gäste hätten sich wirklich mit dem Zeug den Magen verdorben!«

»Ja, das hätte bestimmt ordentliche Wellen geschlagen«, stimmte Hendrik ihr zu. »Die von Bardelows lassen sich wirklich keine Gelegenheit entgehen, uns eins auszuwischen.«

Sina rückte noch ein Stück näher an Hendrik heran. »Aber warum eigentlich?«

»Ach, das hat alles vor ziemlich langer Zeit angefangen. Den von Bardelows gehörte Gut Schwansee bis in die Fünfzigerjahre. Aber Hektors Großvater, Gregor Philipp Graf von Bardelow, verspielte das gesamte Vermögen der Familie. Deshalb mussten sie das Gut verkaufen, und zwar an meinen Großvater, Artur Cornelius.«

»Ach ja, davon hat mir dein Vater schon einmal etwas erzählt. Das war doch damals alles rechtmäßig, oder?«

»Eigentlich schon, aber trotzdem besteht seitdem zwischen unserer Familie und den von Bardelows nicht gerade das beste Verhältnis.«

»In Waabs erzählt man sich, dass Hektor auch eine Reithalle bauen will?«

»Ja, der Bürgermeister hat Nathan und mir davon berichtet. Wahrscheinlich will Hektor Nathan nacheifern und ebenfalls Turniere ausrichten.«

Er stand auf, und die Decke fiel von seinen Schultern. »Aber jetzt zu den schönen Dingen des Lebens. Hast du Lust, noch einmal zu baden?«

Sie ließ sich von ihm hochziehen. »Na klar, super Idee!«

Hendrik löschte die Kerzen und knipste einen Scheinwerfer an, den er auf das Wasser ausrichtete. Dann nahmen sie sich bei den Händen: »Eins, zwei, drei!«

Kreischend sprangen sie vom Heck. Sina ließ Hendriks Hand auch unter Wasser nicht los. Der Lichtstrahl sorgte dafür, dass sie ihn trotz der Dunkelheit sehen konnte, und ein Glücksgefühl durchströmte sie vom Kopf bis zu den Zehenspitzen. Sie legten sich beide auf den Rücken und ließen sich einen Moment still treiben, den Blick in den Sommernachtshimmel gerichtet, in dem Tausende Sterne funkelten. Als Hendrik mit den Händen paddelte, blitzte es um ihn herum plötzlich bläulich grün auf, und kleine Lichter umschwärmten ihn – wie schwirrende Unterwasserglühwürmchen.

Sina drehte ihren Kopf zur Seite und sah ihn mit großen Augen an. »Wie wunderschön! Was ist das denn?«

»Das Meer leuchtet«, erwiderte er, während er sie eng zu sich heranzog. »Guck mal, bei dir ist es genauso!«

Sina schaute an sich herab, und als sie mit den Füßen paddelte, schimmerte und glitzerte es auch bei ihr. »Woher kommt das?« Fasziniert ließ sie ihren Blick über die phosphoreszierende Wasseroberfläche gleiten.

»Das sind kleine Einzeller«, erwiderte Hendrik und drückte ihre Hand. Sie bildeten jetzt einen halben Stern und ließen sich vom Salzwasser treiben. »Die können für kurze Zeit eigene Leuchtstoffe herstellen, sie brauchen dazu aber einen Impuls oder einen äußeren Reiz.«

Sina ließ ihre freie Hand kreisen, und die Farben intensivierten sich.

»Du meinst, sie leuchten, weil wir hier gerade herumpaddeln?«

»Ja genau. Wenn wir wieder an Bord sind, ist das alles vorbei.«

»Dann möchte ich auf jeden Fall noch bleiben«, erwiderte Sina und bettete ihren Kopf seufzend auf der Wasseroberfläche. »Das hier möchte ich nämlich so lange wie möglich auskosten.«

Eine halbe Stunde später waren sie wieder an Bord. Sie trockneten sich ab, zogen ihre T-Shirts über und setzten ihr Picknick an Deck fort. Seit langer Zeit hatte sich Sina nicht mehr so leicht und unbeschwert gefühlt. Während Hendrik von seinem Job als Surflehrer erzählte, drängte sich jedoch Konrad in ihr Bewusstsein. Sie versuchte, sein Bild zu verscheuchen, aber es gelang ihr nicht. Hoffentlich würde sie nicht noch einmal enttäuscht werden.

Erst als Hendrik vorschlug, nach unten in die Kajüte zu gehen, wurde sie die Gedanken an ihren Ex-Verlobten wieder los. Sie hasste es, dass er immer noch ihre Gefühle beherrschen konnte. Nachdem sie sich in dem kleinen Bad die Zähne geputzt hatten, kuschelten sie sich aneinander. Das Boot schaukelte sanft hin und her. Sie lauschten dem Rauschen des Meeres, unterhielten sich leise, bis sie ihre Augen nicht mehr aufhalten konnten.

Schließlich versank Sina in einen tiefen Schlaf und träumte, dass sie auf dem Weg zu ihrer Hochzeit war. Sie trug ein spitzenbesetztes Brautkleid und Schuhe aus Samt, mit denen sie den Boden kaum berührte. Ihr langer Schleier wehte im Wind, und ihr mehrlagiger Rock raschelte bei jedem Schritt. Sie war eine Prinzessin auf dem Weg zu ihrem Bräutigam, einem Mann, den das Schicksal für sie ausgewählt hatte: attraktiv, humorvoll, liebenswürdig und intelligent. Sie erreichte die Kirche, die sich in ihrer ganzen Pracht vor dem strahlend blauen Himmel erhob. Die Glocken läuteten, das schwere eisenbeschlagene Tor öffnete sich, und Orgelmusik ertönte. Sie blieb stehen, drehte sich um, denn sie glaubte, ein Motorgeräusch gehört zu haben – aber die Straße war menschenleer. Ihr Bräutigam war nicht gekommen.

20

Als Hendrik am nächsten Morgen erwachte, lag Sina immer noch in seinen Armen und schlief tief und fest. Er ließ seinen Blick über ihre ebenmäßigen Züge und die zerzausten blonden Locken gleiten. Vorsichtig löste er sich von ihr, schob die Decke über ihre nackten Schultern, griff sich seine Klamotten und verließ dann leise den Schlafraum. In der kleinen Pantry, die nur aus einer Kochplatte und einer Spüle bestand, setzte er einen Kessel Wasser auf. Er holte zwei Becher aus dem Hängeschrank und die Dose mit dem Instantkaffee, entschied sich aber dann, Sina weiterschlafen zu lassen. Es war erst sechs Uhr morgens, und sie konnten sich mit der Rückfahrt nach Eckernförde noch Zeit lassen. Draußen wurde es schon hell, aber weit und breit war kein anderes Boot zu sehen. Am Strand lief ein kleiner gebeugter Mann mit Strohhut entlang, gefolgt von einem Dackel, der alle drei Meter stehen blieb. Sein Herrchen rief ihm jedes Mal etwas zu, und der Hund setzte sich widerwillig wieder in Bewegung. Wahrscheinlich war er schon ziemlich alt, dachte Hendrik, genau wie Nathans Hund Sherlock, der sich auch nur noch selten zu längeren Spaziergängen überreden ließ.

Hendriks Gedanken kehrten zurück zu der vergangenen Nacht. Er hatte nicht damit gerechnet, dass ihn seine Gefühle zu Sina derart überwältigen würden. Bereits als sie in Eckernförde an Bord gekommen war, hatte er kaum seine Blicke von ihr wenden können. Verdammt, er wusste nicht, wie es jetzt weitergehen sollte. Schon bald würde er nach Hawaii fliegen, und er freute sich sehr darauf, seinen Freund beim Training für den Ironman-Wettkampf im Oktober zu unterstützen, aber die Angst, Sina dann womöglich zu verlieren, versetzte ihm einen schmerzhaften Stich in der Brust.

»Guten Morgen!«

Er drehte sich um, und als er sie erblickte, schlug sein Herz schneller. Verschlafen rieb Sina sich die Augen. Unter dem dünnen T-Shirt zeichneten sich ihre perfekten Rundungen ab, und sofort nahm er sie mit allen Sinnen wahr. Er eilte zu ihr, schloss sie in seine Arme und atmete ihren Geruch ein, der ihn vage an den Duft von wilden Kräutern erinnerte und ein warmes Gefühl des Nachhausekommens in ihm auslöste. Er strich ihr zärtlich über die Wange. Sina ergriff seine Hand, während sie ihm tief in die Augen blickte.

»Bist du schon lange wach?«

Er schüttelte den Kopf. »Nein, ich wollte dich nur

nicht wecken, deshalb bin an Deck gegangen.« Hendrik strich ihr über die Lippen. »Kaffee?«

Ihr linker Mundwinkel zuckte, dann zog sie ihn mit einem Lächeln im Gesicht zurück in die Kajüte. »Später.«

Am nächsten Tag schälte Sina in der Küche Möhren für das Mittagessen. Sie fühlte sie sich immer noch wie im siebten Himmel. Nachdem sie und Hendrik gestern im Hafen von Eckernförde eingelaufen waren, hatten sie sich schweren Herzens getrennt. Seitdem hatten sie sich zwar nicht mehr gesehen, aber sie schrieben sich ständig Nachrichten.

Die kleine Auszeit hatte ihr gutgetan, sie fühlte sich ausgeruht und voller Tatendrang.

Ihr Handy, das sie in der Gesäßtasche ihrer Hose trug, klingelte. Das Display zeigte »Mama«. Mit klopfendem Herzen nahm sie den Anruf entgegen, denn ihre Mutter meldete sich meistens nur in Notfällen.

»Sina, bist du es?«

»Ja, natürlich – ist etwas passiert?«

»Konrad ist zurück.«

Sina seufzte. »Ja, ich habe ihn schon gesehen, er war hier auf einer Veranstaltung.«

»Wirklich?« Die Stimme ihrer Mutter klang mitfühlend, aber auch etwas weit entfernt, wahrscheinlich hatte sie das Handy auf Lautsprecher eingestellt, um nebenbei noch irgendetwas in der Küche zu erledigen. »War es schlimm für dich?«

Sina lehnte sich mit dem Rücken an die Arbeitsplatte. »Na ja, schon, vor allem weil ich nicht damit gerechnet habe …« Sie hielt einen Moment inne, dann fuhr sie fort: »Woher weißt du eigentlich, dass er wieder da ist? Ist er etwa wieder bei seinen Eltern eingezogen?«

»Ja«, erwiderte ihre Mutter, und jetzt konnte Sina sie wieder laut und deutlich verstehen. »Uschi hat mich gleich angerufen. Ihr tut das alles immer noch so schrecklich leid.«

»Sie kann ja nichts dafür«, sagte Sina und drehte eine Locke um ihren Finger.

»Ja, aber sie macht sich Vorwürfe, dass sie ihren Sohn vielleicht zu sehr verwöhnt hat.«

»Ach, das ist doch Quatsch. Konrad wollte mich eben nicht, und damit hat sie nun wirklich nichts zu tun.«

Als Sina diesen Satz aussprach, fühlte sich das auf einmal gar nicht mehr schlimm an.

»Ich muss jetzt Schluss machen, Mama …«, brachte sie mühsam hervor.

»Ja, natürlich, du hast bestimmt viel zu tun, aber ich wollte dich eigentlich noch um etwas bitten …«

Sina wurde hellhörig, denn ihre Mutter war im Dorf sehr beliebt, und dort gab es immer eine Menge zu tun: Kuchen backen für den Tag der offenen Tür bei der freiwilligen Feuerwehr, gemeinsames Müllsammeln im Frühjahr und Herbst, Marmelade kochen für den Wohltätigkeitsbasar in der Kirche und waschen der Grundschulgardinen im Dorf. Da die Ehemänner und Partner, wenn solche Termine anstanden, komischerweise fast immer ganz dringend etwas vorhatten, mussten die Kinder und Jugendlichen mithelfen.

»Wir treffen uns am kommenden Sonnabend bei Uschi zum Kranzbinden. Julia und Thorsten heiraten doch Ende des Monats, und Uschi würde sich unheimlich freuen, wenn du auch mal wieder dabei bist.«

»Das passt mir eigentlich gar nicht ...«, begann Sina zögernd, während sie sich eine Ausrede überlegte, aber ihre Mutter war schneller.

»Bitte tu mir den Gefallen, Schatz, dann kannst du auch deine Brüder mal wiedersehen.«

Sina hörte, wie im Hintergrund eine Tür geöffnet wurde und dann lautes Geschrei ausbrach.

»Jungs, kommt mal her, eure Schwester will mit euch sprechen.«

»Sinaaaa!«

Als sie die Stimmen von Mats und Johann hörte, strich sie innerlich die Segel. »Also gut«, antwortete sie schmunzelnd, »du hast gewonnen. Ich komme!«

Nach der Arbeit ging Sina rüber zu ihrer Wohnung und zog sich ihre alte Jeans und ein T-Shirt über. Sie hatte Kilian in den letzten Tagen ein wenig vernachlässigt und wollte ihn heute von der Koppel holen und mit ihm auf dem Longierzirkel arbeiten. Sie verließ die Wohnung, überquerte den Innenhof und folgte dem kleinen Pfad zur Koppel, die hinter dem Herrenhaus lag. Als sie das Gatter erreichte, hob der Wallach, der ein paar Meter entfernt mit den anderen Pferden graste, den Kopf. Sie rief seinen Namen, und er wieherte und trabte mit hocherhobenem Schweif und gespitzten Ohren auf sie zu. Nachdem Sina ihm das Halfter angelegt hatte, folgte er ihr brav bis zum Stall. Sie führte Kilian zum Waschplatz, denn dort konnte sie ihn von beiden Seiten anbinden. Zu Beginn hatte er ständig herumgezappelt, aber mittlerweile genoss er die tägliche Fellpflege. Sie hatte für ihn einen rosa Putzkasten gekauft, in dem sie einen Gummistriegel, einen Hufkratzer, eine Kardätsche, zwei Wurzelbürsten und einen weichen Lappen aufbewahrte. Zunächst holte sie den Gummistriegel heraus und entfernte die festgetrockneten Schlammkrusten. Der Wallach liebte es nämlich, sich ausgiebig zu wälzen, vor allem in dem großen Schlammloch, das sich auf der Koppel in der Senke gebildet hatte. Als sie damit fertig war, klopfte sie den Striegel auf dem feuchten Boden aus und nahm die Wurzelbürste in die Hand. Sie strich dem Pony in gleichmäßigen Zügen durch das Fell – vom Hals angefangen über die Schulter und die Kruppe, bis schließlich die Flanken und der Bauch an der Reihe waren. Da

Kilian dort etwas kitzelig war, beeilte sie sich. Nachdem sie seine lange Mähne gebürstet hatte, stellte sie sich seitwärts hinter ihn und nahm seinen Schweif in die Hand. Strähne für Strähne entwirrte sie die Knoten und verklebten Haare. Kilian hatte die Augen halb geschlossen und sah sehr entspannt aus. Auch Sina genoss es, sich um den Wallach zu kümmern. Ihre Gedanken wanderten zurück zu dem Telefonat mit ihrer Mutter. Im Nachhinein ärgerte sie sich doch, dass sie zugesagt hatte. Hoffentlich würde sie beim Kranzbinden nicht Konrad begegnen. Noch vor ein paar Wochen hätte sie sich nichts sehnlicher gewünscht, als ihn wiederzusehen. Früher hatte sie fest daran geglaubt, dass sie füreinander bestimmt waren. Sie hatten schon als Kinder miteinander gespielt, waren eine Zeit lang sogar in die gleiche Klasse gegangen, und als sie beide mit auf den Ball der freiwilligen Feuerwehr durften, hatten sie sich das erste Mal geküsst. Sie war sich seitdem absolut sicher gewesen, die große Liebe ihres Lebens gefunden zu haben, deshalb hatte sie auch schon damals angefangen, ihre Hochzeit zu planen – und vor allem ihr Traumkleid auszusuchen, das nun in der Schutzhülle in ihrem Schrank verstaut war. Sie brachte es einfach nicht übers Herz, sich von diesem Schatz zu trennen. Die Planung des Festes hatte sie richtig glücklich gemacht. Sie liebte eben alles, was mit Hochzeiten zu tun hatte: die schönen Kleider, den Schmuck, die Accessoires, aber auch die Locations, die für so ein Fest infrage kamen, die Dekoration, die Gestaltung der Einladungskarten …

Ach, wenn sie jetzt so daran dachte, würde sie am liebsten sofort wieder mit der Planung beginnen. Sie lächelte in sich hinein. Vielleicht würden Nathan und Leni bald heiraten? Eine Hochzeit auf Gut Schwansee – das wäre nun wirklich ein Traum!

Das Pony schüttelte den Kopf und hob ein Vorderbein. »Nein, Kilian«, schalt sie ihn, »nicht scharren, gleich gehen wir raus.«

Sie holte die Longe aus dem Schrank und stellte den Putzkasten zurück in das Regal in der Sattelkammer. Danach führte sie Kilian aus dem Stall in Richtung Außenplatz, neben dem sich ein überdachter Longierzirkel befand. Neugierig blähte der Wallach die Nüstern, als sie die Eingangstür erreicht hatten. Sina schnalzte mit der Zunge, und Kilian folgte ihr ins Innere. Dort löste sie den Strick und befestigte die Longe an dem Halfter. Zunächst führte sie das Pony mehrere Runden im Schritt, damit sich seine Muskeln aufwärmten. Als er immer eiliger wurde, ließ sie ihn im Kreis traben und schließlich sogar galoppieren. Seine Bewegungen sahen schön und gleichmäßig aus. Er hatte ordentlich Muskeln aufgebaut, sein Fell glänzte, und er hatte die Ohren gespitzt. Ein Lächeln huschte über ihr Gesicht.

»Sehr schön!«, lobte sie ihren Schützling.

Nach einer halben Stunde hatte er sich genug bewegt. Sie ließ ihn anhalten, dann löste sie den Haken der Longe und befestigte den Strick. Sie führte den Wallach zu dem Paddock, das sich vor dem alten Stallgebäude befand, damit er sich noch einmal wälzen konnte, bevor sie ihn zurück auf die Koppel bringen würde. Als sie das Gatter hinter sich zugezogen hatte, stand plötzlich Susanne Cornelius vor ihr.

»Ich muss mit Ihnen sprechen«, begann sie und deutete mit dem Kopf auf Kilian, der gerade mit dem Vorderhuf im Sand scharrte. »Der Besitzer hat beim Veterinäramt beantragt, dass er sein Pony zurückbekommt.«

»O nein, bitte nicht!« Sina schlug die Hände vor dem Gesicht zusammen. »Das kann er doch nicht machen?«

Ihre Chefin kniff die Augen zusammen. »Sie haben doch gewusst, dass dieses Tier nur vorübergehend hierbleiben kann.« Sie rümpfte die Nase und zupfte an dem Revers ihres steingrauen Blazers. »Wir haben schließlich genug eigene Pferde, die wir durchfüttern müssen.«

»Aber Kilian hat sich hier doch so gut eingelebt«, erwiderte Sina leise.

»Das spielt keine Rolle.« Susanne Cornelius fixierte Sina mit ihren Adleraugen. »Das Veterinäramt muss natürlich noch über den Antrag entscheiden, und so lange kann das Pony von mir aus weiterhin hierbleiben, aber sobald die Amtstierärztin grünes Licht gibt, kommt es weg.«

Sie wandte sich zum Gehen, blieb dann aber doch noch einmal stehen. »Ich habe gehört, dass Sie mit meinem Sohn auf Segeltour waren?«

Der scharfe Unterton in ihrer Stimme ließ Sina zusammenzucken. »Ja, warum fragen Sie?«

Hendriks Mutter verzog den Mund zu einem aufgesetzten Lächeln. »Ich würde mir an Ihrer Stelle nicht allzu große Hoffnungen machen«, sagte sie und betonte dabei jedes Wort, als würde sie den Satz einem Grundschulkind diktieren.

Sinas Magen zog sich schmerzhaft zusammen. »Wie meinen Sie das?«

»Können Sie sich das nicht denken?«, erwiderte ihre Chefin leichthin. »Mein Sohn ist nicht an einer festen Beziehung interessiert und schon gar nicht mit …«

»Mit einer Köchin?« Sina ballte ihre Fäuste zusammen.

»Das habe ich nicht gesagt«, erwiderte Susanne Cornelius gereizt. »Ich kenne meinen Sohn besser als Sie, das können Sie mir glauben. Sie sind doch eine patente junge Frau, Sie werden schon einen Mann finden, der zu Ihnen passt.«

Als Sina auf dem Weg zum Gatter war, rief ihre Chefin ihr nach. »Denken Sie noch einmal über meine Worte nach, Sina, und machen Sie sich nicht unglücklich – für die zwei Wochen!«

»Wieso zwei Wochen, wie meinen Sie das?«

Susanne Cornelius hob betont überrascht ihre perfekt gezupften Augenbrauen. »Ach, hat Ihnen mein Sohn noch gar nichts von seiner Reise erzählt?«

»Reise?«, echote Sina. Sie hatte das Gefühl, als ob sie in einer Seifenoper mitspielte. Wenn Hendrik so etwas plante, hätte er ihr das doch bestimmt erzählt, spätestens auf dem Segelboot, oder? Die Worte von Susanne Cornelius drangen wie aus weiter Ferne in ihre Ohren, als ein bitterer Zweifel sich wie Gift in ihr ausbreitete. »Hendrik fliegt in zwei Wochen mit seinem Freund Nils nach Hawaii. Er hat uns gesagt, dass er längere Zeit unterwegs sein wird.«

21

Sinas Wangen glühten, als sie in ihre Wohnung stürmte. Sie musste unbedingt von Hendrik hören, ob das, was seine Mutter behauptet hatte, wirklich stimmte. Noch immer konnte sie es nicht glauben, schließlich hatte es schon so viele Situationen gegeben, in denen er ihr davon hätte erzählen können. Sie war so wütend und zugleich maßlos enttäuscht. Warum fanden alle den richtigen Partner, während sie sich immer in den falschen verliebte? Stimmte vielleicht irgendetwas nicht mit ihr? Erst Konrad, der sie an ihrem Hochzeitstag sitzen lassen hatte, und nun Hendrik, für den sie offenbar nur eine kleine Sommeraffäre war. Die Erinnerung an das Gespräch mit Susanne Cornelius drängte sich schmerzhaft in ihr Bewusstsein. Dass sie ausgerechnet von ihr davon erfahren hatte, machte das Ganze besonders schlimm. Sie schniefte und zog ein Taschentuch aus der Gesäßtasche ihrer Jeans. Es war alles so sinnlos!

Als es klopfte, blieb ihr fast das Herz stehen. Trotzdem wollte sie wissen, wer es war. Sie schnappte kurz nach Luft, dann öffnete sie die Tür mit einem Ruck.

Hendrik stand vor ihr und blickte sie erwartungsvoll an. Sie blinzelte und verschränkte die Arme vor der Brust. Zögernd näherte er sich ihr und musterte sie abwartend.

»Was ist los?«

Seine Nähe rief widersprüchliche Gefühle in ihr hervor, und auf die Schnelle fiel ihr keine passende Antwort ein. Am liebsten hätte sie ihn von sich weggestoßen, aber andererseits wünschte sie sich nichts sehnlicher, als sich an seine Schulter zu lehnen.

Er musterte sie abwartend, und als er dann verlegen lächelte, gab sie nach und ließ ihn ein. »Komm rein!« Trotzdem nahm sie sich vor, ihm diesmal die Pistole auf die Brust zu setzen.

Sie saßen an dem kleinen Tisch in der Küche. Sina hatte zwei Flaschen Rhabarberschorle aus dem Kühlschrank geholt. Was war nur los mit ihr? Morgens hatten sie sich noch geschrieben, und seit ihres gemeinsamen Segeltörns, der unfassbar schön gewesen war, war aus Hendriks Sicht nichts geschehen, was ihr Verhalten erklären konnte. Doch sie mied seinen Blick und puhlte stattdessen an dem Etikett herum. Ihre blonden Locken fielen ihr ins Gesicht, ihre Wangen waren gerötet, und ihr Brustkorb hob und senkte sich, als würde sie mühsam irgendetwas zurückhalten.

»Nun sag schon. Was ist passiert?«, forderte er sie schließlich auf, ohne sie aus den Augen zu lassen. Die Spannung zwischen ihnen flimmerte in der Luft, und am liebsten wäre Hendrik aufgesprungen, um sie in seine Arme zu schließen.

Sie sah ihn nun direkt an, wirkte auf ihn aber trotzdem verschlossen, fast feindselig.

»Warum hast du mir nichts von deiner Reise erzählt?« Ihre Stimme überschlug sich fast, und er konnte ihre Wut fast körperlich spüren.

Er drehte die Flasche in der Hand, während sich in seinem Kopf keine plausible Antwort zusammenfügen wollte. »Ich weiß es nicht«, gestand er schließlich aufrichtig.

»Du hättest es mir sagen müssen«, erwiderte sie mit brüchiger Stimme. »Dann hätte ich nicht mit dir …« Sie presste die Lippen zusammen, und Hendrik hatte das Gefühl, als ob sie nur noch mit großer Mühe die Tränen zurückhalten konnte. Er streckte seine freie Hand nach vorn, umschloss ihr Handgelenk. »Sina …« Er strich ihr mit dem Daumen sanft über die Haut. »Schau mich an, bitte!« Als sie ihren Kopf hob, verlor er sich in ihren großen traurigen Augen. »Ich wollte dir nicht wehtun, das musst du mir glauben.«

»Hast du aber«, hauchte sie, und ihre Blicke verfingen sich für einen kurzen Augenblick. Dann senkte sie wieder den Kopf. »Stimmt es, dass du mindestens ein Jahr weg bist?«

Hendrik zog seine Hand zurück. »So habe ich es jedenfalls geplant.«

»Wann wolltest du es mir denn sagen? Am Tag deiner Abreise?« Die Bitterkeit, die in ihrer Stimme mitschwang, fühlte sich für ihn an wie ein Schlag in die Magengrube. »Ich kann verstehen, dass du sauer bist«, antwortete er ausweichend.

»Sauer?«, sie knallte die Flasche auf den Tisch. »Dazu habe ich ja wohl auch allen Grund…« Sie erhob sich, stützte sich mit den Händen an der Tischkante ab. »Ich kann das nicht…« Dann schob sie sich an ihm vorbei zur Tür.

Als er ihr folgte und seine Hand auf ihre Schulter legte, riss sie sich los.

»Fass mich bloß nicht an!« Sie funkelte ihn an. »Ich glaube, es ist besser, wenn du jetzt gehst.«

Als Hendrik kurze Zeit später die Tür zu seinem Wohnwagen öffnete, konnte er noch immer nicht glauben, dass Sina ihn aus der Wohnung geworfen hatte. Sie war so verdammt wütend gewesen, aber sie hatte, das musste er sich eingestehen, auch allen Grund dazu. Es ärgerte ihn, dass jemand anderes ihr von seiner geplanten Reise erzählt haben musste. Offenbar hatte er den Landfunk auf Gut Schwansee wieder einmal unterschätzt.

Es klopfte, und sein Herz machte vor Freude einen Sprung. Das konnte nur Sina sein… Er öffnete die Tür, und für einen Moment traute er seinen Augen nicht.

»Chiara?«

Seine Ex-Freundin stand vor ihm, ihr vertrauter Duft drang in seine Nase. Erst auf den zweiten Blick sah er, dass ihre Augen rot geweint waren. Sie lächelte schief. »Darf ich reinkommen?«

Ohne eine Antwort abzuwarten, schob sie sich an ihm vorbei und ließ sich auf die Sitzbank fallen.

»Weiß Maximilian, dass du hier bist?«, fragte er ungläubig. Er setzte sich ihr gegenüber.

»Nein, ich habe ihm gesagt, dass ich zu meinen Eltern fahre.« Sie presste die Lippen zusammen. »Ich bin so unglücklich.«

»Was ist passiert?«

»Er hat…« Sie schluchzte laut auf, und Hendrik spürte, wie sich seine Kehle zusammenschnürte. »Er hat mich betrogen.«

»Das ist nicht dein Ernst!«

»Sehe ich so aus, als ob ich Witze mache?«, erwiderte sie mit einem gequälten Gesichtsausdruck.

Hendrik schüttelte den Kopf. Er schob die Bierflaschen, die noch auf dem Tisch standen, zur Seite. »Möchtest du eins?«

Sie nickte. »Gern.«

Er ging zum Kühlschrank und holte zwei Flaschen heraus. Nachdem sie angestoßen hatten, nahm Hendrik einen großen Schluck. »Bist du dir wirklich sicher?«

Sie schniefte, holte ihr Handy hervor, strich über das Display, entsperrte den Code und zeigte ihm ein Foto –

ein Selfie von Maximilian mit freiem Oberkörper, und dahinter war in einem Bett liegend schemenhaft eine andere Person zu erkennen. Er nahm das Smartphone in die Hand.

Sie lehnte sich zurück und verschränkte die Oberarme vor der Brust.

Hendrik betrachtete das Foto eingehender und erkannte tatsächlich eine Frau mit langen blonden Haaren im Hintergrund. »Mhm«, sagte er schließlich, »von wem hast du das Foto denn?«

»Es ist mir anonym zugeschickt worden.«

»Hast du Maximilian darauf angesprochen?«

Sie stöhnte auf. »Ja, natürlich. Er hat gesagt, dass es nichts mit mir zu tun habe. Das sei bloß Sex, lieben würde er nur mich.«

Als Hendrik diese Worte hörte, schüttelte er innerlich den Kopf. Wie konnte man nur so herzlos sein? Doch er fragte sich auch, warum Chiara damit zu ihm kam. »Was willst du denn jetzt machen?«, fragte er schließlich, um irgendetwas zu sagen. Sie zuckte mit den Schultern. »Hendrik, ich weiß es nicht. Ich meine, wir sind gerade ein paar Wochen verheiratet, und er betrügt mich schon mit einer anderen? Wie soll das denn in Zukunft werden?«

Hendrik nickte langsam. Eigentlich ging ihn das alles ja gar nichts an, aber sie wirkte so verzweifelt. Er musste dringend an die frische Luft, um den Kopf freizubekommen.

»Lass uns ein bisschen am Strand spazieren gehen, vielleicht finden wir eine Lösung«, schlug er vor.

Sina drehte den Schlüssel um, riss die Schranktür auf, nahm ihr Hochzeitskleid vom Bügel, drückte es an die Brust und ließ sich der Länge nach auf ihr Bett fallen. Tränen liefen ihr die Wangen runter, als sie an das Gespräch mit Hendrik dachte. Er wusste doch, was sie mit Konrad durchgemacht hatte, schließlich hatte sie ihm alles erzählt. Wie hatte sie sich nur so in ihm täuschen können? Sie ließ ihre gemeinsamen Erlebnisse in ihrem Kopf Revue passieren: das Picknick auf dem Hochsitz, ihre Begegnungen auf Gut Schwansee und in seinem Wohnwagen und schließlich der Segeltörn nach Aschau mit dem nächtlichen Bad in der Ostsee. Danach hatte sie wirklich geglaubt, dass er es ernst mit ihr meinte. Doch anscheinend war sie nur eine seiner zahlreichen Affären. Sie rutschte nach oben und lehnte sich an das Kopfende des Bettes. Ein ganzes Jahr würde sie Hendrik nicht sehen. Mit Sicherheit würde er sie schnell vergessen und auf Hawaii, oder wo auch immer, jede Menge aufregende Frauen kennenlernen. Sie wäre eine Idiotin, wenn sie auf ihn warten würde. Ächzend stand sie auf, strich das Hochzeitskleid glatt und hängte es zurück in den Schrank. Sie wusste, was am besten gegen Liebeskummer half, also ging sie in die Küche und schnitt sich ein großes Stück Apfelkuchen ab. Sie biss direkt hinein und fing die Krümel mit der flachen Hand auf, während sie mit geschlossenen Augen kaute. Besser! Dann holte sie sich einen Teller, platzierte den Rest darauf und setzte sich an den kleinen Tisch gegenüber der Spüle. Der Kuchen hatte ihre Nerven etwas beruhigt, aber leicht angespannt fühlte sie sich immer noch. Sie wusste nicht, was sie tun sollte, um ihre dunklen Gedanken, die in Dauerschleife um Hendrik und seine geplante Reise kreisten, zu vertreiben. Einem plötzlichen Impuls folgend, ging sie zum Regal in ihrem Wohnzimmer und holte einen Ordner hervor, der mit »Hochzeit – Ideen, Fotos, Adressen« beschriftet war, und nahm ihn mit in die Küche. Draußen war es mittlerweile dunkel geworden. Sie setzte sich und legte den Ordner neben sich ab. Seit zweieinhalb Jahren hatte sie nicht mehr darin herumgeblättert – es schmerzte sie einfach zu sehr. Sie hatte, schon lange bevor Konrad ihr einen Heiratsantrag gemacht hatte, alles zum Thema Hochzeit gesammelt. Bei Pinterest hatte sie darüber hinaus auch eine digitale Pinnwand, die sie aber nur selten aktualisierte – sie war eben mehr der haptische Typ. Sie lächelte, als ihr plötzlich die Bedeutung dieses Gedankens klar wurde. Wahrscheinlich war sie deshalb auch Köchin geworden, denn sie lernte am besten, wenn sie etwas anfassen und ausprobieren konnte.

Sie öffnete den Ordner und blätterte durch die Seiten. Besonders liebte sie die kreativen Ideen, die sie gesammelt hatte: Betonwindlichter in Herzform, ein hübsch geschwungener Ast, an dem Luftballons in Pastelltönen befestigt waren, mit Korken verschlossene leere Flaschen, in denen sich Lichterketten kringelten, mit Blattgold verzierte Teelichter, verschiedene einfache Glasvasen mit Pfingstrosen oder Wildblumen. Dann hatte sie jede Menge Fotos von Brautkleidern ausgeschnitten und auf rosafarbenem Papier aus dem Schreibwarengeschäft aufgeklebt. Ihr wurde ganz warm ums Herz, als sie die verschiedenen Modelle betrachtete: bodenlange Kreationen, meistens in der klassischen A-Form wie ihr Hochzeitskleid, mit voluminösem Tüllrock, der mit Perlen bestickt oder mit wunderschönen Blumenapplikationen verziert war. Dazu natürlich lange Schleier und weiße Schuhe aus Satin … Sina klappte den Ordner gähnend wieder zu. Es war schön, sich in diese Welt hineinzuträumen, aber vielleicht hatte sie dabei zu sehr ihren Wünschen nachgehangen, dachte sie resigniert. Vielleicht hatte sie Konrads Bedürfnisse damals tatsächlich aus den Augen verloren. Sina stand auf und brachte den Ordner zurück ins Regal. Sie würde sich endlich der Realität stellen und der Wahrheit ins Auge blicken müssen: Ihr Traum von einer Hochzeit in Weiß würde sich nicht erfüllen.

Als Sina wach wurde, war es in ihrem Zimmer bereits hell. Verschlafen blickte sie auf den Wecker: kurz nach sechs Uhr morgens. Sie rieb sich die Augen und streckte sich. Dann sprang sie aus dem Bett, brühte sich in der Küche einen Kaffee auf und kehrte mit dem dampfenden Becher zurück in ihr Schlafzimmer. Herrlich! Nach ein paar Schlucken kehrten ihre Lebensgeister langsam wieder zurück. Ihre Gedanken wanderten wie von selbst zu Hendrik. Vielleicht sollte sie doch noch einmal mit ihm reden. Er hatte gestern doch ziemlich mitgenommen gewirkt – jedenfalls wenn sie es jetzt mit etwas Abstand betrachtete. Auf einmal war sie sich sicher, dass sie sich nicht vollkommen in ihm getäuscht haben konnte. Er war kein Mann, der nur auf Eroberungen aus war. Sie stellte den halb leeren Becher auf den Boden und sprang aus dem Bett. In Windeseile hatte sie geduscht, sich die Haare gebürstet und war in Shorts und ein T-Shirt geschlüpft. Als sie den Innenhof betrat, kitzelten sie die Sonnenstrahlen auf der Nase. Sie reckte den Kopf in die Luft und atmete die frische Morgenluft ein. Schnell schnürte sie die Turnschuhe zu und schwang sich aufs Fahrrad. Bis zum Campingplatz war es nicht weit, und die Bewegung würde ihr guttun. Sina winkte Paul zu, der gerade mit einer Schubkarre voller Mist den alten Hengststall verließ, dann durchfuhr sie das Torhaus mit dem spitzen Türmchen, auf dessen Spitze sich ein aus Schmiedeeisen gefertigter Wetterhahn im lauen Sommerwind drehte. Sie überquerte die Landstraße und fuhr dann weiter in Richtung Ostsee. Sie trat ordentlich in die Pedale, und da der Weg leicht abschüssig war, flog sie geradezu über den Asphalt. Endlich hatte sie die Einfahrt zum Campingplatz erreicht. Sie begrüßte Karlchen, der heute in dem kleinen, in Schwedenrot gestrichenen Häuschen saß, auf dessen Dach die Schleswig-Holstein-Fahne wehte. Er öffnete die Schranke. »Moin, Sina, schon so früh unterwegs?«

Sie lachte. »Na klar, bei dem schönen Wetter!«

Ihr Herz klopfte erwartungsvoll, als sie endlich den silberfarbenen Airstream-Wohnwagen der Familie Cornelius erblickte. Sie war nur noch wenige Meter von Hendriks Zuhause entfernt, als sich die Tür öffnete. Sina wollte schon seinen Namen rufen, aber das Wort blieb ihr buchstäblich im Halse stecken. Er war nicht allein. Neben ihm stand eine Frau mit langen dunkelbraunen Haaren. Sie waren in ein Gespräch vertieft, deshalb nahmen sie wohl auch keine Notiz von ihr. Hendrik umarmte die Frau, er drückte sie ganz fest an sich und küsste sie auf die Wange. Sina schnappte nach Luft und drehte das Fahrrad in die entgegengesetzte Richtung. Wie von Sinnen trat sie in die Pedale. Sie wollte nur noch eins: weg – und zwar so schnell wie möglich.

22

Nachdem Hendrik Chiara zu ihrem Auto gebracht und sich von ihr verabschiedet hatte, kehrte er in seinen Wohnwagen zurück. Er hatte sich mit ihr die Nacht davor noch sehr lange unterhalten, und irgendwann hatte er ihr angeboten, bei ihm zu übernachten. Selbstverständlich hatte er ihr den Schlafraum im Heck des Wohnwagens zur Verfügung gestellt und selbst mit der Luftmatratze auf dem Boden zwischen der Sitzecke und der Küchenzeile vorliebgenommen. Für ihn war das kein Problem, er konnte eigentlich überall schlafen, wenn er müde war. Chiara war hingegen der Prinzessin-auf-der-Erbse-Typ. Sie brauchte eine Matratze, die nicht zu hart, aber auch nicht zu weich sein durfte. Dann möglichst zwei Decken, weil ihr eigentlich immer kalt war, auch im Sommer. Außerdem musste es in dem Raum, in dem sie schlief, immer stockdunkel sein. Als sie noch ein Paar gewesen waren, hatte er sie oft mit dieser Marotte aufgezogen.

Gestern Abend hatten sie sich lange über den Fehltritt von Maximilian unterhalten. Natürlich konnte sie ihm nicht verzeihen, aber andererseits war sie sich nicht sicher, ob sie sich gleich wieder scheiden lassen wollte. Hendrik war überzeugt, dass sie irgendwann die für sie richtige Entscheidung treffen würde. Sie war zwar eine sehr gefühlsbetonte Frau, aber Chiara wusste auch genau, was sie wollte und was nicht – und ganz bestimmt keinen Ehemann, der schon kurz nach der Heirat fremdging.

Hendrik stellte sich unter die Dusche, dann zog er sich frische Klamotten an. Eigentlich war es noch zu früh, aber er hatte auch keine Lust, sich wieder hinzulegen. Der Besuch seiner Ex-Freundin hatte einiges in ihm durcheinandergewirbelt. Als er sie in der Seebar in Kiel getroffen hatte, waren seine Gefühle für sie wieder kurz aufgeflammt, aber gestern Nacht hatte er in ihr nur noch eine gute Freundin gesehen, die seinen Rat benötigte. Seit der Nacht mit Sina auf dem Segelboot hatte sich etwas in ihm verändert… Sein Herz schlug schneller, als er sich darüber klar wurde: Er hatte sich in sie verliebt. Wenn sie in seiner Nähe war, fühlte er sich unbeschwert und glücklich – aber leider hatte er es gründlich vermasselt. Sie war zu Recht stinksauer auf ihn.

Hendrik raufte sich die Haare. Er war ratlos, wie er die Situation retten sollte, aber er musste es unbedingt versuchen und Sina vielleicht zunächst etwas Zeit geben, sich wieder zu beruhigen. Gegen zwölf Uhr würde er in die Surfschule von Hinnerk fahren. Er hatte noch einen neuen Kurs angenommen, der zwei Tage vor dem geplanten Abflug nach Hawaii beendet sein würde. Hendrik schenkte sich eine Tasse Kaffee ein und setzte sich nach draußen auf die Treppe. Heute war es bewölkt und nicht mehr so warm wie in den vergangenen Tagen – wahrscheinlich hatte jetzt, Anfang August, der Sommer seinen Höhepunkt überschritten. Bald würde es vorbei sein mit dem schönen Wetter und dem Leben draußen. Ihm fröstelte bei dem Gedanken, wie es an der Küste bald aussehen würde: Wind, Regen, Nebel, womöglich sogar Schnee. Manchmal hatte er das Gefühl, nicht so richtig hierherzupassen. Für seine Eltern und Nathan war Sturm erst, »wenn die Schafe keine Locken mehr hatten«, und für sie gab es grundsätzlich kein schlechtes Wetter, sondern nur »die falsche Kleidung«. Typische Norddeutsche eben. Manchmal hatte er sich sogar schon gefragt, ob er als Baby vielleicht vertauscht worden war. Er grinste in sich hinein. Nein, natürlich nicht! Er fühlte sich mit seiner Familie eng verbunden, er liebte sie, aber dennoch hatte er immer das Gefühl, fehl am Platz zu sein und nicht zu genügen.

Der Wind frischte auf und trieb die Wolken hinaus auf die Ostsee. Endlich kam die Sonne durch, und sofort hellte sich auch Hendriks Stimmung auf. Er würde auf jeden Fall eine Lösung finden.

Als Sina die Klingel drückte, ertönte sofort lautes Geschrei. Mats und Johann rissen die Tür auf und stürzten sich auf ihre Schwester. »Sinaaaaa!«

Sie nahm je einen von ihnen unter den Arm und wirbelte sie herum. Dabei stellte sie fest, dass die beiden ganz schön schwer geworden waren. »Nun lasst mich doch erst einmal rein, ihr Rabauken.«

Die Zwillinge, die in der Zwischenzeit schon wieder gewachsen sein mussten, zogen sie durch den dunkelbraun gefliesten Flur in die Küche, wo ihre Mutter an der Spüle stand. Sie trocknete sich die Hände ab, strich sich eine graue Strähne aus dem zarten Gesicht und umarmte ihre Tochter innig. »Wie schön, dass du hier bist.« Sie deutete auf die Sitzecke neben dem Kühlschrank. »Nimm dir einen Tee, ich bin gleich fertig.«

Sina nickte und wählte einen Stuhl aus, während sich ihre Brüder auf die Bank gegenüber lümmelten. Sie zogen beide ihre Handys hervor. »Guck mal, was wir jetzt haben!«

Sinas Mutter kicherte. »Ja, die beiden haben mich weichgeklopft. Du weißt ja, eigentlich halte ich nicht viel von diesem neumodischen Kram.«

»Mama«, erwiderte Sina lachend, »diese App hat doch nun wirklich jeder.«

Ihre Mutter schüttelte den Kopf. »Ich bin bis jetzt gut ohne dieses What…«

»WhatsApp?«, half ihr Sina auf die Sprünge.

»Ja, genau.« Sie zog ihr altes Nokia-Handy aus der

Tasche ihres dunkelblauen Kittels. »Damit geht das auch gar nicht, oder?«

Die Zwillinge täuschten einen Ohnmachtsanfall vor und ließen ihre Oberkörper auf die Tischplatte fallen. »O Mama, du bist so etwas von daneben.«

Draußen rumpelte es, und wenige Sekunden später erschienen ihr Vater und Torge in der Küche. Sina stand auf und fiel beiden um den Hals. Die beiden Männer knufften sie in die Seite.

»Schön, dass du dich auch mal wieder blicken lässt.«

Wie früher saßen sie danach alle am Küchentisch und redeten durcheinander. Sinas Mutter sprang zwischendurch wieder auf, holte Kekse und füllte die Teekanne nach. Sie war einfach nicht der Typ, der lange sitzen konnte. Zweimal in der Woche ging sie mit ihrer Laufgruppe aus dem Dorf joggen, und dann war sie auch noch im Tanzkreis aktiv.

Während die Jungs darüber stritten, wer den letzten Schokoladenkeks bekommen sollte, lächelte ihr Vater Sina an. »Alles in Ordnung bei dir?«

»Na klar, du kennst mich doch!«, erwiderte sie betont unbekümmert, denn sie wollte auf gar keinen Fall, dass ihre Eltern sich Sorgen um sie machten.

Ihr Papa sah abgespannt aus, stellte sie fest, seine Haut wirkte blass, und er hatte tiefe Ränder unter den Augen. Der Job im Außendienst war anstrengend, aber er beklagte sich nie. Seit sie denken konnte, war er jeden Morgen um fünf Uhr aufgestanden, hatte nach dem Frühstück schon den nötigsten Papierkram erledigt und war dann zu seinen Kunden in ganz Schleswig-Holstein aufgebrochen. Er verkaufte für ein großes Unternehmen Fax- und Kopiergeräte und kümmerte sich danach auch um den Support. Das Geschäft war im Laufe der Jahre immer schlechter geworden, da viele Firmen diese Geräte nicht mehr brauchten – das Scannen von Dokumenten und Verschicken per E-Mail ging schneller und war kostengünstiger.

»Wann kommt eigentlich dein Chef wieder?«, fragte ihre Mutter. »Geht es ihm schon besser?«

»Ja, aber er ist immer noch in der Reha. Hatte ich das nicht erzählt?«

»Nein, aber das macht nichts, du hattest bestimmt viel um die Ohren.«

Sina hatte das Gefühl, als ob ein stiller Vorwurf in der Stimme ihrer Mutter mitschwang. Sie wusste, dass ihre Mutter eigentlich mindestens einen Anruf in der Woche von ihr erwartete. Sina nippte an ihrer Tasse. Sie hatte sich wirklich lange nicht zu Hause gemeldet und stattdessen ihre ganze Aufmerksamkeit Hendrik geschenkt, der das überhaupt nicht verdiente. Das musste sich ändern, denn ihre Familie stand doch eigentlich immer an erster Stelle.

Ihr Bruder Torge, der alle anderen um zwei Köpfe überragte, hatte die ganze Zeit kein Wort gesagt, aber Sina wusste, dass er genau zuhörte. Außerdem hatte er in der Zwischenzeit fast alle Kekse allein aufgegessen. Sina wunderte sich wieder einmal, wie man so viel futtern und trotzdem so dünn sein konnte.

»Gefällt dir deine Ausbildung noch?«, fragte sie ihn.

»Jo, läuft.«

Sina grinste in sich hinein. Sie gab sich mit dieser Antwort zufrieden, denn mehr Informationen würde sie mit Sicherheit von ihm nicht bekommen. »Das freut mich«, erwiderte sie deshalb. »Ruf mich an, wenn du mal wieder Hilfe in Mathe oder Deutsch brauchst, okay?«

»Mach ich.«

Sina wusste, dass er sich wahrscheinlich nicht melden würde, denn Lernen war nicht gerade seine Lieblingsbeschäftigung. Sie hatte sich immer gewundert, wie man mit so wenig Aufwand trotzdem einigermaßen durch die Schule kam. Immerhin hatte er auch sein Abitur bestanden, obwohl er erst wenige Tage vor den Prüfungen seine Ordner hervorgekramt hatte. Ein Studium war für ihn dann zwar nicht infrage gekommen, aber seine Ausbildung zum Tischler bereitete ihm viel Freude. Das wusste sie von ihrer Mutter. Sein Chef hatte ihm bereits jetzt nach dem ersten Lehrjahr zugesagt, ihn im Betrieb übernehmen zu wollen.

Sinas Mutter blickte auf die große Küchenuhr, die über der Spüle angebracht war.

»Oh, so spät ist es schon?« Sie erhob sich und stapelte drei Teller übereinander. »Ich mach mich nur kurz frisch, und dann müssen wir los.«

Zehn Minuten später betraten sie den Carport von Uschi und Bernd Westphal, in dem schon einige Nachbarinnen in gemütlicher Runde an zwei aneinandergestellten Biergartentischen saßen. Nacheinander wurde Sina von jeder Frau fest umarmt, als sei sie jahrelang weg gewesen. Uschi war als Letzte an der Reihe. Sie drückte ihr einen Kuss auf die Wange, und Sina nahm den vertrauten Lavendelduft wahr.

»Min Deern«, murmelte sie ihrer Fastschwiegertochter ins Ohr, »es tut mir immer noch so leid.«

Sina drückte sie sanft ein Stück von sich weg. »Das muss es nicht, du kannst doch gar nichts dafür.«

»Trotzdem.« Sie deutete mit dem Kopf auf zwei freie Plätze. »Setzt euch doch!«

Auf dem Tisch lagen jede Menge Efeuzweige und ein Seil. Gitte, die neben ihr saß, reichte ihr eine Spule mit Blumendraht. »Wir nehmen erst einmal nur das Grünzeug, morgen stecken wir dann noch Rosen und Schleierkraut dazu.«

»Alles klar.« Sina nickte. Sie hatte schon als kleines Mädchen dabei geholfen, Girlanden und Kränze zu binden, deshalb legte sie gleich los. Sie liebte diese Tradition, denn es machte Spaß, etwas zusammen herzustellen und damit jemandem eine Freude zu bereiten, insbesondere anlässlich einer Hochzeit. Während die Frauen Sträuße banden und dann an dem Seil befestigten, tauschten sie Neuigkeiten aus dem Dorf aus. Uschi kümmerte sich darum, dass es immer genügend »Bodderkoken«, Sahne, Kaffee und Tee gab. Sina wunderte sich wieder einmal darüber, wie viel in der kurzen Zeit im Dorf passiert war. Peter, der Gemeindehelfer, war vom Dach der Grundschule gestürzt, aber zum Glück hatte er nur eine Gehirnerschütterung erlitten. Thea und Kurt wollten sich nach dreißig Jahren Ehe scheiden lassen, weil sich der Landwirt in seine Physiotherapeutin verliebt hatte, und der Sohn von der Familie Hinrichsen war mit Alkohol am Steuer erwischt worden und musste nun mit dem Fahrrad zur Arbeit fahren.

Als sie fast fertig waren, ging Uschi ins Haus und kam mit einer Flasche Schierker Feuerstein zurück. »Na, nehmt wir noch en Lütten?«

Sina hob zwar abwehrend die Hand, denn der Kräuterlikör hatte es in sich, aber sie bekam trotzdem ein Glas in die Hand gedrückt. Uschi hob ihr Glas und blickte in die Runde. »Na denn, Prost!«

Sina schüttelte sich, als das süße Zeug ihre Kehle hinunterrann. Zugegeben, es schmeckte nicht schlecht, konnte aber böse Kopfschmerzen verursachen.

Als Uschi jedoch die zweite Runde mit den Worten »up een Been kann keen Minsch stohn« einläutete, entschuldigte sie sich. »Ich geh mal eine Runde.« Sie wandte sich an ihre Mutter. »Okay?«

»Na klar, kannst mich ja auf dem Rückweg abholen.«

Als Sina schon fast die Hauptstraße erreicht hatte, hörte sie immer noch das Gelächter der Frauen aus dem Carport. Sie ging weiter in Richtung Sportplatz und sah schon von Weitem, dass dort ein paar Männer herumkickten. Insgeheim hoffte sie, Konrad dort anzutreffen, denn Fußball war seine ganze Leidenschaft. Nachdem sie ihren Hochzeitsordner durchgeblättert hatte, wollte sie unbedingt mit ihm reden. Sie musste endlich erfahren, warum er sie damals vor dem Traualtar hatte stehen lassen. Neugierig, ob sie den einen oder anderen kannte, lief sie weiter, und als sie den Spielfeldrand erreichte, war sie etwas außer Atem. Malte, der ehrenamtliche Bürgermeister der Gemeinde, winkte ihr zu, verlor deshalb den Ball an einen dunkelhaarigen Mann, dessen hintere Kopfbehaarung schon leicht schütter war. Konrad! Jetzt, als sie ihn wirklich sah, verließ sie der Mut. Sie machte auf dem Absatz kehrt, aber es war bereits zu spät.

»Sina, warte!«

Konrad kam hinter ihr hergerannt. Er umfasste ihre Schulter. »Bitte!«

Sie blieb stehen und drehte sich abwartend zu ihm um. »Okay?«

»Lass uns reden …« Er drehte sich noch einmal zu seinen Sportskameraden um. »Macht ohne mich weiter, wir sehen uns morgen.«

Er wandte sich an Sina. »Kommst du kurz mit zur Sporthalle, ich muss mich umziehen.«

Sina nickte und folgte ihrem Ex-Verlobten widerwillig. »Aber beeil dich, ich will gleich zurück zu meiner Mutter«, murmelte sie.

Als sie den Eingang durchquerten, strömte ihr der vertraute, typische Geruch entgegen – irgendeine seltsame Mischung aus Kinderschweiß, Bohnerwachs und alten vergessenen Turnschuhen. Ihr wurde ganz warm ums Herz, als sie stehen blieb und das Schwarze Brett betrachtete. Dort hingen immer noch die alten Fotos, zum Beispiel das von ihrer Cheerleader-Gruppe. Damals hatten sie an einem Wettbewerb in Flensburg teilgenommen und den dritten Platz gemacht. Sie blickte Konrad nach, der in einer der Umkleidekabinen verschwand. Von ihm war ebenfalls ein Foto angepinnt – vor fünf Jahren war er Torschützenkönig und der Star der Dorfjugend gewesen. Er war schon in der Grundschule von den Mädchen umschwärmt worden, auch wenn er nicht unbedingt der attraktivste Junge gewesen war. Aber er konnte halt gut schnacken, war eine Sportskanone und einfach überall beliebt.

Als Konrad zurückkam, trug er eine Jeans, die an den Knien durchlöchert war, ein eng anliegendes schwarzes T-Shirt und schneeweiße Sneakers. Sina wunderte sich über seinen Look, der so ganz anders war als auf Gut Schwansee. Er hatte seine Sporttasche geschultert und hielt in der rechten Hand eine Sonnenbrille. »Komm, wir fahren an den See.«

Sina hob protestierend die Hände, aber Konrad schob sie einfach aus der Tür. »Ich bringe dich pünktlich zurück zu deiner Mutter, versprochen.«

Sie gingen nebeneinander zum Parkplatz, und Sina

hielt Ausschau nach dem alten Golf, den Konrad damals von Uschi übernommen hatte, nachdem er den Führerschein bestanden hatte. Sie sah aber nur einen VW-Bus und einen schwarzen BMW, dessen Lack wie ein Juwel glänzte. Hocherhobenen Hauptes steuerte Konrad auf dieses Auto zu, betätigte die Fernbedienung, und mit einem leisen »Klick« öffneten sich die Türen. Er ließ Sina zuerst einsteigen, dann ging er hinten um den Wagen herum und setzte sich hinein.

»Schickes Auto«, stellte Sina fest.

»Stimmt«, erwiderte Konrad und startete den Motor. Auf der Fahrt zum Dörpsee unterhielten sie sich nur über Belanglosigkeiten. Die Fenster waren halb geöffnet, und der Sommerwind wirbelte ihre Haare durcheinander. Sie fuhren über die Landstraße, rechts und links ragten Laubbäume in den Abendhimmel und warfen unruhige Schatten auf den Asphalt. Konrad setzte den Blinker, dann fuhr er einen schmalen, mit Feldsteinen gepflasterten Weg entlang, bis sie den Parkplatz erreichten. Die beiden Mülleimer, die sich links und rechts von der Einfahrt befanden, waren bis zum Rand mit leeren Pommesschalen, Bechern, Chipstüten und Zigarettenschachteln gefüllt. Bei dem herrlichen Sommerwetter war hier bestimmt den ganzen Tag etwas los gewesen. Sie verließen das Auto und gingen den schmalen Trampelpfad entlang, bis sie den See erreichten, der von kleinen Baumgruppen umrandet war. Auf der Liegewiese war nicht mehr viel los.

Ein Pärchen lag dort auf einer Decke, und ein junger Mann saß, die Unterarme auf den Knien abgestützt, auf seiner Jeansjacke. Vor ihm im Gras lagen zwei leere Bierdosen.

Sie gingen schweigend zum Steg, bis sie das Ende erreicht hatten. Die Wasseroberfläche schimmerte golden im Licht der untergehenden Sonne. Sinas Herz hämmerte in der Brust, als sich Konrad zu ihr umdrehte. Genau an dieser Stelle hatte er ihr einen Heiratsantrag gemacht.

23

Einen Moment blieben sie stehen und sahen sich abwartend in die Augen. Sina ließ ihren Blick über sein Gesicht gleiten, die hohen Wangenknochen und die dunklen Augenbrauen, die er sich bestimmt immer noch regelmäßig in Form zupfen ließ.

»Warum hast du mir das angetan?«

Seine Augen verdunkelten sich für einen kurzen Augenblick, dann holte er tief Luft. »Ich habe Angst bekommen, Sina. Es war auf einmal alles zu viel. Die ganzen Vorbereitungen, der Stress …«

»Du hast doch gar nichts gemacht!«

Er hob beschwichtigend die Hände. »Ich weiß, ich weiß. Du hast alles in die Hand genommen. Du hast die Location und das Thema ausgesucht, die Gäste eingeladen und die Deko bestellt. Irgendwann hatte ich das Gefühl, nur noch eine Nebenrolle zu spielen.«

Sina spürte ein brennendes Kribbeln im Hals, ihr Mund fühlte sich staubtrocken an. »Du willst mir also die Schuld zuschieben? Darf ich dich daran erinnern, dass du einfach verschwunden bist? Wir haben dich überall gesucht, dachten schon, dass du einen Unfall hattest.«

Sina war plötzlich wieder genauso wütend wie an ihrem geplanten Hochzeitstag, am liebsten hätte sie ihren Ex-Verlobten in die Hölle geschickt. Aber sie fühlte noch etwas anderes. Ganz tief in ihrem Inneren ahnte sie, warum er sich so verhalten hatte. Konnte es sein, dass sie während der Vorbereitungen zur Hochzeit den eigentlichen Grund für das Fest – die Liebe zu ihrem Partner und den Wunsch, den Rest ihres Lebens mit ihm zu verbringen – wirklich aus den Augen verloren hatte?

Konrad berührte ihren Oberarm, und sie zuckte kaum merklich zusammen. »Du hast recht«, sagte er mit Nachdruck in der Stimme. »Mein Verhalten ist nicht zu entschuldigen, aber ich konnte einfach nicht anders handeln.«

Sina seufzte. »Ich wünschte, du hättest früher etwas gesagt. Die Erinnerung tut einfach immer noch weh.«

Vermutlich hätte sie ihn wirklich mehr in die Planung des schönsten Tages ihres zukünftigen gemeinsamen Lebens miteinbeziehen können. Doch Konrad hatte sich damals nie darüber beschwert. Sie an ihrem großen Tag dann einfach sitzen zu lassen, war nicht fair. Doch es war lange her.

Dennoch war Sina froh, dass nun alles ausgesprochen war, und ihr Herz fühlte sich auf einmal viel leichter an. Sie setzten sich nebeneinander auf den Steg und schwiegen eine Weile, bevor sie die Stille durchbrach.

»Was hast du eigentlich die vergangenen zweieinhalb Jahre gemacht?«

»Ich war bei einem Freund auf Mallorca. Er hat dort ein Bauunternehmen, und für ihn habe ich gearbeitet.«

»Ist das denn deine Branche?«, fragte Sina verwundert, denn als sie noch ein Paar gewesen waren, war er bei einer Reitsportmarketingfirma angestellt gewesen.

»Eigentlich nicht«, gestand er und verscheuchte eine Fliege, die auf seinem nackten Knie gelandet war. »Aber es hat sich so ergeben …«

»Nachdem du dort Hals über Kopf aufgetaucht warst?«, half ihm Sina auf die Sprünge.

Konrad fuhr sich mit der Hand über den Hinterkopf. »Genau, das war ja mehr eine spontane Aktion.«

Sina versuchte, den Ärger, der wieder in ihr aufstieg, zu unterdrücken. Sie schob das Kinn nach vorne. »Warum bist du dann überhaupt zurückgekommen?«

»Die Firma meines Freundes betreut auch Bauprojekte hier in Schleswig-Holstein.« Er trommelte mit den Fingern auf das Holz. »Wir haben zum Beispiel den Bau der Reithalle auf Gut Schwansee vermittelt.«

Sina fasste sich an den Kopf. »Ach, deshalb hast du an dem Treffen der Reitsportdelegation teilgenommen?«

»Ja, genau. Ich wusste nicht, dass du dort arbeitest.«

Sina runzelte die Stirn. »Hat dir deine Mutter nicht davon erzählt?«

»Nein, aber ich habe, ehrlich gesagt, auch nicht nach dir gefragt, wenn wir telefoniert haben.«

Sina stöhnte auf. »Mehr brauchst du eigentlich nicht zu sagen«, stellte Sina mit einem Kloß im Hals fest. Aus den Augen, aus dem Sinn ... Wahrscheinlich hatte er schon nicht mehr an sie gedacht, als er im Flugzeug gesessen hatte. Sie spürte trotz allem erneut ein schmerzhaftes Ziehen in der Brust.

»Ich habe das Gefühl, dich überhaupt nicht zu kennen«, presste sie schließlich hervor.

Er erwiderte nichts auf diesen Vorwurf, sondern richtete den Blick auf die schillernde Wasseroberfläche des Sees. Sina atmete tief durch. Es war gut, dass sie über damals gesprochen hatten. Sie liebte ihn nicht mehr, das wusste sie jetzt, und vielleicht konnte er eines Tages sogar so etwas wie ein Freund für sie werden. Sina schloss die Augen und spürte auf einmal, dass sich etwas in ihrem Herzen löste.

Schließlich durchbrach er die Stille. »Bist du mit jemandem zusammen?«

»Nicht direkt«, erwiderte Sina und verschränkte die Arme vor der Brust.

»Und du?«

»Ich bin verlobt.«

Sina prustete los. »Das ist nicht dein Ernst!«

Konrad verzog kurz den Mund. »Luisa und ich wollen im kommenden Frühjahr heiraten.«

»Ist sie Spanierin?«

»Ja, aber sie spricht fließend Deutsch. Sie hat jahrelang in Köln bei einer Modefirma gearbeitet.« Er hielt einen Moment inne. »Luisa ist eine tolle Frau, du würdest sie mögen.«

»Dann fliegst du bald zurück nach Spanien?«

»Das weiß ich noch nicht. Vielleicht bleibe ich auch hier, mal schauen«, erwiderte er vage.

Sinas Handy klingelte. »Willst du nicht rangehen?«

Sie nickte, denn auf dem Display leuchtete Lenis Name.

»Gut, dass ich dich erreiche. Kilian hat eine Kolik, Anja ist auf dem Weg hierher«, hörte sie ihre Freundin sagen.

»Was? O nein!«, erwiderte Sina entsetzt. Von einem Moment auf den anderen war alles andere unwichtig. Sie konnte nur noch an ihr geliebtes Pflegepony denken. »Wie geht es ihm jetzt?«, fragte sie aufgeregt und überlegte gleichzeitig, wie sie möglichst schnell zu ihm gelangen konnte.

Leni schilderte ihr Kilians Zustand. »Er hat sich immer wieder hingelegt und auch sehr geschwitzt. Paul hat zum Glück sofort reagiert, Hendrik geholt, und der hat gleich Anja angerufen.«

»Ich bin auf dem Weg!«, sagte Sina und sah Konrad an. »Kannst du mich zurückfahren?«

Konrad nickte. »Was ist mit deinem Auto?«

Sina zuckte mit den Schultern. »Das hole ich morgen ab. Ich rufe unterwegs meine Mutter an.«

»Gleich geht es dir besser, mein Großer.« Anja zog die Spritze mit dem krampflösenden Medikament auf und injizierte es in Kilians Hals. Der Wallach stand mit hängenden Ohren auf der Stallgasse, das hintere Bein angewinkelt, und rührte sich nicht. Hendrik vermutete, dass er große Schmerzen hatte. Er hielt das Pony am Halfter fest und redete beruhigend auf es ein.

»So, das müsste bald wirken«, erklärte Anja und strich sich eine Strähne aus dem Gesicht, die sich aus ihrem Pferdeschwanz gelöst hatte. »Am besten, du führst ihn weiter herum, er darf sich auf gar keinen Fall hinlegen.«

Nathan kam durch die Tür. »Leni hat Sina erreicht, sie wird bestimmt gleich hier sein, Konrad fährt sie.«

Als Hendrik den Namen von Sinas Ex-Verlobtem hörte, zuckte er innerlich zusammen, aber er ließ sich nichts anmerken.

»Sehr gut«, sagte er an seinen Bruder gewandt. »Dann kann ich ihn ja führen, bis sie kommt.«

»Das wäre super«, erwiderte Nathan. Er nickte der Tierärztin zu. »Kann ich dich noch einmal kurz sprechen?«

»Na klar, ich packe nur kurz alles zusammen, dann komme ich rüber zur neuen Reithalle.«

»Okay, ich warte dort auf dich.«

Hendrik nahm die Unterhaltung zwischen Anja und seinem Bruder nur wie durch einen Nebel wahr. Die ganze Zeit musste er an Sina und Konrad denken.

Als er Kilian aus dem Stall auf den Innenhof führte, trottete das Pony teilnahmslos neben ihm her und hatte die Augen halb geschlossen. Hendrik hatte schon sehr oft Koliken bei Pferden miterlebt. Zum Glück waren alle Fälle glimpflich ausgegangen, aber er wusste, dass dies nicht immer der Fall war. Pferde waren aufgrund ihrer Anatomie nicht in der Lage, sich zu übergeben, deshalb war eine Kolik immer lebensgefährlich, denn im schlimmsten Fall konnte eine Darmverschlingung entstehen. Die Spritze bewirkte, dass sich die Muskulatur entspannte und die Schmerzen verschwanden.

Nach zehn Minuten ging es Kilian schon etwas besser. Er hob den Kopf, blähte die Nüstern und wackelte mit den Ohren. In diesem Moment fuhr ein schwarzer BMW auf den Hof, und der Fahrer hielt mit quietschenden Reifen schräg vor dem Hofladen. Die Beifahrertür wurde aufgestoßen, Sina sprang heraus, rannte zu ihm, streifte ihn mit ihrem Blick und fiel dann Kilian um den Hals. »Wie geht es ihm?«

»Schon besser«, erwiderte Hendrik. »Möchtest du ihn jetzt führen?«

Sie streifte kurz seinen Blick, winkte dann aber Konrad zu. »Danke fürs Fahren!«

Konrad beugte sich aus dem halb geöffneten Fenster heraus. »Melde dich, wann immer du möchtest«, rief er ihr zu, bevor er wendete und davonbrauste.

Stirnrunzelnd blickte Hendrik dem Auto nach. Eifersucht flammte in ihm auf – ein Gefühl, das er lange nicht mehr verspürt hatte. Nachdenklich übergab er Sina den Strick. Dabei berührten sich ihre Hände, und ein Stromstoß durchzuckte ihn. Sie hob ebenfalls erstaunt den Kopf, und er fragte sich, ob sie das auch gespürt hatte.

»Danke, dass du dich um Kilian gekümmert hast«, sagte sie leise. »Ich will noch ein bisschen spazieren gehen mit ihm.«

»Wäre es für dich okay, wenn ich mitkäme?«

Sie betrachtete ihn einen Moment abschätzend, nickte dann aber. »Sehr gern.«

Sie verließen den Hof und liefen in Richtung Moor. Kilian trottete mit gesenktem Kopf neben ihnen her, denn so richtig war er noch nicht wieder auf dem Damm. Hendrik verscheuchte die Gedanken, die sich um Konrad kreisten, aus dem Kopf, denn ihm lag noch etwas ganz anderes auf dem Herzen. »Ich wollte sowieso noch einmal mit dir sprechen«, begann er zögernd.

»Nur zu!«, ermutigte ihn Sina.

Er bemerkte ein winziges Lächeln, das ihre Lippen umspielte, und nicht zum ersten Mal an diesem Tag hätte er sie am liebsten in die Arme geschlossen.

»Ich habe mit Samuel gesprochen... Wir wollen ihm noch eine Chance geben.« Er spürte, wie sie einen Moment stockte, weil sie wahrscheinlich immer noch sauer auf den Koch war, aber als sie sich dann zu ihm wandte, huschte ein kleines Lächeln über ihr Gesicht. »Das ist eine gute Idee.«

Abends war Sina so müde, dass sie noch im Bademantel und ohne ihre Bettdecke einschlief. Es war aber die Nacht über warm, und so fühlte sie sich am Morgen, als sie den Apfelkuchen in den Ofen schob, sehr viel besser als am Vortag. Vor der Arbeit hatte sie noch einmal bei Kilian vorbeigeschaut. Dem Pony ging es gut, es knabberte bereits sein Heu, und Sina hoffte, dass es bald wieder auf die Koppel gebracht werden konnte.

In diesem Moment steckte Samuel den Kopf durch die Tür. Dunkle Schatten lagen unter seinen Augen, und er sah sehr unglücklich aus. »Kann ich reinkommen?«

Sina zögerte einen Moment, denn ihr Groll war noch immer nicht verschwunden, aber dann machte sie eine einladende Geste. »In Ordnung.«

Ihr Koch lächelte schüchtern, betrat die Küche und blieb dann vor ihr stehen. »Es tut mir wirklich alles so leid«, begann er, die Augen bittend auf sie gerichtet. Er strich sich durchs Haar. »Ich hoffe, dass ich es wiedergutmachen kann.«

Sina verschränkte die Arme vor der Brust. So leicht konnte sie ihm nicht verzeihen, dafür hatte er sie einfach zu sehr enttäuscht. Wenn sein Plan wirklich aufgegangen wäre, hätte sie dafür die Verantwortung übernehmen müssen und wahrscheinlich sogar ihren Job verloren.

»Wie stellst du dir das denn vor?«, erwiderte sie schließlich widerstrebend.

Verlegen trat Samuel von einem Fuß auf den anderen. »Ich verspreche dir, dass du dich in Zukunft zu hundert Prozent auf mich verlassen kannst.«

»So etwas darf auf keinen Fall noch einmal vorkommen, okay?«

Samuel nickte.

»Außerdem erwarte ich, dass du dich in nächster Zeit richtig reinhängst.« Sie machte eine bedeutungsvolle Pause. »Dann sehen wir weiter.«

Erleichtert atmete Samuel aus. »Vielen Dank, Sina! Das wirst du nicht bereuen.«

Sie blickte ihm nach, als er die Küche verließ. Eigentlich war es gar nicht ihre Art, so streng zu sein. Aber er hatte sie so bitter enttäuscht. Leiser Zweifel regte sich in ihr, denn sie war sich nicht zu hundert Prozent sicher, ob ihre Entscheidung richtig war. Dennoch wollte sie Samuel eine zweite Chance geben. Sie hoffte inständig, dass er sie nutzen würde.

Als Sina später den Apfelkuchen aus dem Ofen holte, kehrten ihre Gedanken noch einmal zu Samuel zurück. Es war gut, dass er nicht mehr im Hotel wohnte, sondern auf dem Gut, dachte sie. Wenn Albert Lorenzen wieder vollständig gesund war, musste er vermutlich trotzdem gehen. Es war unrealistisch zu glauben, dass auf Gut Schwansee drei Köche beschäftigt werden könnten. Wenn allerdings mehr Veranstaltungen hier stattfinden würden, so wie das Treffen der Mitglieder der Reitsportdelegation oder auch Hochzeiten, Familienfeiern, Firmenjubiläen, sähe das schon ganz anders aus. Vielleicht sollte sie einmal mit Konrad darüber sprechen, er hatte offensichtlich eine gute Beziehung zu Graf von Rathenau und war ihr mindestens noch einen Gefallen schuldig. Obwohl: Eigentlich wollte sie ihn nach dem Tag gestern gar nicht wiedersehen. Es war alles gesagt.

Wie von selbst wanderten ihre Gedanken zu Hendrik. Noch immer hatte sie keine Antwort darauf gefunden, wie es mit ihm jetzt weitergehen sollte. Das Gespräch mit ihm über Samuel war irgendwie so sachlich und geschäftlich gewesen, aber sie hatte sich auch nicht getraut, mit ihm über seine geplante Reise zu sprechen. Ihr Herz tat richtig weh, wenn sie sich vorstellte, ihn monatelang nicht zu sehen. Außerdem wusste sie noch immer nicht, wer die Frau war, die ihn in seinem Wohnwagen besucht hatte. Sie ärgerte sich im Nachhinein, dass sie ihn nicht einfach gefragt hatte, als sie mit ihm und Kilian spazieren gegangen war. O Mann, sie benahm sich wirklich wie ein kleines Kind.

Der Duft des frisch gebackenen Apfelkuchens versetzte sie augenblicklich in eine bessere Stimmung. Beglückt betrachtete sie ihr gleichmäßig gebräuntes Werk. Als sie sich umdrehte, stand plötzlich Leni vor ihr.

»Was machst du denn hier?«, entfuhr es ihr überrascht.

Ihre Freundin lächelte schief. »Ich wollte dich nicht erschrecken.« Sie zog sie am Ärmel zu sich. »Ich musste unbedingt gleich herkommen, denn du sollst es als Erste erfahren …« Sie machte eine bedeutungsvolle Pause.

»Ja?«

Leni räusperte sich, als wolle sie die Spannung noch ein wenig mehr ausdehnen.

»Nun sag schon: Was ist los?«

»Nathan hat mich gestern gefragt, ob ich ihn heiraten will.«

Der Satz schwebte einen Moment zwischen ihnen, aber dann brach es aus Sina heraus. »Ja, und was hast du geantwortet?«

Leni sprang Sina um den Hals. »Ich habe natürlich Ja gesagt!« Sie blinzelte Sina zu. »Willst du meine Trauzeugin werden?«

24

Als Sina auf die Klingel drückte, schlug Sherlock sofort an. Nathan öffnete die Tür.

»Sina, schön, dass du da bist.«

Sein Hund drängelte sich an ihm vorbei, und sie beugte sich hinunter und strich ihm über den Kopf. Der Rüde bedankte sich mit einem kurzen Bellen. Nathan machte eine einladende Geste. »Die anderen sind schon da.«

Auf dem Weg zum Wohnzimmer überlegte sie noch, wer damit gemeint sein könnte, denn eigentlich erwartete sie nur ein Gespräch mit dem zukünftigen Brautpaar. Am Tisch in der Ecke neben dem dänischen Kaminofen saßen Leni und – ihr Herz machte einen kleinen Sprung – Hendrik. Ihre Freundin schob ihren Stuhl beiseite und kam ihr freudestrahlend entgegen. »Wie schön, dass du da bist.«

Sina fühlte sich kurz unbehaglich, als sie neben Hendrik Platz nahm, brachte aber wenigstens ein halbwegs freundliches »Hallo« zustande. Es fiel ihr schwer, sein Lächeln zu erwidern. Das Bild von ihm und der dunkelhaarigen Schönheit vor dem Wohnwagen am Strand flackerte erneut vor ihrem inneren Auge auf. Außerdem würde er sowieso bald in die Welt hinausziehen, kein Grund also, sich weiter Hoffnungen zu machen.

Auf dem Tisch stand eine Karaffe mit Wasser und Limetten- und Zitronenscheiben. Nathan füllte die Gläser, dann machte er eine bedeutungsvolle Pause. Schließlich ergriff er Lenis Hand, die ihn daraufhin liebevoll anlächelte.

»Wir sind sehr glücklich darüber, dass ihr unsere Trauzeugen sein wollt. Leni und ich würden jetzt schon gern mit euch ein paar Details besprechen, wenn das okay ist?«

Sina und Hendrik nickten.

Nathan ging zu seinem Schreibtisch und holte einen Ordner. »Okay, dann kann es ja losgehen.«

Leni und Nathan planten ihre Heirat für den kommenden Mai, davor sollte es aber noch eine kleine familiäre Verlobungsfeier geben. Hendrik versprach, auf jeden Fall seine Reise für die Hochzeitsfeier zu unterbrechen. »Ich werde kommen«, sagte er, »ihr müsst mir nur rechtzeitig den Termin mailen.«

Nathan nickte. »Das sollte kein Problem sein.«

»Es kann sich natürlich noch alles ändern«, sagte Leni und nippte an ihrem Glas. Nach der standesamtlichen Trauung in Eckernförde würde die kirchliche Zeremonie in der Marienkirche in Waabs stattfinden. Die große Feier mit der Familie und den Freunden war dann im Goldenen Saal des Herrenhauses geplant. Danach würden die beiden in die Flitterwochen aufbrechen. Wohin die Reise gehen sollte, wussten sie noch nicht.

Nathan strich über das Blatt Papier, das vor ihm lag. »Ja, und nun kommen wir zu euren Aufgaben.«

Sina und Hendrik hoben erwartungsvoll die Köpfe.

»Keine Angst«, sagte Nathan mit einem Blick auf Leni. »Ihr müsst nur das übernehmen, was ihr auch wollt. Wir haben ein wenig recherchiert. Also üblicherweise werden die Trauzeugen in die Planung und Vorbereitung einer Hochzeit miteinbezogen. Es wäre schön, wenn ihr euch mit uns um die Aufstellung der Gästeliste kümmert und vielleicht die Geschenkeliste betreut. Beim Standesamt solltest du …«, er wandte sich an seinen Bruder, »die Ringe bei dir tragen, und Sina …«, sein Blick wanderte weiter, bevor er fortfuhr: »Kannst du den Brautstrauß übernehmen, wenn wir unsere Hochzeitsurkunde unterschreiben?«

Sina und Hendrik nickten. »Natürlich«, antworteten beide wie aus einem Mund.

Leni und Nathan atmeten erleichtert aus.

»Gut, dann wäre das geklärt«, stellte Nathan fest. »Kommen wir zu einem weiteren Teil der Vorbereitungen.« Erneut umfasste die Hand seiner Verlobten, und Sina wurde ganz warm ums Herz. »Es wäre wunderbar, wenn ihr uns bei der Suche nach einem Hochzeitskleid für Leni und einem Anzug für mich unterstützen könntet.«

Als Hendrik und Sina eine Stunde später das Haus verließen, wehte ihnen ein frischer Wind entgegen.

»Hast du Lust, noch ein wenig spazieren zu gehen?«, fragte Hendrik und schob den Kragen seiner dunkelblauen Jacke hoch. Am liebsten hätte sie abgelehnt, aber sie konnte es nicht. Er hatte sich einen Platz in ihrem Herzen erobert, und daran ließ sich nicht rütteln, sosehr sie es sich für ihren eigenen Seelenfrieden wünschte. »Okay«, sagte sie daher zögernd. Sie blickte kurz zum Himmel, wo sich dunkle Wolken über Gut Schwansee auftürmten. »Ich muss mir nur eine Jacke aus der Wohnung holen.«

Kurze Zeit später liefen sie nebeneinander, aber mit einem gewissen Abstand, am Herrenhaus vorbei in Richtung der Koppel, auf der Kilian mit seinen Pferdekumpels friedlich graste. Sie blieben am Gatter stehen und stützten ihre Unterarme ab.

»Er scheint die Kolik gut überstanden zu haben«, bemerkte Hendrik schließlich.

Sina spürte seine Nähe überdeutlich. Es wäre so einfach, jetzt ihren Kopf an seine Schulter zu legen. »Danke, dass du dich um ihn gekümmert hast«, sagte sie stattdessen.

Hendrik verschränkte die Hände ineinander. »Das war doch selbstverständlich.«

Kilian hob den Kopf, als hätte er gehört, dass über ihn gesprochen wurde. Er spitzte die Ohren und blickte zu den beiden hinüber. Ein Büschel Gras lugte aus seinen Maulwinkeln hervor. Erneut durchbrach Hendrik die Stille. »Er sieht richtig gut aus, weißt du das?«

Sina seufzte. »Ja, das finde ich auch. Leider hat sein Besitzer einen Antrag beim Kreisveterinäramt gestellt. Er will ihn zurückhaben.«

Hendriks Augenbrauen schnellten nach oben. »Wirklich? Das wusste ich gar nicht. Ist das schon entschieden?«

Sina schüttelte den Kopf. »Nein, noch nicht«, erwiderte sie, »aber Anja meint, dass das Amt so etwas von einem Tag auf den anderen anordnen kann.«

»Das tut mir leid. Kann man da nicht irgendetwas machen?«

»Nicht dass ich wüsste. Kurt Hausschild muss nur nachweisen, dass er seine Tiere artgerecht halten wird.«

Es donnerte in der Ferne, und Hendrik blickte zum Himmel. »Komm, lass uns noch ein Stück laufen, bevor es anfängt zu regnen.«

Sie folgten einem nur teilweise gepflasterten Weg, der vor allem von landwirtschaftlichen Fahrzeugen genutzt wurde. Jetzt im August standen die Weizen- und Gerstenfelder hoch und wogten sich sanft im Wind. Sina steckte die Hände in die Tasche und reckte die Nase in die Luft. Ein kleiner Regentropfen landete auf ihrem Gesicht.

»Dahinten ist eine kleine Scheune, dort können wir uns unterstellen.«

Außer Atem erreichten sie ein Feld, auf dem die Familie Cornelius eine Blühwiese für Bienen und andere Insekten ausgesät hatte. Dort wuchsen jetzt Klatschmohn, Kornblumen und Wiesenglockenblumen, aber auch Scharfgarbe und Seifenkraut. Sie liefen am Rand des Feldes entlang bis zur Scheune, die mit einem eisenbeschlagenen Tor verschlossen war. Der Regen prasselte bereits auf sie herunter, während Hendrik den schweren Eisenriegel aus der Verankerung hob, und schon waren sie drinnen.

»Puh, noch einmal Glück gehabt«, sagte Hendrik und deutete auf den Berg aus Heu, das dort gelagert wurde. »Sieht doch ganz gemütlich aus, oder?« Er ließ sich mit ausgebreiteten Armen fallen, dann deutete er auf seine rechte Seite. »Komm her!«, forderte er sie auf.

Auf gar keinen Fall, dachte sie und verschränkte die Arme vor der Brust. Es donnerte vor der Tür, und sie zuckte zusammen.

»Komm!«, bat er sie erneut, und ihre Knie fühlten sich plötzlich ganz weich an.

Schließlich gab sie ihrem Verlangen nach, ließ sich fallen, und er kam ihr auf halbem Weg entgegen. Sina spürte, wie das weiche, duftende Heu unter ihrem Rücken knisterte. Dann war Hendrik auch schon über ihr und stützte erst den einen, dann den anderen Arm neben ihr ab. Seine Augen loderten, als er sich zwischen ihre Beine drängte, sie spürte seine Härte durch den dünnen Stoff ihres Sommerrocks. Hendriks Hände brannten heiß auf ihren Oberschenkeln, und als sie seine Lippen auf ihren spürte, drängte sie sich ihm weiter entgegen. Hendrik ließ sich zur Seite fallen, während er sie innig küsste und liebkoste. Er schob ihr T-Shirt nach oben, ließ seine Zunge um ihren Bauchnabel gleiten, und Sina keuchte auf. Sie zerrte an seinem T-Shirt, und er hob die Arme, damit sie es ihm über den Kopf ziehen konnte. Sein herber Duft schlug ihr entgegen. Als sie ihre Nasenspitze über seine Haut gleiten ließ, sog er zischend Luft zwischen den Lippen ein.

»Hast du was dabei …?«

Hendrik fasste sich an den Kopf. »Nein, verdammt …«

Sie legte zwei Finger auf seine Lippen. »Kein Problem, wir können zu mir gehen, wenn du willst.«

Er nickte und griff sich sein T-Shirt. »Lass uns gleich los, okay?«

Hendrik ging zur Tür und zog daran, aber nichts passierte.

Sina strich ihren Rock glatt und zupfte sich ein paar Halme aus dem Haar. »Was ist los?«

»Mist, die Tür geht nicht auf.« Er schaute sie mit weit aufgerissenen Augen an. Etwas Verzweifeltes schwang in diesem Satz mit, und als sie ihm vorsichtig die Hand auf die Schulter legte, zuckte er zusammen. Sina bemerkte, dass sich sein Brustkorb hob und senkte, als ob er keine Luft bekäme. »Lass mich mal versuchen.«

Sie schob ihn sanft, aber bestimmt zur Seite, und drückte noch einmal die Klinke. Nichts geschah, die Tür ging nicht auf. Sie rüttelte, zog daran, und zum Schluss trat sie sogar gegen das Holz. Aber dann hatte sie eine Idee. Sie zeigte auf das einzige Fenster der Scheune. »Ich klettere dort raus.«

Hendrik legte ihr den Arm auf die Schulter. Sina hatte den Eindruck, dass er sich wieder gefangen hatte. Sie erinnerte sich daran, wie er reagiert hatte, als er in der Vorratskammer im Herrenhaus eingeschlossen gewesen war. Damals war er, nachdem sie ihn befreit hatte, kreidebleich an ihr vorbeigelaufen, ohne überhaupt Notiz von ihr zu nehmen. Er stellte sich unter das Fenster und verschränkte die Finger zu einer Feuerleiter. Sina stützte sich an seiner Schulter ab, stieg hoch, und Hendrik schob sie schließlich nach oben.

»Noch höher!« Sie zog sich am Sims hoch und öffnete das Fenster. Es war zwar nicht sehr breit, aber sie passte trotzdem gerade durch. Als sie mit dem Oberkörper bereits im Freien war, schob Hendrik sie von hinten vorsichtig weiter. »Ist das so okay?«

»Ja, alles gut«, presste Sina hervor. Sie blickte auf den Boden, der bereits vom Regen aufgeweicht war, aber ihr blieb nichts anderes übrig, als zu springen. Sie zog ihre Beine hoch, stützte die Füße ab, und schon flog sie durch die Luft. Zum Glück landete sie auf allen vieren, allerdings spritzte ihr der Matsch ins Gesicht. Sie fluchte laut, aber als sie hörte, dass Hendrik an die Tür klopfte, rappelte sie sich hoch. Sie wollte ihn so schnell wie möglich befreien. Tatsächlich, der Riegel klemmte, aber von außen ließ er sich schnell wieder lösen. Sie öffnete die Tür, und Hendrik fiel ihr fast entgegen. »Danke, Sina!« Er nahm ihre Hand. »Komm!«

Sie liefen los, es regnete noch immer, und als sie den Innenhof von Gut Schwansee erreichten, waren sie vollkommen durchnässt. Unbemerkt von den anderen erreichten sie die Eingangstür, und Sina drückte sie mit der Schulter auf. Hendrik war hinter ihr, sie spürte seinen Atem auf der Haut. Sie konnte es kaum erwarten, ihn endlich ganz zu spüren.

Hendrik hielt Sina fest in seinen Armen. Sie fühlte sich so unglaublich gut an. Zärtlich strich er ihr über die Schulter, und sie schmiegte sich daraufhin noch enger an ihn.

»Das war schön«, seufzte sie, und ihre Stimme klang, als würde sie gleich einschlafen.

»Ja, das war es«, erwiderte er.

Sie drehte sich zu ihm um, und als er ihre wohlgeformten Brüste sah, prickelte es in seinem ganzen Körper. Sie schob sich ein Kissen unter den Nacken und verschränkte die Arme hinter dem Kopf.

»Darf ich dich mal etwas fragen?«

Er drehte sich zu ihr, zog die Bettdecke etwas hinunter und hauchte ihr einen Kuss auf den Bauch.

»Was möchtest du wissen?«

»Warum reagierst du immer so panisch, wenn du eingesperrt bist?«

»Mhm.« Er rang innerlich mit sich, ob er ihr von dem Erlebnis, das er bis heute noch nicht vollständig verarbeitet hatte, erzählen sollte.

»Wenn du nicht willst …«

»Doch, schon«, unterbrach er sie. Er hielt einen Moment inne, um sich seine Gefühle von damals zu vergegenwärtigen. »Als Kind war ich zwei Tage im Eiskeller unseres Gutes eingeschlossen. Ich war noch im Kindergarten, also wirklich klein …« Er räusperte sich. »Mein Bruder, ich und ein paar Kinder aus der Nachbarschaft spielten Verstecken. Nathan war mit Zählen dran, und ich rannte los. Ich weiß noch, dass ich mich unsichtbar machen wollte, damit mein Bruder mich nicht wie sonst immer gleich finden würde.« Hendrik schluckte trocken. »Ich bin also losgerannt und habe einen merkwürdigen Steinhügel mit einer niedrigen Tür entdeckt, die offen war. Ich ging hinein, stolperte und fiel in ein tiefes Loch. Dann schlug der Wind die Tür zu, und ich war gefangen.«

Seine Stimme brach, aber es war auch gut, einmal darüber zu sprechen. Sina betrachtete ihn mitfühlend. »Was passierte dann?«

»Natürlich haben mich alle gesucht, aber keiner kam auf die Idee, im Eiskeller nachzuschauen.«

»Eiskeller?«

»Früher gab es ja noch keine Kühlschränke, deshalb hat man im Winter große Eisblöcke aus den zugefrorenen Seen und Flüssen geschlagen und mit einer Rutsche in den Keller, in dem sich ein tiefes Loch befand, befördert. Dort schmolz das Eis kaum, und man konnte dort Fleisch und andere Nahrungsmittel lange Zeit kühlen und frisch halten.«

»Du hast dort also wirklich zwei ganze Tage verbracht?«

»Ja, aber es kam mir noch viel länger vor. Ich kauerte die ganze Zeit am Boden. Irgendwann leckte ich das Wasser von den Steinen, aber ich fand nichts zu essen.«

»Und dann haben sie dich doch gefunden?«

»Ja, ein befreundeter Jäger meines Vaters kam auf die Idee, im Eiskeller nachzuschauen.«

Hendrik strich sich mit der Hand durchs Haar. »Das waren wirklich die schlimmsten zwei Tage meines Lebens.«

Sina schmiegte sich noch enger an ihn. »Das muss furchtbar gewesen sein«, flüsterte sie.

Es tat gut, ihre Wärme und Anteilnahme zu spüren, denn er fröstelte innerlich. Auf einmal wurde ihm bewusst, wie sehr dieses Erlebnis sein bisheriges Leben geprägt hatte. Seine Angst vor geschlossenen Räumen, die Panik, die ihn in bestimmten Situationen immer noch übermannte, und das Bedürfnis, sich jederzeit frei und unabhängig zu fühlen. Hendrik drehte sich zu Sina, die mittlerweile in seinen Armen eingeschlafen war. Seine Augen wanderten über ihr Gesicht, ihre Wangen, die halb geöffneten Lippen. Er wehrte sich noch immer gegen seine Gefühle, aber er war sich trotzdem sicher, dass er nicht auf Sina verzichten wollte – auf gar keinen Fall. Er zog sie enger an sich heran, und sie gab daraufhin einen wohligen Laut von sich, der direkt sein Herz traf. Er wollte sie nicht verlieren, aber trotzdem seinen Freund nach Hawaii begleiten. Das hatte er ihm schließlich auch versprochen. Kurz bevor auch ihn der Schlaf übermannte, hatte er eine vage Idee, wie er allen gerecht und sich trotzdem selbst treu bleiben konnte, aber bevor er sich dessen genau bewusst wurde, war er ebenfalls tief und fest eingeschlafen.

25

Als Sina am Morgen summend in der Küche ihrer kleinen Wohnung stand, wanderten ihre Gedanken immer wieder zurück zur vergangenen Nacht. Sie ließ Kaffeepulver in den Filter rieseln und stellte den Kessel mit Wasser auf die Herdplatte. Durch das halb geöffnete Fenster drang das Gezwitscher der Vögel, und die ersten Sonnenstrahlen warfen helle Flecken an die Wand.

Heute war Sonnabend, und sie hatte sich freigenommen – endlich einmal. Eine Aushilfe vertrat sie in der Küche des Hofcafés, und Samuel hatte ebenfalls Dienst.

Sie seufzte. Gestern hatte sie sich von ihrer Leidenschaft mitreißen lassen, und sie bereute nichts, aber es blieb ein flaues Gefühl zurück. Wie würde es jetzt mit Hendrik und ihr weitergehen? Bald würde er nach Hawaii fliegen, und außerdem wusste sie immer noch nicht, wer diese dunkelhaarige Frau war, von der er sich vor dem Wohnwagen verabschiedet hatte, und was ihm die ganze Sache mit ihr überhaupt bedeutete.

»Mhm, Kaffee …«

Hendrik war lautlos hinter sie getreten und umschlang Sina mit seinen Armen.

Sie drehte sich zu ihm um und legte den Kopf an seine Schulter. »Ist gleich fertig«, flüsterte sie.

Sie fühlte einen Stich im Herzen, weil ihr bewusst wurde, wie wenig Zeit sie nur noch gemeinsam hatten. Sie schniefte leise, und Hendrik reagierte sofort.

»Was ist los mit dir?«

Sina deutete auf einen ihrer Stühle, die rechts und links neben dem Küchentisch standen. »Setz dich erst einmal.« Sie nahm zwei Becher aus dem Hängeschrank über der Spüle, füllte sie mit Kaffee und reichte Hendrik einen von beiden. »Danke!«

»Sehr gern.«

Nur das leise tickende Geräusch der Küchenuhr, die über der Tür hing, war zu hören.

Sina beobachte Hendrik aus den Augenwinkeln. Seine Locken standen nach allen Seiten ab, und er hatte die Beine entspannt ausgestreckt. Ihr gefiel einfach alles an ihm, stellte sie fest. Er war sehr männlich und dabei einfühlsam und aufmerksam. Es hatte sie sehr berührt, dass er gestern von seinem Erlebnis im Eiskeller berichtet hatte.

»Was ich dir sagen wollte …«, begann sie.

Er drehte sich zu ihr um, musterte sie abwartend.

»Danke, dass du mir das gestern erzählt hast«, sagte sie. »Ich weiß dein Vertrauen wirklich zu schätzen …«

Hendrik stellte den Becher auf dem Tisch ab, rutschte vom Stuhl und zog sie in seine Arme.

»Sina«, flüsterte er. »Ich bin froh darüber, dass du es weißt«, raunte er ihr ins Ohr. »Vielleicht kannst du mich jetzt besser verstehen?«

Sie löste sich von ihm, um ihn zu betrachten. Auf einmal hatte sie das Gefühl, als müsste sie sich jedes Detail von ihm genau einprägen: seine markanten Gesichtszüge, die schön geschwungenen Lippen, die Grübchen in den Wangen und diese unglaublich langen Wimpern.

»Ich möchte, dass du bei mir bleibst!« Erschrocken über sich selbst, zuckte sie zusammen. Sein Gesichtsausdruck wirkte gequält, aber er hielt sie trotzdem weiter fest in den Armen.

»Ich weiß«, sagte er nur, und Sina schluchzte los. »Pscht …«, Hendrik wiegte Sina hin und her. »Ich komme doch wieder.«

Sina strich sich mit dem Handrücken die Tränen aus dem Gesicht.

»Ja, aber …« Sie schniefte. »Du wirst bestimmt jemand anderes kennenlernen und mich vergessen.« Sina schaute ihn verzweifelt an. »O Mann, ich höre mich wie die allerletzte Idiotin an.«

Er strich ihr zärtlich übers Haar. »Nein, das tust du nicht. Du musst dir wirklich keine Sorgen machen.« Er nahm ihr Gesicht zwischen die Hände und ließ seine Lippen über ihren Mund gleiten. Ihr Atem stockte, als sie seine Zunge spürte, und ihre Lider flatterten. Er vergrub seine Hände in ihren Haaren und küsste sie, und Sina verspürte ein erwartungsvolles Ziehen im ganzen Körper. Als er sie mit beiden Armen hochhob, umschlang sie mit ihren Beinen seine Hüften. Er trug sie durch den Flur ins Schlafzimmer. Sanft legte er sie aufs Bett, und als sie die Augen öffnete, begegnete sie seinem zögernden Blick. Sie richtete sich auf, lächelte und zog ihn zu sich hinunter, denn sie wollte jeden Moment auskosten, der ihnen noch blieb. Es hatte keinen Sinn, ihn weiter zu bedrängen hierzubleiben. Sina fühlte auf einmal überdeutlich, dass sie seine Freiheit nicht einschränken durfte, wenn sie ihn halten wollte. Sie hatte einfach keine andere Wahl – sie musste ihn gehen lassen.

Als Hendrik zwei Stunden später Sinas Wohnung mit einem Lächeln im Gesicht verließ, kam ihm Nathan aus dem Hengststall entgegen.

»Hey«, begrüßte er seinen Bruder. »Hast du Lust, dir mit mir die neue Reithalle anzuschauen?«

Hendrik zögerte einen Moment, denn eigentlich wollte er zum Campingplatz und später zur Surfschule, aber es interessierte ihn schon, wie die Arbeiten vorangekommen waren. »Ja, gern«, erwiderte er.

Nathan klopfte ihm auf die Schulter. »Super, komm mit.«

Sie überquerten den Innenhof, liefen am Stallgebäude entlang, und als sie um die Ecke bogen, blieb Hendrik abrupt stehen. »Wow!«, entfuhr es ihm. »Die ist ja richtig toll geworden.« Schon auf den ersten Blick wirkte der Bau großzügiger und heller.

Sein Bruder nickte zustimmend. »Finde ich auch. Komm, ich zeige dir alles.«

Sie betraten die Reithalle, in der Paul gerade mit einer Harke den Hufschlag glättete. Er hob grüßend die Hand, als er die beiden Brüder sah, dann widmete er sich wieder seiner Arbeit. Von oben drang durch die Seitenfenster natürliches Licht hinein, wodurch alles hell und einladend wirkte. Links vom Eingang befand sich eine Tribüne aus Holz.

»Dort kommen noch Zuschauerbänke hin«, erklärte Nathan. »Wenn alles nach Plan läuft, ist dieser Bereich spätestens in zwei Wochen fertig.«

Nathans Handy klingelte. »Wartest du? Ich wollte dir noch den neuen Stall zeigen.«

Hendrik steckte die Hände in die vorderen Taschen seiner Jeans. »Klar, kein Problem.«

Während sein Bruder telefonierte, erinnerte er sich an den Tag, an dem die alte Reithalle vom Sturm zerstört worden war. Zum Glück war niemandem etwas passiert, und die Versicherung hatte den Schaden beglichen. An dem Tag hatte er Sina das erste Mal richtig wahrgenommen. Sie hatten sich unterhalten, über irgendetwas Belangloses, aber er hatte schon damals eine besondere

Anziehungskraft zu ihr verspürt. Allerdings hätte er nicht gedacht, dass sich daraus mehr entwickeln würde. Obwohl sie sich erst ein paarmal getroffen hatten, fühlte er sich auf eine tiefe, elementare Art mit ihr verbunden, so als habe er jemanden gefunden, mit dem er sein weiteres Leben teilen wollte. Allerdings wusste er nicht, ob er in der Lage war, sich fest zu binden.

Sein Bruder hatte das Telefonat beendet, und sie setzten die Besichtigung fort. Auf der rechten Seite der Reithalle befand sich der neue Stalltrakt. Rechts und links gab es große Boxen, die oberhalb der Türen offen waren, sodass die Pferde hinausschauen konnten. Nathan zeigte ihm den Waschplatz und die zukünftige Sattelkammer. »Noch zweieinhalb Wochen, dann können die ersten Pferde einziehen.«

»Oh, da bin ich dann wohl schon auf Hawaii.«

Nathan deutete mit dem Kopf zum Ausgang. »Darüber wollte ich sowieso noch mit dir reden«, sagte er. »Trinken wir einen Kaffee zusammen?«

Hendrik grinste. »Ein Bier wäre mir eigentlich lieber.«

Seit Leni sich um Nathans Garten kümmerte, hatte dieser seinen Namen auch verdient. Leni hatte die Bäume und wuchernden Büsche gestutzt, mähte regelmäßig den Rasen und hatte neue Beete angelegt, in denen Blumenstauden in allen Farben blühten. Nun hatten es sich die Brüder, jeder eine Flasche in der Hand, auf den neuen Gartenstühlen bequem gemacht. Sie stießen miteinander an.

»Ihr habt es wirklich schön hier«, sagte Hendrik und nippte an seinem Bier.

»Ja, das stimmt«, erwiderte sein Bruder. »Leni hat wirklich ein Händchen für das alles.«

Hendrik nickte erneut und ignorierte die Zwischentöne, die sich auf ihn bezogen.

Doch dann beugte sich sein Bruder nach vorn und blickte ihm direkt in die Augen. »Lass uns endlich mal Klartext reden: Willst du wirklich auf diese Reise gehen?«

Hendrik nahm noch einen Schluck. »Schon, immerhin hab ich's Nils versprochen.«

»Okay, aber wenn ihr mit dem Training durch seid, könntest du doch auch zurückkommen, oder?«

Hendrik beugte sich nach vorn und stützte die Ellenbogen auf seinen Oberschenkeln ab. »Worauf willst du eigentlich hinaus, Bruderherz?«

Sein Bruder blickte ihn vielsagend an. »Ich kann mir vorstellen, dass jemand sich sehr darüber freuen würde, wenn du nicht ein ganzes Jahr von hier verschwindest.«

Hendrik stellte die Flasche vor sich ins Gras und verschränkte die Arme hinter dem Kopf. »Willst du mir jetzt ein schlechtes Gewissen einreden, oder was?«

»Nein, aber ich habe den Eindruck, dass du deinem eigenen Glück im Weg stehst.« Er hielt einen Moment inne. »Oder wie stellst du dir das vor? Glaubst du wirklich, dass Sina auf dich wartet?«

Leni kam durch die Wohnzimmertür in den Garten, Sherlock an ihrer Seite. Nachdem sie Hendrik begrüßt hatte, stellte sie sich hinter Nathan, der ihre Hand nahm und sich zu ihr umdrehte. Die Art und Weise, wie die beiden kurze Blicke wechselten, bestätigte seine Vermutung, dass Leni ihre Finger mit im Spiel hatte. Was dachten sich die beiden eigentlich? Das hier war sein Leben und damit auch seine Entscheidung.

»Jetzt mach aber mal einen Punkt, das geht dich alles überhaupt nichts an«, brauste er auf. »Es ist ja nett, dass ihr euch Gedanken macht, aber die sind vollkommen unbegründet.« Er löste seine Hände, beugte sich nach vorn und griff nach der Bierflasche. »Sina und ich werden einen Weg finden. Wer weiß, vielleicht hat sie sogar Lust nachzukommen?«

Nathan tippte sich an die Stirn. »Hast du ihr das denn schon vorgeschlagen?«

Hendrik machte eine abwehrende Handbewegung. »Nein, habe ich nicht.«

Er presste die Lippen aufeinander, stellte die Bierflasche auf den Tisch und sprang vom Stuhl. Er hatte jetzt endgültig genug von dieser Diskussion.

»Ich muss los, wir reden ein anderes Mal.«

Als Hendrik einige Stunden später vor seinem Wohnwagen auf der Treppe saß, plagte ihn das schlechte Gewissen. Er hatte sich unmöglich aufgeführt, da gab es keine zwei Meinungen. Seine Schwägerin in spe war ihm noch hinterhergerannt und hatte ihm einen Ausdruck mitgegeben, auf dem sie die Pflichten und Aufgaben der Trauzeugen notiert hatte – auch das noch! Leni hatte zwar betont, dass es ihm und Sina überlassen sei, was sie im Einzelnen realisieren wollten, aber er hatte das Gefühl, dass sie sich doch sehr über seinen Einsatz freuen würde. Hendrik seufzte. Worauf hatte er sich da nur eingelassen? Natürlich war es eine Ehre, für die beiden der Trauzeuge zu sein, keine Frage, aber er durchschaute mittlerweile auch die eigentliche Absicht von Leni und seinem Bruder, nämlich ihn hier auf Gut Schwansee in die Pflicht zu nehmen. Ein Gefühl der Enge breitete sich in seiner Brust aus, obwohl er sich auch darauf freute, das alles mit Sina zu erleben. Noch war genügend Zeit bis zur Hochzeit, aber natürlich mussten die Vorbereitungen schon sehr viel früher beginnen. Auf seinem Handy ging summend eine Nachricht ein. Er nahm es in die Hand, entsperrte den Code und sah, dass Chiara ihm eine Nachricht geschickt hatte: »Habe mich von Maximilian getrennt. Können wir reden?«

Hendrik seufzte. Dann schrieb er ihr zurück. »In einer Stunde im Heimathafen?«

Leni sah aus wie eine Prinzessin. Sie trug ein bodenlanges Brautkleid, das ihre Figur perfekt zur Geltung brachte. Das spitzenbesetzte Oberteil betonte ihre Rundungen, und der mehrlagige Rock aus schillerndem Tüll fiel bis zum Boden an ihr herab.

»Du siehst wunderschön aus«, sagte Sina mit belegter Stimme und versuchte, die Erinnerung an den Tag, als sie selbst ihr Traumhochzeitskleid gefunden hatte, zur Seite zu schieben. Sie saß auf einem der gemütlichen, mit dunkelblauem Satin bezogenen Besuchersessel direkt vor der Umkleidekabine des Brautmodengeschäfts Herzschlag in Eckernförde. Sophia, die Besitzerin, kniete vor ihrer Freundin und zog Stecknadeln aus einem runden Kissen, das mit einem Klettband an ihrem linken Handgelenk befestigt war.

»Ein ganz klein wenig müsste ich es noch kürzen«, nuschelte sie, weil eine Sicherheitsnadel zwischen ihren Lippen steckte. Als sie fertig war, trat sie etwas zurück, schüttelte den Kopf, sodass ihr hochgesteckter Dutt hin und her wankte, und schob ihre schwarz umrandete Brille zurecht. »Da fehlt noch etwas.«

Sie verschwand durch eine Tür und kam kurz darauf mit einem bodenlangen Schleier zurück, den sie mit einer silbernen Spange in Lenis Haar befestigte.

»Jetzt wirst du langsam zu einer richtigen Braut«, stellte Sina mit Tränen in den Augen fest. Sie freute sich sehr für ihre Freundin und hoffte inständig, dass sie und Nathan ihr ganzes Leben zusammenbleiben würden – in guten wie in schlechten Zeiten. Sie spürte, wie plötzlich Wehmut in ihr hochstieg.

Ihre Freundin musterte sie aufmerksam. »Dich bedrückt doch irgendetwas?«

Sina strich sich eine Strähne aus dem Gesicht. »Ach, ich musste gerade an meinen eigenen Hochzeitstag denken – also den, der eigentlich nie stattgefunden hat.« Sina hatte Leni bereits vor einiger Zeit davon erzählt und sie zum absoluten Stillschweigen verpflichtet. Leni betrachtete ihre Freundin mitfühlend. »Ach, Süße, das kann ich gut verstehen.« Sie schüttelte ihre dunklen Locken und zwinkerte ihr zu. »Ich habe allerdings das ganz sichere Gefühl, dass du auch irgendwann hier stehen wirst.«

Sina machte eine abwehrende Handbewegung, aber Leni ließ sich nicht beirren. »Du wirst noch an meine Worte denken.«

Sie raffte den Rock nach oben, lächelte und streckte ihren bestrumpften Fuß heraus. »Und noch etwas fehlt, oder?«

Sophia lachte auf. »Na klar, die Schuhe. Kommt mal mit!«

Sie gingen in einen Seitenraum, der von einem riesigen Kronleuchter beleuchtet wurde. Dort gab es in hohen Holzregalen alle Accessoires, die eine Braut sich nur wünschen konnte: Schuhe, kleine Taschen aus Leder, Samt oder Satin, Strümpfe, Unterwäsche, aber auch Schmuck und Haarspangen.

Sina reichte ihrer Freundin die Hand und führte sie zu einem Ledersessel, der in einer Ecke stand. »Milady, setzen Sie sich bitte!«, sagte sie mit näselnder Stimme. Sie hatte ganz bewusst Nathans Kosenamen für Leni gewählt, denn hier passte er nun wirklich perfekt.

Leni strahlte über das ganze Gesicht, als sie vorsichtig Platz nahm. »Das ist hier wirklich alles wie im Märchen.«

Schließlich entschied Leni sich allerdings dafür, das Kleid nur zu reservieren. Sophia zwinkerte ihr zu.

»Natürlich, meine Liebe, hier hängt es warm und trocken. Du kannst jederzeit vorbeikommen.« Sie deutete auf die Ständer mit den Hochzeitskleidern. »Probiere doch einfach das nächste Mal noch ein paar andere Modelle an.«

Als Leni und Sina den Brautmodenladen verließen, regnete es in Strömen. Sie blieben einen Moment im Eingang stehen, bis Sina ihren Schirm aus der Tasche gezogen hatte. »Schietwetter«, murrte sie mit Blick in den wolkenverhangenen Himmel. Leni knuffte sie gut gelaunt in die Seite. »Hey, ich dachte es gibt kein schlechtes Wetter, sondern nur die falsche Kleidung.«

Sina grinste. »Außerdem habe ich Hunger.«

»Ich auch – und wie!« Leni lachte. »Hast du eine Idee, wohin wir gehen könnten?«

Sina zuckte mit den Schultern. »Lass uns doch einfach an den Hafen runterspazieren, dort finden wir bestimmt etwas.«

26

Sina tupfte sich mit der Serviette den Mund ab. »Das war richtig lecker.«

Leni nickte zustimmend. Sie hatten beide Pannfisch mit Bratkartoffeln gegessen, eine Spezialität des Restaurants, wie ihnen die Kellnerin versichert hatte. Der Fisch käme jeden Tag frisch vom Kutter.

»Möchtest du noch einen Nachtisch?«, fragte Leni.

»Lieber einen Wein.«

Ihre Freundin lächelte. »Gute Idee.«

Nachdem sie in keinem Restaurant am Hafen einen Platz gefunden hatten, waren sie in eine Seitengasse eingebogen und spontan im Heimathafen eingekehrt. Das Restaurant lag in der Altstadt, etwas versteckt, und empfing die Gäste mit einer maritimen gemütlichen Atmosphäre. Die Freundinnen saßen an einem Holztisch für zwei Personen, schräg gegenüber der Bar, auf deren Tresen weiße Kerzen in Windlichtern brannten. Der Kellner, ein junger, schlanker Mann mit braunen Locken, spülte Gläser und stellte sie danach in das indirekt beleuchtete Regal hinter ihm, in dem auch verschiedene Wein- und Spirituosenflaschen auf-gereiht waren. Die Tapete der Wand neben ihrem Tisch erregte Sinas Aufmerksamkeit: große grafisch dargestellte Tiefseefische auf dunkelgrauem Grund.

Leni, die gerade an ihrem Glas nippte, folgte ihrem Blick. »Toll, nicht? Ich glaube die ist von einem englischen Designer, das muss ich nachher mal googeln.« Sie nahm ihr Handy und machte schnell ein Foto. »Das wäre auch etwas für meinen Laden, oder was meinst du?«

»Auf jeden Fall, sieht aber ganz schön teuer aus, oder?«

Sina betrachtete das Foto von der Tapete auf ihrem Handy. »Ja, aber man muss damit auch nicht das ganze Zimmer tapezieren, eine Wand reicht vollkommen, zum Beispiel im Badezimmer oder in der Diele.«

Sina bemerkte, dass die Augen ihrer Freundin leuchteten, denn sie liebte alles, was mit Möbeln und Wohnaccessoires zu tun hatte. In ihrem Laden Überall verwandelte Leni alte Schränke, Kommoden, Betten, Spiegel und Stühle in richtige Schmuckstücke, die sie dann verkaufte. Sina hatte sie schon öfter begleitet, wenn sie auf Flohmärkten und bei Haushaltsauflösungen nach geeigneten Objekten stöberte. In ihrer Wohnung stand deshalb auch eine Bodenlampe aus Messing mit einem halb gebogenen Ständer und dunkelgrünem Schirm, den Leni beim Sperrmüll entdeckt und für sie aufgearbeitet hatte. Seit einiger Zeit bot ihre Freundin auch Neuware in ihrem Laden an, zum Beispiel schöne Stoffe, Dekoartikel und englische Tapeten. Leni würde bestimmt noch heute Nacht im Internet danach suchen und sich, wenn das möglich war, ein Muster schicken lassen.

Ihre Freundin strich sich eine Locke aus dem Gesicht und legte das Handy beiseite. »Danke, dass du zur Anprobe mitgekommen bist.«

»Das ist doch selbstverständlich, schließlich bin ich deine Trauzeugin.« Sie hielt einen Moment inne und lächelte. »Das Kleid ist wirklich wunderschön. Ich finde, du solltest es nehmen.«

Die Kellnerin kam mit einem Tablett, auf dem die Weingläser standen. Leni und Sina bedankten sich und prosteten sich zu.

»Dir hat es doch auch gefallen, oder nicht?«, fragte Sina schließlich.

»Ja, schon, aber vielleicht gibt es woanders eins, das mir noch besser gefällt?«

Sina lachte auf. »Das kenne ich ...« Einen Moment kehrte die Erinnerung an den Tag ihrer Hochzeit zurück, und ihre Miene verdunkelte sich.

Leni, die immer ein besonderes Gespür für die Empfindungen anderer Menschen hatte, berührte ihre Hand und lächelte sie mitfühlend an. »Ich bin mir sicher, dass wir auch für dich noch ein Hochzeitskleid aussuchen werden.«

»Davor müsste ich aber erst einmal einen Mann finden, der mich heiraten will«, erwiderte Sina mit belegter Stimme. Die Tatsache, dass sie ihr Brautkleid immer noch in ihrem Schrank aufbewahrte, verschwieg sie besser. Wahrscheinlich würde ihre Freundin sie sonst für verrückt halten.

»Ich wüsste schon jemanden, der dafür infrage käme …«

Sina schüttelte den Kopf. »Hendrik geht bald auf Weltreise, außerdem ist er nicht der Typ dafür. Er ist ganz anders als Nathan, ihm ist es wichtig, frei und ungebunden zu sein und jederzeit die Welt bereisen zu können.«

Leni drehte ihr Glas in der Hand. »Ja, das stimmt schon, aber die Cornelius-Brüder sind aus demselben Holz geschnitzt, das darfst du nicht vergessen.«

Sina konnte richtig sehen, wie es hinter der Stirn ihrer Freundin arbeitete. Leni war eine wahre Romantikerin, und sie glaubte fest daran, dass es nicht nur in Filmen, sondern auch im richtigen Leben immer ein Happy End geben musste. Sie lächelte. »Das letzte Wort ist aber noch nicht gesprochen«, sagte sie schließlich und entschuldigte sich, weil sie auf die Toilette musste.

Als sie verschwunden war, ließ Sina den Blick durch das Restaurant gleiten. In der Zwischenzeit war fast jeder Tisch besetzt, Stimmengewirr und Gelächter drangen durch den Raum, und der Mann am Tresen hatte alle Hände voll zu tun. Plötzlich blieb ihr

Blick an einem Paar hängen, das etwas verdeckt hinter einem Pfeiler an einem Tisch saß. Sie sah zunächst nur eine dunkelhaarige Schönheit, die ihr irgendwie bekannt vorkam. Ihr Atem stockte, als sich der Mann im Stuhl zurücklehnte und sie ihn sehen konnte: Dort saß Hendrik, und jetzt wusste sie auch, wer seine Begleiterin war. Sina war sich sicher, dass es die Frau war, die er vor seinem Wohnwagen umarmt hatte, als sie nach ihrem Streit mit dem Fahrrad dorthin zurückgekehrt war.

Als Leni zurückkam, merkte sie sofort, dass etwas nicht stimmte. »Du siehst aus, als hättest du einen Geist gesehen!«

Sina hielt den Zeigefinger vor den Mund. »Nicht so laut …« Sie zog Leni zu sich hinunter. »Dahinten ist …«

»Hendrik«, vollendete Leni leise ihren Satz und nahm wieder Platz. Sie lugte an Sinas Schulter vorbei in Richtung Pfeiler. »Das ist doch Chiara, seine Ex-Freundin.«

»Und weshalb trifft er sich mit ihr?« Sina presste die Lippen aufeinander. »Ich habe sie auch vor Kurzem beim Wohnwagen mit Hendrik gesehen.«

»Keine Ahnung«, erwiderte Leni mit gedämpfter Stimme. »Soviel ich weiß, ist sie mittlerweile mit Maximilian verheiratet.« Sie runzelte die Stirn. »Das ist alles bestimmt ganz harmlos.«

Sina stimmte ihr zu, obwohl in ihrem Herzen das

Chaos tobte. Sie lenkte das Gespräch wieder auf Lenis und Nathans Hochzeitsvorbereitungen und ihre Aufgaben als Trauzeugin. Aus den Augenwinkeln bemerkte sie, dass Hendrik den Kellner heranwinkte, und kurze Zeit später verließen die beiden das Lokal. Sina atmete erleichtert auf und nahm sich vor, Hendrik zur Rede zu stellen. Auf Weltreise zu gehen, war eine Sache, aber wenn er immer noch etwas für Chiara empfand, würde sie sich endgültig eine gemeinsame Zukunft mit Hendrik Cornelius aus dem Kopf schlagen müssen.

Hendrik und Chiara schlenderten die Strandpromenade entlang in Richtung Parkplatz, wo sie ihre Autos geparkt hatten. Nachdem es fast den ganzen Tag geregnet hatte, war es jetzt wieder sommerlich warm. Vor den Kiosken und kleinen Restaurants saßen draußen immer noch Gäste an den Tischen, und junge Paare schoben Buggys mit schlafenden Kleinkindern an ihnen vorbei.

»Fast wie im Süden«, sagte Chiara, »einfach herrlich.«

Hendrik lachte. »Ja, das stimmt, aber leider sind solche Sommer hier selten geworden …«

Seine Ex-Freundin stieß ihn freundschaftlich in die Seite. »Bald bist du auf Hawaii, dann scheint für dich wieder fast jeden Tag die Sonne, oder?«

»Ja, dort ist es selten kälter als fünfundzwanzig Grad«, erwiderte Hendrik gedankenverloren, denn eigentlich wollte er gerade nicht über seine geplante Reise nachdenken. Nathans Moralpredigt ging ihm nicht aus dem Kopf. »Wie soll es denn mit dir und Maximilian nun weitergehen?«, lenkte er daher vom Thema ab. »Willst du dich wirklich gleich wieder scheiden lassen?«

Sie hatte ihm im Restaurant zwar schon alles über ihre Trennung erzählt, aber noch nichts über die möglichen Details einer Scheidung.

Chiara schüttelte ihre Haare und zwirbelte sie dann zu einem Zopf nach oben, den sie mit einem Haarband befestigte. »Wenn man so kurz verheiratet war, geht das in der Regel schnell und unkompliziert«, sagte sie. »Nur das Trennungsjahr müssen wir leider einhalten.« Sie schob ihr Kinn grimmig nach vorn. »Wer hat sich so einen Schwachsinn eigentlich ausgedacht? Theo, mein Anwalt, sagt aber, dass daran kein Weg vorbeiführt.«

»Also bist du ihn erst kommenden Sommer wieder los«, stellte Hendrik nüchtern fest.

Sie hatten den Parkplatz erreicht, und Chiara wandte sich zu ihm um. Das gelbe Licht der Straßenlaterne fiel auf ihr hübsches Gesicht. »Danke, dass du mir zugehörst hast«, sagte sie leise. Sie umarmte ihn und hauchte ihm einen Kuss auf die Wange. »Schön, dass wir weiter Freunde sein können.«

Sie deutete mit der Schulter nach hinten. »Dort steht mein Auto. Wir bleiben in Kontakt, okay?«

»Natürlich«, erwiderte er aufrichtig. »Ruf mich an, wenn du jemanden zum Reden brauchst!«

Sie antwortete nicht, und Hendrik hatte das Gefühl, dass sie um Fassung rang. Dann hob sie die Hand, winkte ihm ein letztes Mal zu und verschwand in der Dunkelheit.

Hendrik wurde von einem dumpfen Klopfen geweckt. Er zog sich die Decke über den Kopf und stöhnte auf. Wer zur Hölle wollte um diese Zeit was von ihm? Als der Lärm nicht aufhörte, rappelte er sich auf. Na warte, wenn das Dieter war, dann würde er ihm aber gewaltig die Meinung geigen … Hendrik sprang aus dem Bett, riss die Tür auf und schnappte nach Luft. »Du?«

Sina schob sich an ihm vorbei und schaute sich einmal um, als würde sie erwarten, dass er Besuch hatte. »Ich muss mit dir reden«, sagte sie, und das klang für ihn wie eine Drohung.

Er deutete auf die Sitzecke. »Ich mach uns erst mal einen Kaffee.«

»Nein danke«, sagte sie, und ihr eisiger Tonfall jagte ihm einen Schauder über den Rücken. »Ich bleibe nicht lange.«

Hendrik erstarrte, er hatte das Gefühl, als ob die Luft zwischen ihnen gefror.

»Triffst du dich noch mit deiner Ex-Freundin?«, schmetterte ihm Sina dann an den Kopf.

Hendrik atmete innerlich erleichtert auf. Er hatte ein reines Gewissen und war froh, dass sie nicht gekommen war, um ihre Beziehung zu beenden. Aber vielleicht doch …? »Zwischen uns läuft nichts mehr, wenn es das ist, was du glaubst«, begann er deshalb zögernd.

Sina sah ihn mit traurigen Augen an, und am liebsten hätte er sie in die Arme genommen.

Doch als er einen Schritt auf sie zumachte, hob sie abwehrend die Hände. »Lass mich, ich will eine Antwort. Du liebst sie immer noch, oder?«

Er zögerte einen Moment, weil er ehrlich zu ihr sein wollte. »Sie bedeutet mir immer noch viel«, gestand er, doch als sie sich daraufhin zur Tür wandte, hielt er sie am Arm fest. »Wir sind nur Freunde«, fuhr er fort. Er nahm ihre Hand. Zwar versteifte sie sich, aber immerhin riss sie sich nicht von ihm los. Hendrik spürte die Wärme ihres Körpers und sog ihren vertrauten Duft auf. Sina hob den Kopf, und einen langen, atemlosen Moment sahen sie sich in die Augen.

»Ich wünschte, ich könnte dir glauben«, flüsterte sie.

»Chiara will sich von ihrem Mann scheiden lassen, weil er sie betrogen hat. Sie hat mich um Rat gefragt, brauchte jemanden zum Reden – das ist alles.«

Während er sie weiter bittend festhielt, überlegte er,

wie Sina darauf kam, dass er sich heimlich mit seiner Ex-Freundin traf. »Du hast uns zusammen gesehen«, sagte er nachdenklich. »Im Heimathafen?«

Sina nickte. »Und hier bei dir vor dem Wohnwagen …«

Hendrik strich Sina übers Haar und zog sie ganz eng an sich, doch Sina befreite sich aus seiner Umarmung. »Ihr habt sehr vertraut gewirkt.«

»Das sind wir auch, schließlich waren wir einmal ein Paar, aber das ist vorbei. Wir sind wirklich nur noch Freunde.«

Als sie ihn immer noch zweifelnd ansah, bat er sie, einen Moment zu warten. Er ging in den Schlafraum im Heck des Wohnwagens und kehrte mit seinem Handy zurück.

»Hier ist ihre Telefonnummer. Ruf sie an und frag sie selbst.«

Sina lächelte zaghaft, aber er spürte, dass sie innerlich mit sich rang. »Nein«, erwiderte sie schließlich. »Ich glaube dir.«

Eine halbe Stunde später saßen sie nebeneinander am Strand, jeder einen Kaffeebecher in der Hand, und schauten auf die Ostsee. Auf den Wellen, die heute ungewöhnlich hoch waren, hatten sich Schaumkronen gebildet. Über ihnen schien die Sonne, aber in der Ferne türmten sich dunkle Wolken auf. Hendrik war froh, dass Sina bei ihm geblieben war, auch wenn sie alles andere als glücklich aussah. Er spürte, dass es immer noch etwas gab, das sie bedrückte. Hendrik hatte ihr die Wahrheit gesagt. Zwar fühlte er sich noch immer mit Chiara verbunden, aber er liebte sie nicht mehr, da war er sich mittlerweile sicher. Er musste sich eingestehen, dass er sich, nachdem er die Nachricht von Chiara bekommen hatte, gefragt hatte, ob sie zu ihm zurückkehren wollte. Im Restaurant hatte sie ihm aber in keinerlei Weise signalisiert, dass sie an einer Beziehung mit ihm interessiert war. Sie hatten einen schönen Abend miteinander verbracht, das Essen war sehr lecker gewesen, sie hatten Wein getrunken, und seine Ex-Freundin hatte ihm ihr Herz ausgeschüttet. Er war sich sicher, dass sie sich auch in Zukunft immer mal wieder treffen würden – als Freunde.

Seit ihm dies bewusst geworden war, fühlte er sich so, als sei eine schwere Last von seinen Schultern genommen. Er nippte an seiner Tasse und legte den Arm um Sinas Taille.

»Was meinst du, wollen wir reingehen?« Er blickte hinauf zum Himmel. »In spätestens zehn Minuten geht hier ein Gewitter runter …«

Als Sina den Kopf zu ihm drehte, lag ein Lächeln auf ihren Lippen. Er nahm ihre Hand und zog sie hinter sich her.

»Komm!«, rief er gegen den Wind an. »Heute lass ich dich nicht so einfach gehen.«

27

Hendrik saß mit seinem Bruder und seinen Eltern im Salon. Seine Mutter hatte ihn und Nathan zu einem »Krisengespräch«, wie sie es genannt hatte, gebeten. Davor hatte er Sina noch kurz im Hofcafé besucht. Sie hatten sich umarmt und sich für den frühen Abend verabredet, denn sie hatten vereinbart, bis zu seiner Abreise möglichst viel Zeit miteinander zu verbringen. In zehn Tagen würde er mit Nils nach Hawaii fliegen. Er freute sich darauf, aber es quälte ihn auch, dass er Sina eine lange Zeit nicht sehen würde.

»Also«, begann ihre Mutter, die ihnen gegenübersaß. »Schön, dass ihr alle hier seid.«

Sie strich sich über das Revers ihres Blazers und zupfte das Halstuch zurecht. Bernhard saß in seinem dunkelblauen Troyer-Pullover neben ihr und wirkte so, als wolle er am liebsten woanders sein.

»Ich war gestern bei unserem Steuerberater, der ja auch Wirtschaftsprüfer ist, und habe mit ihm ausführlich über die Zukunft von Gut Schwansee gesprochen.« Sie machte eine bedeutungsvolle Pause und blickte in die Runde. »Es sieht nicht besonders gut aus. Unsere Rücklagen, die wir für Reparaturen haben, sind so gut wie aufgebraucht, außerdem müssten wir dringend die Fenster austauschen, ansonsten arbeiten wir nur noch für die Heizkosten.«

Sie blätterte in dem Hefter, der vor ihr lag, dann nickte sie ihren Söhnen zu. »Gibt es Ideen oder Vorschläge von eurer Seite?«

Hendrik stieß unbemerkt seinen Bruder mit dem Fuß an. Er war der Ältere und würde Gut Schwansee erben, deshalb sollte er zuerst etwas sagen.

Nathan räusperte sich. »Ihr kennt meine Pläne«, sagte er. »Die neue Reithalle ist so gut wie fertig, und wenn die Stallungen gebaut sind, ziehen alle Pferde, mit denen ich züchten will, um.«

Er zog sein Handy hervor, denn im Gegensatz zu seiner Mutter bevorzugte er mittlerweile die digitale Verwaltung seiner Vorhaben. Er scrollte über das Display.

»Im Winter wird es bereits die erste Präsentation unserer Hengste geben, das habe ich mit dem Trakehner-Verband fest vereinbart, und im Anschluss daran finden bei uns zwei Lehrgänge für Dressurreiter statt.«

Ihre Eltern hatten aufmerksam zugehört, aber in ihren Gesichtern spiegelten sich Zweifel.

Seine Mutter ergriff das Wort: »Das ist schon einmal ein guter Anfang, Nathan, und es freut mich, dass du vorankommst, aber das alles wird, selbst wenn es gut läuft, die finanziellen Probleme, die wir haben, nicht dauerhaft lösen.«

Sie richtete ihren Blick auf Hendrik. »Was ist mit dir? Irgendwelche Ideen?«

Hendrik fuhr sich mit den Händen durchs Haar, dann beugte er sich nach vorn und stützte sich mit den Ellenbogen auf der Tischplatte ab. »Ich finde, wir sollten uns noch mehr auf Veranstaltungen fokussieren. Das Treffen der Reitsportdelegation war doch ein voller Erfolg?«

Seine Mutter verzog den Mund zu einem künstlichen Lächeln. »Ach, Hendrik, wenn das alles so einfach wäre«, presste sie hervor. »Du schwirrst doch bald wieder in der Weltgeschichte herum. Im Grunde ist es dir doch egal, wie es hier mit uns weitergeht, oder?«

Hendrik hatte es gewusst. Es war vollkommen sinnlos, an diesen Familientreffen teilzunehmen, er hätte einfach ablehnen müssen. »Dann weiß ich nicht, warum ihr mich dabeihaben wolltet.« Er lehnte sich zurück und verschränkte die Arme vor der Brust.

»Min Jung, nun reg dich ab«, mischte sich sein Vater ein. »Irgendwann wirst du dich ausgetobt haben, und dann wünschen wir uns, dass du mit uns an einem Strang ziehst. Deine Idee mit den Veranstaltungen finden wir gut, aber …« Er wandte sich an Susanne. »Erzähl ihnen, was die von Bardelows gemacht haben.«

Seine Mutter schob die Brille auf der Nase zurecht. »Hektor hat seine Beziehungen spielen lassen, und nun soll die Tagung der Reitsportdelegation im kommenden Jahr nicht bei uns, sondern bei den von Bardelows stattfinden.«

Nathan sprang auf und schlug mit der Hand auf den Tisch. »Das gibt es doch nicht, wer hat euch das erzählt?«

»Karsten«, erwiderte sein Vater, der mit dem Bürgermeister regelmäßig am Kniffelabend in der Waabser Mühle teilnahm. »Der Vorsitzende der Reitsportdelegation ist ein guter Freund von Hektor.«

»Heinrich Graf von Rathenau?«

»Ja, genau, die kennen sich noch aus einer Burschenschaft und haben zusammen Agrarwissenschaften studiert.«

Hendrik schüttelte den Kopf. »Gegen diese Seilschaften kommt man nicht an.«

»Wir müssen aber etwas unternehmen«, widersprach Nathan. Er runzelte die Stirn. »Sinas Ex-Verlobter …«

»Du meinst Konrad?«, half ihm Hendrik auf die Sprünge.

»Ja, genau! Der stand doch die ganze Zeit mit dem von Rathenau zusammen. Vielleicht kann er uns helfen? So leicht sollten wir uns jedenfalls nicht ausbooten lassen.«

»Ich weiß nicht, ob das eine so gute Idee ist«, gab Hendrik zu bedenken. »Ich finde, wir sollten Sina da rauslassen, schließlich ist das nicht ihr, sondern einzig und allein unser Problem.«

Die Sonne stand tief am Himmel und warf lange Schatten über den Innenhof. Nachdem tagsüber die Temperaturen fast auf dreißig Grad geklettert waren, war es nun angenehm warm, und eine leichte Brise wehte von der Ostsee herauf.

Sina saß mit Konrad an einem Tisch draußen vor dem Hofcafé. Hendrik hatte ihr auf Nathans Drängen von Hektors Plänen erzählt und dabei gar nicht glücklich ausgesehen. Sie wusste, dass er sie in nichts hineinziehen wollte. Unglaublich, dass die von Bardelows ihnen die Veranstaltung der Reitsportdelegation im kommenden Jahr abgeworben hatten. Hendrik hatte sie nicht gebeten, mit Konrad darüber zu sprechen, sie hatte sich aber aus freien Stücken bei ihrem Ex-Verlobten gemeldet, denn schließlich war angesichts der schwierigen wirtschaftlichen Lage auch ihr Job in Gefahr. Nachdem sie ein paar Begrüßungsfloskeln ausgetauscht hatten, kam Sina gleich zur Sache. »Du bist doch sozusagen die rechte Hand von Heinrich Graf von Rathenau, oder nicht?«

Konrad blinzelte. »Ach so, daher weht der Wind.« Er nippte an seiner Rhabarberschorle. »Ich dachte schon, dass du mich unbedingt wiedersehen willst.«

Statt einer Antwort hob Sina nur vielsagend die Augenbrauen. »Also?«

Konrad fuhr sich mit der Hand über den Hinterkopf. »Ja, schon, aber sein Freund, also euer Nachbar, hat wohl sehr gute Konditionen für die Veranstaltung angeboten.«

»Er hat euch also einen besseren Preis gemacht«, stellte Sina fest. Sie deutete mit dem Kopf auf das Herrenhaus, über das sich der rosarote Abendhimmel spannte. Vor der Brücke, die zu der schweren mit Eisen beschlagenen Eingangstür führte, loderten zwei Fackeln. »Unser Konkurrent kann euch aber bestimmt nicht so ein Ambiente bieten, oder?«

Konrad kniff die Augen zusammen. »Ja, es ist wirklich wunderschön hier, darüber besteht auch kein Zweifel, aber die von Bardelows haben auch einiges zu bieten.«

»Aha? Was denn zum Beispiel?« Sie wusste, dass die Nachbarn der Familie Cornelius an einem Erholungskonzept gearbeitet hatten unter dem Slogan »Wellness verpflichtet«, das hatte ihr Leni erzählt. Und natürlich baute die Familie von Bardelow nun ebenfalls eine Reithalle.

»Dort gibt es auch ein schönes Herrenhaus, nicht so groß wie das von Gut Schwansee, aber stattdessen von Adligen bewohnt, deren Geschichte bis ins Mittelalter hineinreicht.«

Sina spürte, wie sie langsam wütend wurde. »Das ist

trotzdem kein Grund, nicht zu seinem Wort zu stehen. Dein von Rathenau hat meiner Chefin fest zugesagt, dass die Veranstaltung hier auf Gut Schwansee stattfinden wird.«

Sie hielt einen Moment inne. »Dann ist da noch etwas, das du wissen solltest.« Sie erzählte ihm in Kurzform von der geplanten Vergiftung der Speisen, die Hendrik gerade noch rechtzeitig verhindert hatte.

Konrad ließ die Schultern sinken. »Das wusste ich nicht«, gestand er zerknirscht. »Also gut, ich werde mit Heinrich darüber reden, denn so etwas geht natürlich gar nicht. Vielleicht lässt er sich umstimmen, aber ich kann dir nichts versprechen.«

»Danke, das ist wirklich nett von dir.«

Sie nahm die Karaffe mit Rhabarberschorle und füllte die Gläser nach.

Konrad nippte an seinem Glas. »Mhm, schmeckt lecker. Hast du das Getränk selbst gemacht?«

»Ja, aber es ist nichts Besonderes. Selbst eingekochter Sirup, Mineralwasser und etwas Limette.«

Konrad leckte sich über die Lippe. »Oft ist das Einfache doch am besten, finde ich.«

»Zumindest beim Essen und Trinken«, pflichtete sie ihm bei.

Konrad fuhr sich mit der Hand über den Hinterkopf, und Sina musste innerlich grinsen. Ihr Ex-Verlobter hatte offensichtlich wirklich ein handfestes Problem damit, dass seine Haare an dieser Stelle langsam dünner wurden. Sie wechselten das Thema und redeten über gemeinsame Erlebnisse aus ihrer Kindheit und Jugend. Es war schon verrückt, wie viele Erinnerungen sie teilen konnten.

Nach einer Weile wurde Sina jedoch unruhig. Hendrik wollte später bei ihr vorbeikommen, und sie wollte vorher noch duschen und etwas für sie beide kochen. »Wie geht es Luisa?«, fragte sie deshalb, um wieder zur Gegenwart zurückzukehren.

»Sie ist gerade in Spanien bei ihren Verwandten.« Er nahm sein Handy in die Hand und warf einen Blick auf das Display. »Sie hat mir geschrieben«, sagte er, und plötzlich sah er gehetzt aus. »Du entschuldigst mich kurz?«

Sina nickte. »Kein Problem, ich habe auch noch was vor.«

Konrad stand auf, während er sich bereits das Telefon ans Ohr hielt. Dann drehte er sich noch einmal zu ihr um. »Ich melde mich!« Sie nahm die leeren Gläser in die Hand und nickte ihm zu, aber er war schon in das Gespräch mit seiner Zukünftigen vertieft und beachtete sie nicht mehr. Sina stellte die Gläser und die halb leere Karaffe aufs Tablett und balancierte alles zurück ins Hofcafé.

»Hey, du siehst aber gut gelaunt aus«, rief ihr Samuel entgegen, der gerade bei den letzten Gästen abkassierte.

»Bin ich auch. Ich mach schon einmal in der Küche klar Schiff!«

Er winkte ihr zu. »In Ordnung, ich helfe dir gleich.«

Sina stieß die Tür zur Küche mit dem Fuß auf, drehte das Radio lauter und stellte das Tablett ab. Gerade als sie sich daranmachte, die Spülmaschine einzuräumen, meldete ihr Handy eine eingegangene Nachricht. Hendrik! Sein Surfkurs, den er einer Gruppe von Urlaubern aus Hessen gab, zog sich in die Länge, deshalb würde er sich um eine Stunde verspäten.

Kein Problem, tippte sie als Antwort. Sie überlegte, was sie in dieser Zeit für ein Gericht zaubern konnte. *Hast du auf irgendetwas Bestimmtes Appetit?*

Sie wartete angespannt auf seine Antwort, die auch prompt kam: *Auf dich!*

Als Sina und Samuel alle Arbeiten erledigt hatten, verabschiedete sich ihr Kollege. »Wir sehen uns morgen!«

»Hast du noch etwas vor?«, fragte sie ihn, nachdem sie die Tür zum Hofcafé verschlossen hatte.

»Nein, ich will nur noch duschen, und dann lege ich mich aufs Sofa«, erwiderte er grinsend.

»Das hört sich nach einem verdammt guten Plan an.«

Sie trennten sich, denn Sina wollte noch rasch zur Koppel laufen, um Kilian zu besuchen. Sie hatte den Wallach in den vergangenen Tagen etwas vernachlässigt, aber sie nahm sich vor, das in der kommenden Woche zu ändern. Belustigt stellte sie fest, dass ihre Sorge unberechtigt war. Kilian hob den Kopf und kam angetrabt, als sie ihn rief, kehrte aber auf halber Strecke zu den anderen Pferden zurück. »Treulose Tomate«, murmelte sie ihm hinterher, aber das meinte sie natürlich scherzhaft. Sie war froh, dass er sich so gut eingelebt hatte. Hoffentlich würde Kurt Hausschild mit seinem Antrag nicht erfolgreich sein, dachte sie, verscheuchte den Gedanken dann aber schnell wieder. Heute wollte sie sich auf gar keinen Fall ihre gute Laune verderben lassen.

Sie schlenderte langsam zurück zu ihrer Wohnung und genoss die frische Luft. Es roch nach Heu, denn auf den benachbarten Feldern wurde jetzt bereits die Ernte eingefahren. Nathan hatte ihr erzählt, dass sie besonders gut ausgefallen war, die Familie Cornelius würde also nicht, wie im Jahr davor, Heu und Heulage zukaufen müssen.

Als sie die Tür zu ihrer Wohnung öffnete, strömte ihr der Duft von Zitronen entgegen. Sie hatte am Tag zuvor alle Räume gründlich geputzt, und es roch noch immer sehr angenehm nach dem Reiniger, den sie im Bioladen in Eckernförde gekauft hatte. Sie ging ins Schlafzimmer, zog sich aus und stellte sich unter die Dusche. Danach trocknete sie sich sorgfältig ab, schlüpfte in Shorts und in ein T-Shirt. Barfuß machte sie sich auf den Weg in die Küche, öffnete den Kühlschrank und inspizierte den Inhalt.

Schließlich entschied sie sich, einen Flammkuchen zu machen. Sie wählte ihre Lieblingsplaylist auf ihrem

Handy aus und freute sich wieder einmal über den tollen Klang des neuen Bluetooth-Lautsprechers, den sie auf dem Küchentisch abstellte.

Sie wog das Mehl ab, fügte eine Prise Meersalz und zwei Esslöffel Öl dazu und vermengte alles mit Wasser, bis ein geschmeidiger Teig entstanden war, den sie erst zu einer Kugel formte, dann ausrollte und auf ein Backblech legte. In Windeseile strich sie den mit italienischen Kräutern und frisch gemahlenem Pfeffer verfeinerten Schmand über den Teig und verteilte in Streifen geschnittene rote Zwiebel darauf. Eigentlich gehörte noch geräucherter Speck auf den Flammkuchen, aber sie bevorzugte die vegetarische Variante. Sie rieb sich die Hände: fertig und ab in den Ofen! In diesem Moment klingelte es auch schon an der Tür.

»Endlich!« Hendrik stürmte ihr entgegen, riss sie in seine Arme und wirbelte sie im Flur herum. Als sie sein erfreutes Gesicht sah, spürte sie ein Flattern in der Brust.

»Hey, lass mich runter«, rief sie lachend.

Er setzte sie tatsächlich ab, und Sina zog ihn hinter sich her in die Küche. Diesen Abend würde sie einfach nur genießen und für ein paar Stunden alles andere vergessen.

»Das schmeckt fantastisch«, lobte Hendrik das Essen und schloss genießerisch die Augen. Sina lächelte. Sie saßen an dem kleinen Tisch in der Küche, das Licht der Kerzen verbreitete ein warmes Licht, und aus dem Lautsprecher drang leise Chill-out-Musik.

Sina räumte die leeren Teller zusammen.

»Möchtest du noch einen Nachtisch?«

Ihre Blicke verfingen sich, und die Luft zwischen ihnen schien zu knistern.

»Was hast du denn anzubieten?«, fragte er und verschränkte zwinkernd die Arme hinter dem Kopf. Sie betrachtete seine muskulösen Oberarme, dann die breite Brust, die sich unter seinem Atem hob und senkte. Sie ging auf ihn zu, die Lippen leicht geöffnet, und setzte sich auf seinen Schoß. Er stöhnte auf, als sie ihr Becken nach vorne schob, blieb aber ansonsten unbeweglich.

Der Rhythmus der Musik verstärkte sich, und Sina beugte sich nach vorn, presste die flache Hand gegen seinen Oberkörper und fühlte die Härte der Muskeln unter ihrer Haut. Als sie den Kopf hob, loderten seine Augen, und er umfasste mit beiden Händen ihr Gesicht. Seine Zunge drängte sich in ihren Mund, seufzend kam sie ihm entgegen, erwiderte seinen Kuss und schob sich noch näher an ihn heran, als wolle sie mit ihm verschmelzen. Vorsichtig schob er das T-Shirt hoch, umkreiste mit dem Finger ihren Bauchnabel und ließ seine Hände langsam weiter nach oben wandern. Als er dann aber plötzlich ihren Po umfasste und mit ihr aufstand, schnappte Sina nach Luft.

Sie klammerte sich mit den Beinen um seine Hüfte,

während er sie aus der Küchentür in den Flur trug, dort kurz absetzte und sie mit seinem Körper an die Wand drückte. Hendrik stützte sich rechts und links ab, sodass sie zwischen seinen Armen gefangen war. Sein heißer Atem brannte auf ihrer Haut, als er endlich das T-Shirt über den Kopf zog, sich nach unten beugte und ihre Haut mit Küssen bedeckte. Er öffnete den Verschluss des BHs, und sie streifte ungeduldig die Träger von der Schulter. Hendrik lächelte vielsagend, ließ einen Moment von ihr ab und zog sie weiter ins Schlafzimmer. Schnell halfen sie sich gegenseitig aus den Kleidern, bis er endlich nackt über ihr war. Zärtlich umfasste Hendrik ihre Wangen, und als er in sie eindrang, explodierte ein Feuerwerk in ihrem Körper.

Später lagen sie eng umschlungen nebeneinander und Sina spürte immer noch ihren Höhepunkt in jeder Zelle ihres Körpers. Sie wollte den Gedanken nicht zulassen, aber insgeheim hoffte sie in diesem Moment mehr als je zuvor, dass Hendrik ein Leben lang bei ihr bleiben würde.

28

Kilian schnaubte leise, als Sina ihn hinter dem Ohr kraulte. Sie hatte den Wallach bereits am frühen Morgen von der Koppel geholt, geputzt und dann in den Stall gebracht. Nun knabberte er zufrieden an seinem Heu. Hendrik würde gleich mit dem VW-Bus und Nathans Anhänger vorfahren. Sie hatten gestern einen wunderschönen Abend miteinander verbracht, gegessen, gelacht und Hendriks anstehende Abreise einfach ausgeblendet. Beseelt war sie später in seinen Armen eingeschlafen, und er hatte sie im Morgengrauen mit einem zärtlichen Kuss geweckt und war dann zur Surfschule aufgebrochen, nachdem er ihr einen gemeinsamen Ausritt mit Kilian am Strand versprochen hatte.

Seufzend verließ sie die Box und holte die Trense von Kilian, die sie vor einigen Tagen gekauft hatte, aus der Sattelkammer. Als sie das unverkennbare Rattern hörte, ging sie nach draußen. Hendrik kam ihr entgegen, und sie umarmten sich. Er schob sie ein Stück von sich weg, und Sina ließ ihren Blick über seine Gesichtszüge gleiten, die sie sich am liebsten für den Rest ihres

Lebens einprägen wollte. Seine Augen, die heute türkisfarben leuchteten, ruhten auf ihr. Die Erinnerung daran, wie er sie gestern Nacht verwöhnt hatte, verursachte ein Prickeln auf ihrem ganzen Körper. Warum war es nicht möglich, die Zeit anzuhalten?, dachte sie, als er sich von ihr löste, um die Rampe des Anhängers herunterzulassen.

Sina ging zurück in den Stall, legte Kilian das Halfter an und führte ihn nach draußen. Der Wallach spitzte die Ohren und blähte die Nüstern, als sie ihn über den Hof führte. Hendrik, der heute eine lange Jeans und halbhohe Stiefel trug, nahm ihr das Pony ab. »Geh du nach oben und binde ihn an. Ich führe ihn hoch zu dir, okay?«

Sie nickte, froh darüber, dass er offensichtlich wusste, was zu tun war. Sie öffnete die Seitentür des Hängers, kletterte hinein und beobachtete, wie Hendrik und Kilian auf den Anhänger zugingen. Das Pony stieg ohne Zögern die Rampe hinauf, und Sina steckte das Ende des Stricks durch die Halterung.

Als Kilian das Netz mit Heu entdeckte, gab er ein grummelndes Geräusch von sich und zupfte gleich ein paar Halme heraus. Sina strich ihm noch einmal über die Nüstern, dann verließ sie den Anhänger und schloss die Tür. Hendrik und sie hoben gemeinsam die Rampe an und verriegelten sie sorgfältig.

Sie fuhren runter zum Campingplatz, und Hendrik parkte den VW-Bus neben dem Airstream-Wohnwagen. Dann luden sie Kilian ab, und Sina legte ihm die Trense an. Es war spätsommerlich warm, und von der Ostsee wehte ihnen eine frische Brise entgegen, als sie das Pony über die Dünen an den Strand führten. Kilian hob den Kopf und stemmte die Vorderhufe in den Sand. Hendrik, der den Strick fest in der Hand hielt, klopfte dem Pony beruhigend auf den Hals. »Alles gut, dir passiert nichts.«

Ein junges Pärchen mit einem Jack-Russel-Welpen kam ihnen entgegen. Hendrik hob die Hand und grüßte die beiden. »Moin.«

Die beiden winkten zurück und verschwanden dann mit ihrem Hund hinter den Dünen. Nun war kein Mensch mehr zu sehen. Die Saison ging langsam dem Ende zu. Eigentlich durfte man noch nicht am Strand reiten, aber Hendrik hatte Sina versichert, dass es ausnahmsweise kein Problem sein dürfte.

Als sie das Meer erreichten, schlug er vor, sich gemeinsam auf Kilian zu setzen. Sina zögerte einen Moment. Sie hatte den Wallach bereits ein paarmal ohne Sattel geritten, und das hatte ohne Probleme geklappt.

»Kann er uns denn beide tragen?«

Hendrik lachte. »Aber klar, er ist doch sehr kräftig und auch groß genug.«

Ehe sich Sina versah, hatte Hendrik den Zügel über Kilians Kopf gezogen und sich mit einem Griff in die dicke Mähne des Ponys auf dessen Rücken gezogen.

Kilian drehte seinen Kopf nach hinten und schnaubte leise. »Siehst du, er freut sich.«

Sinas Herz schlug wie wild in ihrer Brust, als Hendrik ihr die Hand reichte und sie hinter sich nach oben zog.

»Du musst schon näher an mich heranrücken!« Er drehte sich zu ihr um. »Komm schon, es wird dir gefallen.«

»Okay …« Sina schob ihr Becken weiter nach vorn, umfasste von hinten seine Hüfte und schmiegte sich fest an ihn. Seine Locken, die der Wind durcheinanderwirbelte, kitzelten ihre Nase.

Hendrik lenkte das Pony am Spülsaum entlang, der nasse Sand knirschte unter den Hufen. Er nahm die Zügel in eine Hand und deutete auf die Wellen, deren Schaumkronen in der Sonne glitzerten.

»Dort hinten ist eine Sandbank, da reiten wir hin.«

Ehe Sina irgendetwas antworten konnte, hatte Hendrik Kilian bereits ins Wasser gelenkt, woraufhin der Wallach stehen blieb. Sina spürte, dass er seine Muskeln anspannte, aber als Hendrik ihn sanft vorwärtstrieb, hob er plötzlich einen Vorderhuf, sprang mit einem Satz nach vorne und landete mit einem lauten »Platsch« im Wasser. Sina lachte auf und wurde noch ein Stück weiter nach vorne geworfen. Nun passte wirklich kein Blatt mehr zwischen sie und Hendrik. Sie lehnte ihre Wange an seine Schulter, bis sie die Sandbank erreichten. Zwei Möwen umkreisten sie kreischend, bevor die nächste Böe sie wieder weiter aufs Meer hinaustrieb. Die Ostsee war jetzt ruhig, und als Hendrik Kilian mit den Fersen stupste, trabte er mit hocherhobenem Kopf los. Das Wasser spritzte an beiden Seiten zu ihnen hoch, und Sina schmeckte Salz auf ihren Lippen. Sie löste die Arme von Hendriks Hüfte und breitete sie wie Flügel aus. Dann legte sie den Kopf in den Nacken und spürte die Sonnenstrahlen auf der Haut. Plötzlich erfasste sie eine Welle von Zuversicht. Auf schlechte Zeiten folgten immer wieder schöne Momente, das wurde ihr auf einmal ganz deutlich bewusst. Auch wenn Hendrik bald verreisen würde, blieben die gemeinsamen Erlebnisse weiter in ihrem Herzen, und Sina wusste, dass sie besonders diesen Morgen mit Hendrik niemals vergessen würde. Trotzdem tat die Vorstellung unglaublich weh, ihn bald loslassen zu müssen.

Es war bereits Mittag, als Sina und Hendrik die Toreinfahrt von Gut Schwansee passierten. Auf dem Rückweg hatten sie geschwiegen und ihren eigenen Gedanken nachgehangen. Sie luden Kilian gemeinsam ab, und während Sina das Pony zurück in den Stall brachte, reinigte Hendrik mit einem Besen den Anhänger.

Kurz danach standen sie sich gegenüber, und plötzlich war die Unbeschwertheit zwischen ihnen verflogen. Hendrik trat von einem Fuß auf den anderen, dann umschloss er ihre Hände.

»Sina…«, begann er, aber Sina umschlang seinen Hals und küsste ihn.

»Du brauchst nichts zu sagen«, flüsterte sie ihm ins Ohr. »In drei Tagen geht es los, oder?«

»Ja, genau.«

Sina spürte, wie er innerlich mit sich rang. »Es ist ja nur ein Jahr«, sagte sie, obwohl ihr Herz innerlich protestierte. Sie strich ihm eine Locke aus der Stirn. »Wir können uns doch immer schreiben?«

Hendrik grinste schief, umfasste ihre Hüfte und hob sie hoch. »Womit habe ich eigentlich eine Frau wie dich verdient?«

Als er sie wieder auf den Boden abgesetzt hatte, spürte Sina ein schmerzhaftes Ziehen in der Kehle. Sie wollte auf keinen Fall in seiner Gegenwart weinen. »Ich bringe dann mal Kilian zurück zur Koppel.«

Hendrik nickte und wandte sich zum Gehen, drehte sich dann aber noch einmal zu ihr um. »Am Abend vor meinem Abflug findet eine kleine Abschiedsfeier im Gewölbekeller statt. Leni und Nathan haben das organisiert. Du kommst doch, oder?«

Sina zwang sich zu einem Lächeln. »Natürlich, das wird bestimmt schön.«

Als Sina zehn Minuten später Kilian zur Koppel führte, ließ sie ihren Tränen freien Lauf. Das Pony trottete mit hängenden Ohren neben ihr her, als würde es mit ihr mitfühlen. Sie öffnete das Gatter und zog ihm das

Halfter ab. Sina freute sich darüber, dass er nicht sofort weglief, sondern abwartend vor ihr stehen blieb.

»Nun lauf schon!«, forderte sie ihn halbherzig auf, aber er rührte sich nicht. Langsam ging sie auf ihn zu und drückte ihre Nase in seine Mähne. »Nur du verstehst mich«, flüsterte sie. Ein Spruch, den sie vor einiger Zeit gelesen hatte, kam ihr in den Sinn:

Was du liebst, lass frei. Kommt es zurück, gehört es dir – für immer. Soweit sie sich erinnern konnte, stammte dieser Satz von Konfuzius.

Schöne Worte, dachte sie, aber weiterhelfen können sie auch nicht. Sie schniefte und rieb sich mit dem Handrücken über die Nase. Kilian wackelte mit den Ohren und atmete geräuschvoll aus. Sina lachte auf. »Okay, ein wenig trösten können sie schon.«

Auf dem Weg zurück zum Gut fühlte sich Sina bereits etwas besser. Sie beschloss, Hendrik weiterhin den Abschied von Gut Schwansee und ihr nicht zu erschweren. Mittlerweile hatte sie doch auch gute Erfahrungen mit dem Loslassen gemacht – zum Beispiel mit Konrad. Dabei fiel ihr ein, dass sie unbedingt noch einmal nachhaken musste, ob er in der Zwischenzeit mit Heinrich Graf von Rathenau gesprochen hatte.

Sina erreichte den Innenhof und kehrte zur Box von Kilian zurück. Sie verriegelte die Tür, nahm den Besen in die Hand und fegte die Stallgasse. Als sie fertig war, stand plötzlich Anja vor ihr. Das besorgte Gesicht der Tierärztin ließ ihren Puls in die Höhe schießen.

»Ist etwas passiert?«

»Dem Antrag von Kurt Hausschild ist stattgegeben worden«, erwiderte Anja und legte Sina mitfühlend die Hand auf die Schulter. »Kilian wird in zwei Stunden abgeholt.«

Sina presste das Gesicht ins Kissen und weinte bitterlich. Das alles war einfach nicht fair! Zum Teufel mit dem Loslassen! Sie schluchzte laut, dann drehte sie sich auf den Rücken und starrte an die Decke. Die Erinnerungen an ihre Erlebnisse mit Kilian spulten sich wie ein Kurzfilm in ihrem Kopf ab: ihre erste Begegnung auf dem Hof von Kurt Hausschild, seine Ankunft auf Gut Schwansee, die vielen Stunden, die sie mit ihm verbracht hatte, um sein Vertrauen zu gewinnen, und schließlich der heutige Ausritt am Strand. Sina war nicht in der Lage gewesen, auf die Ankunft des Besitzers zu warten, und deshalb hatte sich Anja bereit erklärt, alles zu regeln, denn sie wollte Kilian so, wie sie ihn noch vor wenigen Stunden erlebt hatte, in Erinnerung behalten. Sina fiel in einen unruhigen Schlaf, und als sie erwachte, fühlte sie ein schmerzhaftes Drücken in der Magengegend. Sofort wurde ihr wieder bewusst, warum sie sich so elend fühlte. Sie sprang aus dem Bett und stellte fest, dass sie noch komplett angezogen war. Ein Blick auf den Wecker, der auf dem Nachttischchen neben ihrem Bett stand, verriet, dass es bereits drei Uhr morgens war, Kilian war mittlerweile längst bei seinem Besitzer.

Ein Gefühl der Unruhe breitete sich in ihrem Körper aus. Sie musste sich unbedingt überzeugen, ob sie das alles nicht nur geträumt hatte. Sie holte sich einen Pulli aus dem Schrank, nahm ihre Taschenlampe und verließ die Wohnung. Als sie draußen stand, atmete sie erst einmal tief durch. Die frische Luft tat ihr gut. Dann machte sie sich auf den Weg zum Stall. Die Box von Kilian war leer, jemand hatte sie sogar bereits komplett ausgemistet. Wahrscheinlich hatte Paul das gleich erledigt. Sie seufzte und machte sich auf den Weg zur Koppel. Die Nacht war sternenklar, und der Mond leuchtete vom dunkelblauen Himmel. Trotzdem knipste Sina die Taschenlampe an, denn es war etwas unheimlich. Kein Laut war zu hören, nur das leise Rascheln des Laubes im Wind. Sie erreichte die Koppel und sah die Herde schemenhaft ein paar Meter vom Gatter entfernt grasen. Langsam ging sie auf die Pferde zu, die auch stehen blieben und neugierig die Köpfe hoben. Enttäuscht ließ Sina die Taschenlampe sinken. Auch hier keine Spur von Kilian. Es war kein böser Traum, er war tatsächlich abgeholt worden.

Wenige Stunden später stand Sina pünktlich in der Küche des Hofcafés und schnitt den Hefezopf, den sie frisch gebacken hatte, in Scheiben. Samuel baute im Gastraum das Büfett auf. Nachdem sie von der Koppel zurückgekehrt war, hatte sie sich noch einmal hingelegt, aber kein Auge zugetan. Immer wieder hatten sich ihre Gedanken um Hendrik, Kilian und Konrad gedreht, und als sie endlich kurz davor gewesen war einzuschlafen, hatte ihr Wecker geklingelt.

Sina arbeitete weiter mit Blick auf die Uhr, denn sobald die Frühstücksschicht beendet war, musste sie das Essen für den Mittagstisch vorbereiten. Sie nahm einen Hokkaidokürbis in die Hand, legte ihn auf das Brett und ließ das Messer mehrmals runtersausen, bis er in zwei Hälften auseinanderfiel. Diese schnitt sie in kleine Stücke und dünstete sie zusammen mit Zwiebeln und Knoblauch in einem Topf an. Der würzige Duft, der sich daraufhin in der Küche verbreitete, beruhigte sie. Sobald die Gemüsestückchen weich waren, füllte sie den Topf mit ihrer selbst gemachten Gemüsebrühe auf. Während die Kürbissuppe vor sich hin blubberte, bereitete sie aus Butter, einer Prise Salz, Wasser und Mehl einen Quicheteig zu, den sie zum Ruhen in Klarsichtfolie wickelte und dann in den Kühlschrank steckte. Sie nahm zwei Stangen Porree, wusch sie unter fließendem Wasser, entfernte das dunkle Grün und die Wurzeln. Dann schnitt sie den hellen Rest in schmale Streifen und dünstete das Gemüse in Butter an. Während die Masse abkühlte, vermengte sie Eier und geriebenen Käse und würzte alles mit frisch gemahlenem Pfeffer und Meersalz. Als sie damit fertig war, wischte sie sich die Hände an der Schürze ab und ging nach draußen, um die Tafel vor dem Hofcafé zu beschriften:

Mittagstisch
Vorspeise: Kürbissuppe mit Sahnehaube
Hauptgericht: Porree-Quiche (vegetarisch)
Nachtisch: Selbst gemachtes Vanilleeis mit Schokosoße

»Da hast du aber wieder etwas Leckeres gezaubert«, hörte sie Samuel sagen. Er schleppte gerade die leeren Getränkekästen nach draußen. »Wenn du willst, kannst du jetzt Pause machen, bis zum Mittagessen wird nicht viel los sein.«

Sina winkte ihm zu. »Das ist nett von dir, dann bis nachher!«

Auf dem Weg zu ihrer Wohnung bemerkte Sina, wie müde sie eigentlich war. Trotzdem war sie innerlich aufgewühlt, da sie immer wieder an Kilian und auch an Hendriks bevorstehende Abreise denken musste. Er hatte ihr heute Morgen bereits geschrieben und gefragt, ob sie ihn nach der Arbeit nicht im Wohnwagen besuchen wolle. Sie war kurz davor gewesen, ihm zu antworten, hatte es dann aber gelassen. Ihre Gedanken waren zu sehr mit Kilian beschäftigt. Es durfte einfach nicht sein.

Zu Hause hängte sie die Kochjacke an den Haken neben dem Eingang, ging in die Küche, nahm eine Flasche Mineralwasser aus dem Kühlschrank und schenkte sich ein Glas ein. Sie stellte sich ans Fenster, trank in kleinen Schlucken und ließ ihren Blick über den Innenhof gleiten. Paul führte gerade Moonlight, Nathans Hengst, über den Hof, und auf der runden weiß eingezäunten Koppel graste eine Stute mit ihrem Fohlen. Plötzlich hatte sie eine Idee. Sie würde Kurt Hausschild fragen, ob sie ihm Kilian abkaufen könne! Sie hatte Geld gespart, und ihre Eltern würden ihr im Zweifel etwas leihen, da war sie sich sicher. Schnell holte sie den Laptop aus dem Schlafzimmer und rief den Browser auf. Sie tippte *Connemara kaufen* ins Suchfeld, scrollte sich durch die Suchergebnisse und stellte fest, dass sie wahrscheinlich mit einem Preis um die fünftausend Euro rechnen musste. Das war eine Menge Geld, aber egal: Einen Versuch war es unbedingt wert.

Als sie die Grenze zum Land der von Bardelows überquerten, beschlich Hendrik ein mulmiges Gefühl. Nathan, der den Jeep lenkte, hatte die Idee gehabt, ihren Nachbarn wegen des Reitsportevents im kommenden Jahr zur Rede zu stellen. Sie fuhren über einen mit Natursteinen gepflasterten Wirtschaftsweg, der durch ein Wäldchen und dann fast bis zur Ostsee führte. Rechts und links ragten hohe Laubbäume in den Himmel, und dahinter breiteten sich die Felder und Weiden aus, denn die Familie betrieb ebenfalls Ackerbau. Als sie eine Kurve erreicht hatten, parkte

Nathan quer über der Fahrbahn. Sie wussten, dass Hektor um diese Zeit hier entlangfahren würde, denn er pflegte auf die Minute genau seine täglichen Routinen. Dazu gehörte auch, dass er die Windkraftanlage inspizierte und kontrollierte, die er und Bernhard zusammen finanziert hatten. Leider hatte sich das Verhältnis der beiden Familien trotz dieser gemeinsamen Investition nicht wirklich verbessert. Ansonsten hätte Hektor wohl kaum Samuel für seinen perfiden Plan eingespannt. Die Brüder stiegen aus, ließen die Türen hinter sich zufallen und lehnten sich mit vor der Brust verschränkten Armen an das Auto.

Es dauerte nicht lange, da kam Hektor auch schon in seinem nagelneuen SUV angefahren. Hendrik sah seinen erstaunten Blick, als er auf die Bremse trat. Er machte eine wedelnde Handbewegung, aber Nathan und Hendrik rührten sich nicht vom Fleck. Ihr Nachbar kurbelte daraufhin das Fenster runter und steckte den Kopf heraus.

»Was soll das?«, blaffte er und hob die Faust. »Geht mir aus dem Weg!«

Die Brüder tauschten einen kurzen Blick, marschierten wie auf Kommando auf ihren alten Widersacher zu, und dann ging alles blitzschnell. Hendrik riss die Wagentür auf, Nathan packte Hektor am Hemdkragen und zog ihn hinaus.

»Brechmittel«, zischte ihm Nathan ins Ohr, »fällt dir dazu etwas ein?«

Mit Genugtuung stellte Hendrik fest, dass ihr Nachbar errötete, aber mit einem energischen Ruck riss er sich los. »Ich weiß überhaupt nicht, wovon ihr sprecht.«

»Davon, dass du unseren Koch bestochen hast, damit er das Zeug ins Essen für die Reitsportdelegation mischt.«

Hektor zuckte mit den Schultern, aber sein unsicherer Blick verriet ihn. »Habe ich das?«

Hendrik bemerkte, dass Nathan die Faust ballte. Normalerweise war sein Bruder die Ruhe in Person, aber wenn die von Bardelows im Spiel waren, gingen immer wieder die Pferde mit ihm durch. Hendrik wollte ihn am Arm packen, aber da hatte sein Bruder Hektor schon in den Schwitzkasten genommen.

Graf von Bardelows Gesicht verfärbte sich dunkelrot. »Das wirst du bereuen, ich zeige dich an!«

Nathan lockerte den Griff, und Hektor schnappte nach Luft. »Sei froh, wenn wir dich nicht gleich mit zum Polizeirevier nehmen. Lass dir das hier eine Warnung sein.«

Er ließ den Grafen los, der daraufhin eiligst in sein Auto stieg. »Wir haben gehört, dass du auch eine Reithalle planst?«, rief er ihm nach. »An deiner Stelle würde ich mir das noch mal überlegen.«

»Das geht euch gar nichts an!«, schrie Hektor aus dem Fenster, dann kurbelte er es hoch und trat aufs Gaspedal.

Nathan nickte seinem Bruder zu. »Gut gemacht. Der wird jetzt hoffentlich erst einmal die Füße still halten.«

29

Sina war mit ihrem Auto auf dem Weg zum Hof von Kurt Hausschild. Es nieselte, und sie schaltete den Scheibenwischer ein, der sich quietschend über die Windschutzscheibe hin- und herbewegte. Rechts und links sah sie Felder, die bereits abgeerntet waren, aber auf einigen stand der Weizen noch. Schon bald war der Sommer vorüber, und dann würde überall nur noch die gepflügte Erde zu sehen sein. Für Sina war das kein Problem. Sie liebte jede Jahreszeit. Als Landkind war sie daran gewöhnt, das Wetter so anzunehmen, wie es nun einmal war – man konnte es sowieso nicht ändern. Sina konzentrierte sich aufs Fahren, denn um diese Zeit überquerten oft Rehe und besonders Junghirsche unerwartet die Straße, und sie wollte jetzt wirklich nicht noch im Graben landen.

Sie sandte ein Stoßgebet zum Himmel mit der Bitte, dass Kurt Hausschild bereit wäre, ihr Kilian zu verkaufen. Im Nachhinein ärgerte sie sich darüber, dass sie nicht schon früher auf die Idee gekommen war, ihn zu fragen. Nach einigen Kilometern bog sie – wie vor ein paar Wochen mit Anja – auf den schmalen Wirtschaftsweg ab, der nur Platz für ein Fahrzeug bot.

Als sie endlich den Dreiseitenhof erreichte, war sie nervös, denn sie zweifelte auf einmal daran, ob es eine gute Idee war, allein hierherzukommen. Vielleicht wäre es besser gewesen, jemanden mitzunehmen, der sich in der Pferdeszene besser auskannte – Nathan zum Beispiel.

Der Hof lag menschenleer vor ihr, nur eine graue magere Katze schlich an dem Eingang des Wohnhauses zum Stall vorbei. Sie parkte, stieg aus, ließ die Tür des Autos hinter sich zufallen und drückte auf die Klingel. Nichts passierte.

Ein ungutes Gefühl beschlich sie, so als ob sie beobachtet werden würde. Abrupt drehte sie sich um, aber niemand war zu sehen. Die Gardinen hinter den Fenstern waren zugezogen, und alles war gespenstisch still. Wirklich unheimlich, dachte sie und klingelte ein weiteres Mal. Als noch immer niemand an die Tür kam, ging sie weiter zum Stall. Die Tür war offen, und als sie eintrat, nahm ihr der Ammoniakgestank in der Luft den Atem. Eigentlich hatte sie erwartet, dass die Zustände sich deutlich verbessert hätten, aber dem war nicht so. Es war dunkel und das Herz schlug ihr bis zum Hals.

»Kilian?«, rief sie leise und blickte in die erste Box, in der zwei kleine Esel standen. »Kilian?«

Sie hörte ein Wiehern aus der hintersten Ecke, und ihr Herz macht vor Freude einen Sprung. Sina rannte zur Box und sah, wie das Pony seinen Kopf aus der kleinen Luke streckte.

»Kilian, mein Kilian«, murmelte sie und drückte ihr Gesicht gegen seine weiche Nase. »Da bist du ja.«

Sie kraulte ihn auf der Stirn, und er revanchierte sich mit einem grummelnden Geräusch.

Plötzlich spürte sie eine Bewegung hinter sich. Der Wallach legte die Ohren an, und das Weiße in seinen Augen trat hervor.

Sie drehte sich um und sah eine schemenhafte Gestalt, die etwas Längliches in der Hand hielt. Sina schrie auf, aber es war zu spät. Zischend sauste das Teil durch die Luft und erwischte sie am Kopf. Sie spürte einen stechenden Schmerz und fiel zu Boden. Dann war alles dunkel.

Hendrik fragte sich, warum Sina immer noch nicht auf seine Nachricht geantwortet hatte. Er hoffte inständig, dass er mit ihr noch ein paar schöne Stunden verbringen konnte. Morgen war bereits das Fest im Gewölbekeller, und am Tag darauf würde er sich von ihr verabschieden müssen. Nathan und er waren gerade nach ihrer geglückten Mission zum Gut zurückgekehrt. Er ging rüber zum Hofcafé, denn dort hatte er Samuel entdeckt, der dabei war, das Geschirr von einem Tisch abzuräumen.

»Hast du Sina zufällig gesehen?«

Der Koch zuckte mit den Schultern. »Nein, ich wundere mich auch, dass sie noch nicht gekommen ist. Hast du es auf ihrem Handy versucht?«

»Na klar, aber sie antwortet nicht.« Hendrik senkte den Blick. »Langsam fange ich echt an, mir Sorgen zu machen.«

Samuel nickte. »Das kann ich verstehen. Vielleicht weiß Leni, wo sie ist.«

»Gute Idee, ich frage sie gleich.«

Hendrik rief Leni an, die sich gerade mit Nathan auf den Weg zum Einkaufen gemacht hatte. Leider hatte sie ebenfalls nichts von Sina gehört. Er raufte sich die Haare. Vielleicht war sie bei Kilian? Doch als er in den Stall ging, um nachzusehen, war der Wallach nicht in seiner Box. Auf dem Weg nach draußen kam ihm Paul mit einer Schubkarre entgegen. »Ist Kilian auf der Koppel?«

Paul blieb stehen und setzte sein Arbeitsgerät ab. »Ne, der ist doch seit gestern wieder bei seinem Besitzer, diesem …« Er zog ein Päckchen Zigaretten aus der Tasche seiner grauen Arbeitshose. »Bei Kurt Hausschild?«, fragte Hendrik ungeduldig.

»Ja, genau!«

In Hendriks Kopf setzten sich in Windeseile die Puzzleteile zusammen. Sina liebte Tiere über alles. Er wusste, wie sehr sie der Tod ihrer Katze Snow mitgenommen hatte, und sie hatte sich liebevoll um Kilian gekümmert, obwohl er nicht ihr Pony war. Bestimmt war sie zu dem Hof des Besitzers gefahren, um ihren Schützling zu besuchen und sich zu vergewissern, dass es ihm gut ging. Dieser Gedanke bereitete ihm aber große Sorge, denn der Besitzer war für seinen Jähzorn bekannt.

Sina schlug die Augen auf. Es war stockdunkel und roch nach feuchter Erde. Ihr Herzschlag beschleunigte sich. Sie stützte sich mit den Händen ab, drückte den Oberkörper nach oben und streckte das rechte Bein nach vorn. Ein stechender Schmerz ließ sie zusammenzucken. »Aua!« Ihr Fuß tat höllisch weh, und ihr Kopf dröhnte, aber ansonsten war sie anscheinend unverletzt. Sie tastete mit den Händen links und rechts den Boden ab, der sich hart und lehmig anfühlte. Sina fragte sich, wo sie gelandet war. Langsam kehrte ihre Erinnerung zurück. Auf der Suche nach Kilian war sie in den Stall gegangen, als plötzlich jemand hinter ihr gestanden hatte. Das musste Kurt Hausschild gewesen sein, der mit einem Stock oder irgendetwas Ähnlichem auf sie eingeschlagen hatte. Sina stemmte sich mithilfe ihrer Hände nach oben und atmete tief ein und aus. Noch immer konnte sie nichts erkennen, nirgends war ein Fenster oder eine Ritze, durch die etwas Licht eindringen konnte.

»Hallo, ist da jemand? Hallooooo?«

Ihre Worte hallten ängstlich durch den Raum. Sie tastete nach ihrem Handy in der Gesäßtasche der Jeans. Wenigstens etwas Licht, dachte sie voller Zuversicht, aber als sie darauftippte, passierte gar nichts. »Verdammt!«

Sina ließ sich zurück auf den Boden fallen. Sie musste ihre Kräfte schonen. Nun konnte sie wirklich sehr gut nachempfinden, was Hendrik als Kind in dem Eiskeller empfunden haben musste. Kein Wunder, dass er es in engen Räumen nicht aushielt. Sie hoffte inständig, dass irgendjemand nach ihr suchen würde. Wer wusste schon, wozu Kurt Hausschild noch fähig war? Wie lange wollte er sie gefangen halten?

Als Hendrik den Hof erreichte und Sinas Auto dort stehen sah, atmete er erleichtert auf. Er rief mehrmals ihren Namen, aber niemand antwortete. Hendrik klingelte an der Haustür, rüttelte daran, aber nichts regte sich. Hoffentlich war Sina nichts passiert. Nach dem, was er von diesem Hausschild gehört hatte, neigte er zu aggressivem Verhalten, das hatte ihm jedenfalls Anja erzählt. Was hatte sich Sina nur dabei gedacht, alleine hierherzufahren? Sie hätte ihn doch bitten können, sie zu begleiten.

Er drehte sich um und bemerkte eine Siloplane, die der Wind über den Innenhof trieb. Die Gebäude rechts und links vom Wohnhaus wirkten trostlos und verlassen. Auf den angrenzenden mit Elektrolitzen auf wackeligen Kunststoffpfählen eingezäunten Feldern waren keine Tiere zu sehen. Hendrik betrat den Stall, und als sich seine Augen an die Dunkelheit gewöhnt hatten, rief er Sinas Namen. Keine Antwort. Er lugte in die Boxen und sah dort zwei Esel und einige Ponys, die zwar nicht wohlgenährt aussahen, aber immerhin in sauberem Stroh standen und Heu fraßen. Hendrik ging langsam weiter, und am Ende der Stallgasse entdeckte er schließlich Kilian. Mit einem Lächeln im Gesicht klopfte er dem Wallach auf den Hals, und das Pony blickte ihn aus seinen dunklen schönen Augen an.

»Sina?«

Seine Stimme hallte dumpf von den Wänden. Immer noch war alles still, aber dann bemerkte er ein Geräusch, das sich wie ein Klopfen auf Holz anhörte.

Hendrik wandte sich nach links und sah eine Einbuchtung in der Mauer, ein kleiner Raum, in dem früher vielleicht einmal ein Futterwagen oder auch Mistkarren abgestellt worden waren, mutmaßte er.

Das Klopfen war lauter geworden, aber er war sich nicht sicher, aus welcher Richtung es kam. Hendrik hielt sich die gewölbte rechte Hand vor das Ohr. Erstaunt blickte er schließlich nach unten und bemerkte im Halbdunklen eine Falltür, an der ein schwerer Eisenring befestigt war. Das Klopfen wurde lauter, und erneut schrie er Sinas Namen.

Er umfasste den Ring, der sich in seiner Hand eiskalt anfühlte, und zog daran. Das Holz knarrte, aber nichts bewegte sich. Hendrik spannte verzweifelt seine Muskeln an, zog weiter, bis seine Oberarme schmerzten, und endlich gab die Falltür nach und sprang nach oben auf.

Vor ihm gähnte ein schwarzes Loch – nichts als Kälte und Dunkelheit. Sein Puls raste, und die Erinnerung an den Eiskeller war auf einmal so gegenwärtig, als sei er wieder fünf Jahre alt.

»Hendrik!« Sinas Stimme, die sich schwach und verschwommen anhörte, drang in seine Ohren und katapultierte ihn zurück in die Gegenwart. Er musste sich jetzt zusammenreißen. »Sina, ich bin da!«

Hendrik aktivierte die Taschenlampe seines Handys und leuchtete in das Loch. Erst sah er nur den Lehmboden, dann ein paar leere Jutesäcke und kahle, fleckige Wände.

»Ich bin hier …« Sinas Stimme klang kläglich, hoffentlich war ihr nichts Schlimmes passiert.

Hendrik richtete das Handy auf die Ecke, aus der Sinas Stimme hallte. Der Lichtstrahl erhellte ihr Gesicht, und vor Erleichterung rief Hendrik noch einmal ihren Namen.

»Bist du verletzt?«

Sie fasste sich an den Kopf. »Ich glaube schon«, murmelte sie und versuchte aufzustehen, aber als sie ihren rechten Fuß auf den Boden abstützte, verzog sie vor Schmerz das Gesicht. »Autsch!«

Hendrik schob alle Ängste und die Panik, die von ihm Besitz ergriffen hatte, beiseite. »Warte, ich komme.«

Vorsichtig, das Handy vor sich her haltend, stieg er die Treppe hinunter. Noch immer saß ihm die Angst im Nacken, aber die Sorge um Sina war stärker.

Endlich war er bei ihr.

»Hendrik!«, schluchzte sie auf und schlang die Arme um seinen Hals.

Er hob sie hoch und trug sie nach oben in die Stallgasse, dann setzte er sie vorsichtig ab.

Sina blickte sich ängstlich um. »Ist er noch hier?«

»Ich glaube nicht, zumindest habe ich ihn nicht gesehen.«

Sina fasste sich an den Hinterkopf. »Ich kann nicht glauben, dass er mich niedergeschlagen hat.«

Als sie die Hand wieder löste, hob Hendrik erschrocken die Augenbrauen. »Du blutest ja!«

»Das ist halb so schlimm, nur ein Kratzer.«

Voller Sorge nahm er sie fest in die Arme. »Mensch, ich hatte so eine verdammte Angst um dich.« Dann schob er sie ein kleines Stück von sich weg. »Ich bin so froh, dass ich dich gefunden habe.«

Eine gute halbe Stunde später musste Sina zwei jungen Beamten alles noch einmal erzählen. Hendrik sah von draußen, wie sie im VW-Bus der beiden an einem Tisch saß, gestikulierte und sich schließlich an den

Kopf fasste. Einer der beiden Beamten protokollierte ihre Aussage.

Als sie fertig waren, brachte der andere Sina zurück. »Wir haben jetzt alles aufgenommen«, sagte er und deutete mit dem Kopf auf Sina, die sehr blass aussah. »Am besten, Sie fahren die junge Dame ins Krankenhaus, oder sollen wir einen Krankenwagen rufen?«

Sina hob abwehrend die Hand, während sie sich mit der anderen auf Hendriks Schulter abstützte. »Nein danke, das kriegen wir schon allein hin.«

»Alles klar!« Die beiden Polizisten verabschiedeten sich, nachdem sie sich vergewissert hatten, dass Kurt Hausschild nicht mehr auf dem Hof war, stiegen in ihr Fahrzeug und fuhren davon.

Sina runzelte die Stirn.

»Was passiert denn jetzt mit den Tieren – und vor allem mit Kilian?«, fragte sie besorgt.

Hendrik überlegte einen Moment, dann holte er sein Handy hervor.

Bereits eine halbe Stunde später kam Liam vom Tierschutzverein Eckernförde auf den Hof gefahren, zusammen mit Anja, die versprach, alles Weitere in die Wege zu leiten. »Fahrt ihr jetzt mal endlich ins Krankenhaus, wir kümmern uns um die Tiere.«

Erleichtert umarmte Sina die Tierärztin und ließ sich schließlich von Hendrik in den VW-Bus schieben. Anja versprach, sich auch um Sinas Auto zu kümmern.

Erst als sie zehn Minuten gefahren waren und sich der Adrenalinspiegel im Blut etwas abgebaut hatte, spürte Sina die Schmerzen mit voller Wucht. Sie bat Hendrik anzuhalten, drückte noch während der Fahrt die Tür auf und übergab sich in den Straßengraben.

Als sie endlich die Notaufnahme des Kreiskrankenhauses erreichten, dämmerte es bereits.

Zum Glück hatte Sina ihr Portemonnaie eingesteckt und reichte Hendrik die Versicherungskarte ihrer Krankenkasse. Vollkommen erschöpft ließ sie sich auf einen der Stühle im Wartebereich sinken, aber schon kurze Zeit später wurde sie von einer Schwester abgeholt.

»Ich warte hier auf dich«, rief ihr Hendrik hinterher. Die Situation erinnerte ihn an die Nacht, als sie Albert Lorenzen in der Klink besucht hatten. Wahrscheinlich hatte er sich damals schon in Sina verliebt, stellte er mit einem Lächeln im Gesicht fest.

Es dauerte dann doch noch zwei Stunden, bis er Sina in Empfang nehmen konnte. Sie trug eine Aircast-Schiene am Fuß, weil sie sich bei dem Sturz in die Fallgrube einen Bänderriss zugezogen hatte. Eigentlich hätte sie wegen der leichten Gehirnerschütterung, die sie durch den Schlag auf den Kopf erlitten hatte, stationär aufgenommen werden müssen, hatte aber auf eigene Gefahr darauf verzichtet. Der Arzt hatte die Platzwunde am Hinterkopf gereinigt und mit einem Pflaster abgedeckt. Erleichtert schloss Hendrik sie in seine Arme.

»Du machst aber auch Sachen«, flüsterte er ihr ins Ohr. Dann reichte er ihr die Hand. »Komm, lass uns bloß von hier verschwinden.«

Sina fühlte sich wie eine Prinzessin auf der Erbse. Sie lag, den Kopf mit mehreren Kissen abgestützt, in ihrem Bett und nippte an einem Becher heißer Schokolade, die Hendrik, nachdem sie in ihrer Wohnung angekommen waren, gleich zubereitet hatte. Das Getränk duftete nach Zimt und Kardamom, und obendrauf schwammen kleine Marshmallows, die er in einem ihrer Küchenschränke gefunden hatte. Ihr Kopf und ihr Fuß schmerzten zwar noch, aber sie hatte bereits in der Klinik ein Schmerzmittel bekommen, das nun langsam seine Wirkung entfaltete. Hendrik, der ebenfalls einen Becher in der Hand hielt, saß neben ihr. Sie unterhielten sich über die Ereignisse des Tages. Die Polizei aus Eckernförde hatte sich auch noch einmal gemeldet. Sie hatten Kurt Hausschild in der Waabser Mühle aufgegriffen, da er dort randaliert hatte. Er hatte sofort gestanden, dass er Sina niedergeschlagen hatte. Angeblich hätte er sie in der Grube nur ein wenig schmoren lassen wollen. Wahrscheinlich würde er mindestens wegen gefährlicher Körperverletzung und Freiheitsberaubung angeklagt werden.

Später holte Hendrik Sinas Laptop, und sie schauten sich ein paar Episoden der Serie *Haus des Geldes* auf Netflix an. Hendrik fand noch einen Becher Eiscreme im Gefrierfach des Kühlschranks, den sie gemeinsam auslöffelten. Sina genoss die Stunden mit Hendrik, sie fühlte sich wie auf einer rosaroten Wolke, aber vielleicht lag das auch an der Wirkung der Tabletten. Gegen Mitternacht kuschelte sie sich in seine Arme und verdrängte den Gedanken, dass es das letzte Mal sein würde.

30

Hendrik schichtete die Grillkohle über die Holzscheite, sodass eine kleine Pyramide entstand. Dann schob er noch etwas Zeitungspapier dazwischen und zündete alles an. Er blickte zum Himmel, der sich heute, am Tag vor seiner Abreise, von der besten Seite präsentierte. Keine Wolke war zu sehen, und die Sonne versank langsam hinter dem Horizont. Es war warm, in den Büschen zirpten die Heuschrecken. Nathan und er hatten sich deshalb entschieden, vor dem Eingang zum Gewölbekeller den Schwenkgrill aufzubauen und draußen zu feiern.

Sina war in ihrer Wohnung geblieben, sie durfte frühestens Anfang kommender Woche wieder arbeiten, aber er würde sie, wenn es losging, holen – das hatte er ihr morgens, nachdem sie zusammen gefrühstückt hatten, versprochen. Samuel kümmerte sich zusammen mit einer Aushilfe, die sich bereits auf der Veranstaltung mit der Reitsportdelegation bewährt hatte, um das Hofcafé. Die Sommersaison neigte sich ohnehin bereits dem Ende entgegen, sodass die Arbeit von den beiden gut zu bewältigen war.

Hendrik hatte zuvor ein paar Sitzsäcke für die Feier aus Hinnerks Surfschule geholt. Er hatte seinem Freund noch einmal versprochen, über das Angebot, bei ihm einzusteigen, nachzudenken. Danach war er zum Campingplatz gefahren und hatte den Rucksack gepackt. Reisepass, das Flugticket, die Krankenversicherungskarte fürs Ausland und seine Kreditkarte lagen bereit. Im Verlauf der vergangenen Tage hatte er den Wohnwagen gründlich geputzt und sich von der Crew des Campingplatzes verabschiedet. Bei Dieter war er ebenfalls noch einmal vorbeigegangen und hatte ihm versprochen, ein paar Fotos von der Reise per WhatsApp zu schicken. Er hatte eine Menge zu erledigen gehabt, und trotzdem hatten sich in ihm immer wieder Zweifel geregt, ob er wirklich losfliegen sollte. Durch Sina hatte sich so viel in seinem Leben verändert. Er hatte sich in sie verliebt und konnte den Gedanken, sie ein Jahr nicht zu sehen, kaum ertragen. Dennoch fühlte er sich auch seinem Freund Nils verpflichtet. Er wusste einfach nicht, was er tun sollte.

Eine Stunde später stiegen Rauchschwaden über dem Innenhof empor, und es duftete verführerisch nach Gegrilltem. Hendrik begrüßte seine Eltern, Nathan und Leni, aber auch Paul und Samuel, dem er gleich die Grillzange in die Hand drückte. »Ich hole mal Sina«, sagte er zu den anderen, die verständnisvoll nickten.

Als er mit ihr im Arm zurückkehrte, hatten es sich einige Gäste bereits in den Sitzsäcken gemütlich gemacht. Hinnerk und seine Freundin Juli waren in der Zwischenzeit ebenfalls gekommen und bereits in ein Gespräch mit Leni und Nathan vertieft.

Albert Lorenzen und seine Frau Elisabeth standen mit Samuel zusammen und unterhielten sich angeregt. Dem Koch ging es schon sehr viel besser, aber Elisabeth hoffte, dass er sich noch einige Zeit schonen würde. Hendrik wünschte sich inständig, dass sich die wirtschaftliche Situation von Gut Schwansee wieder bessern würde, sodass beide, Albert und Samuel, bleiben konnten. Sollte es in Zukunft weitere große Veranstaltungen geben, wären sie auch in der Lage, Samuel weiterzubeschäftigen, das hatte ihm seine Mutter anvertraut. Sina saß mit Leni an einem Tisch. Die beiden Frauen waren in ein angeregtes Gespräch vertieft. Sina sah etwas angespannt aus, wenn er ehrlich war. Bestimmt gab sie sich Mühe, ihm zuliebe gelassen zu wirken, und dieser Gedanke bedrückte ihn sehr.

Er löste Samuel am Grill ab und drehte die Maiskolben, die auf einer Seite bereits gut gebräunt waren, um. Langsam wurde er doch etwas wehmütig, deshalb war es gut, eine Beschäftigung zu haben. Als er wieder hochschaute, standen Konrad und Heinrich Graf von Rathenau vor ihm. Sie schüttelten sich gegenseitig die Hände.

»Können wir irgendwo in Ruhe sprechen?«, fragte Konrad.

»Ich habe gute Nachrichten«, begann Sinas Ex-Verlobter, nachdem sie alle am Tisch im Gewölbekeller Platz genommen hatten. Hendrik saß mit Nathan und seinen Eltern den beiden gegenüber. Seine Mutter trommelte nervös auf die Tischplatte, aber sein Vater wirkte zuversichtlich.

Konrad räusperte sich und nickte von Rathenau zu.

»Erst einmal möchte ich mich entschuldigen, dass wir hier so unangemeldet hereinplatzen«, begann er und zupfte an seiner dunkelblauen Krawatte. Dann fuhr er fort: »Ich wollte Ihnen nur persönlich mitteilen, dass wir auch im kommenden Jahr das Treffen der Reitsportdelegation auf Gut Schwansee abhalten wollen.«

Er blickte erst zu Hendriks Mutter und dann zu Bernhard. »Wenn das noch möglich ist.«

»Aber natürlich«, antwortete sie betont liebenswürdig. »Darf ich fragen, was diesen plötzlichen Sinneswandel bewirkt hat?«

Heinrich Graf von Rathenau deutete auf Konrad. »Herr Förster hat sich für Sie eingesetzt, und seine Argumente haben uns letztendlich überzeugt.« Er hielt einen Moment inne und blickte in die Runde. »Also, sind wir wieder im Geschäft?«

Hendriks Eltern tauschten einen Blick aus. Dann reichten sie beide nacheinander von Rathenau die Hand. »Ja, das sind wir.«

Später, als es langsam dunkel wurde, zündete Hendrik zwei Fackeln an und steckte sie in die beiden eisernen Halterungen im Gemäuer der Brücke, die über den Wassergraben zum Herrenhaus führte. Ein Gefühl von Wehmut erfasste ihn, als er das Herrenhaus, das sich majestätisch gegen den rötlich violetten Abendhimmel erhob, betrachtete.

»Hier steckst du also.« Sina war an seine Seite getreten und hakte sich bei ihm unter. »Das ist wirklich ein schönes Fest«, sagte sie leise.

»Ja, das ist es«, erwiderte er und nahm sie in die Arme. »Wie geht es dir? Tut dein Kopf noch weh?«

»Ein bisschen, aber eigentlich macht mir mein Fuß mehr zu schaffen.«

»Das wird schon«, versuchte er sie aufzumuntern.

Sie stellten sich nebeneinander an die Mauer. Unter ihnen glänzte das dunkle Wasser im Schein des Feuers.

»Wo sind eigentlich die Schwäne mit ihren Küken?«, fragte Sina und beugte sich noch weiter nach vorn.

Hendrik griff ihr an die Schulter. »Vorsicht, sonst fällst du noch ins Wasser. Vielleicht sind sie unterwegs«, erwiderte er ihre Frage. »Bis jetzt sind sie doch immer zurückgekehrt, oder?«

Ein Lächeln huschte über ihr Gesicht. »Das stimmt«,

sagte Sina, und Hendrik hatte das Gefühl, dass sie eigentlich über etwas anderes sprachen.

»Wusstest du, dass sich ein Schwanenpaar, wenn es sich einmal gefunden hat, ein Leben lang treu bleibt?«

Hendrik drehte sich zu ihr um. »Sina, ich weiß, wie du dich fühlst.«

»Nein, das glaube ich dir nicht«, erwiderte sie mit tränenerstickter Stimme. »Sonst würdest du mich nicht verlassen.«

Vorsichtig umfasste er ihre Schulter, aber sie duckte sich unter seinen Händen weg. »Lass mich …« Sie richtete sich auf, und ihr Blick heftete sich auf ihn. »Es tut mir leid«, schluchzte sie. »Ich hatte mir fest vorgenommen, dir keine Szene zu machen.«

Hendrik strich ihr zärtlich über das Gesicht, dann hauchte er ihr einen Kuss auf die Lippen. »Das ist schon okay«, sagte er leise. »Willst du, dass ich heute Nacht bei dir bleibe?«

Sina blinzelte, und eine Träne rollte ihre Wange hinunter. »Besser nicht«, sagte sie schließlich. »Das halte ich nicht aus.«

Als Sina zu den Gästen zurückkehrte, kam ihr Anja freudestrahlend entgegen.

»Ich habe gut Nachrichten«, begann sie und deutete auf Markus, ihren Ehemann und Tierarztpraxispartner. »Wir haben mit der Amtstierärztin gesprochen. Die Tiere von Kurt Hausschild wurden erneut beschlagnahmt, und nun wird er sie auch kaum wiederbekommen, zumal ihm jetzt noch eine Verurteilung droht.«

»Ja, und weiter?«, fragte Sina ungeduldig.

»Kilian kommt wieder zurück nach Gut Schwansee. Morgen Nachmittag können wir ihn abholen.«

Mit einem Freudenschrei fiel Sina der Tierärztin um den Hals. »Das ist ja wundervoll – danke, ihr beiden, vielen, vielen Dank!«

Sina drehte sich voller Freude um, und plötzlich stand Hendrik vor ihr. Ein Lächeln umspielte seine Lippen, als er die Arme um ihre Schultern legte. Mit einem weichen Ausdruck in den Augen beugte er sich zu ihr hinunter. Sina schloss die Augen und spürte plötzlich tausend flatternde Schmetterlinge in ihrem Bauch. Sie erwiderte seinen Kuss, erst zögernd, aber dann voller Leidenschaft. Wie durch einen Nebel bemerkte sie das Raunen der Gäste. Als sie sich schließlich voneinander lösten und sich tief in die Augen sahen, wusste sie, dass sie diesen Moment in ihrem Leben niemals vergessen würde.

Am nächsten Morgen wachte Sina bereits um fünf Uhr auf und konnte dann auch nicht wieder einschlafen. Zu viele Gedanken kreisten in ihrem Kopf. Sie hatte sich sehr gefreut, gestern ihren Chef und Elisabeth wiederzusehen. Die Reha war gut verlaufen, und Albert Lorenzen war zuversichtlich, demnächst wieder arbeitsfähig geschrieben zu werden. Sina seufzte, als sie daran dachte, dass sie bald in die »zweite Reihe« zurücktreten musste, wenn Albert das Zepter übernahm. Allerdings hatte ihr Chef angedeutet, dass er in Zukunft weniger arbeiten wolle. Deshalb wolle er kommende Woche mit ihr ein Gespräch unter vier Augen führen. Vielleicht würde er ihr anbieten, weiterhin das Hofcafé federführend zu leiten, zumindest hoffte sie das insgeheim. Sie wäre jedenfalls dazu bereit und traute sich diese Aufgabe auch weiterhin zu, vor allem mit Samuel an ihrer Seite.

Sina hatte sich schließlich auch noch mit Konrad unterhalten und sich bedankt, dass er mit Heinrich Graf von Rathenau gesprochen hatte. Sie hatten einander versichert, in Kontakt zu bleiben, aber Sina wusste nicht, ob sie das überhaupt noch wollte.

Loslassen! Dieses Wort kam ihr immer häufiger in den Sinn, vor allem wenn sie an Hendrik dachte.

Sie stieg aus dem Bett, tapste auf nackten Füßen in die Küche und brühte sich einen Kaffee auf. So wie die Dinge lagen, würde sie in Zukunft sowieso pünktlich ins Bett kommen und nicht von einem Hendrik Cornelius um den Schlaf gebracht werden. Obwohl es ihr natürlich gefiel, dass er nicht die Finger von ihr lassen konnte, wenn er neben ihr im Bett lag. Hitze sammelte sich in ihrem Körper, als sie an die Zärtlichkeiten dachte, mit denen er sie nach der Feier um den Verstand gebracht hatte, bevor er gegangen war. Nun würde sie sich ein Jahr mit einem warmen Kakao vor dem Schlafengehen begnügen müssen … und wer wusste schon, ob Hendrik wirklich wiederkommen würde. Sie seufzte, kehrte mit der Tasse zum Bett zurück, stopfte sich ein Kissen hinter den Nacken und beobachtete, wie es langsam in ihrem Zimmer hell wurde. Immer wieder blieb ihr Blick an der linken Tür ihres Kleiderschrankes hängen, hinter der immer noch ihr Hochzeitskleid in der Schutzhülle verborgen war. Zumindest stand die Trauung von Leni und Nathan ja noch bevor, und Hendrik würde seine Reise für diese Feier auf jeden Fall unterbrechen, schließlich war er Trauzeuge. Die damit zusammenhängenden Pflichten und Aufgaben würden allerdings wohl alle an ihr hängen bleiben, denn wie sollte er sich aus der Ferne daran beteiligen?

Kurze Zeit später war es so weit: Nils fuhr mit dem Auto vor, um Hendrik abzuholen. Sie würden den alten Mercedes bei einem Freund in Hamburg für die Dauer der Reise abstellen und das letzte Stück zum Flughafen mit dem Taxi fahren, das hatte ihr Hendrik zwei Tage zuvor erzählt. Alle standen Spalier, um die beiden zu verabschieden: Susanne, Bernhard, Samuel, Paul, Leni, Nathan und Sina, die innerlich nach Fassung rang. Sie küsste Nils, als sie an der Reihe war, auf die Wange und wünschte ihm alles Gute und viel Erfolg beim Training für den Ironman-Wettbewerb.

Es versetzte ihr einen Stich ins Herz, als schließlich Hendrik vor ihr stand. Nun sahen sie sich in die Augen, sagten aber kein Wort. Die Härchen auf ihren Unterarmen richteten sich auf, als er ihr langsam über die Wange strich. Dann beugte er sich zu ihr hinunter, seine Lippen streiften ihre Schläfe, als er ihr »Bis bald« ins Ohr flüsterte.

»Ja, bis bald«, erwiderte sie tapfer und zwang sich zu einem Lächeln. Sie hielt ihm einen kleinen Globus entgegen, den sie vor einiger Zeit in einem Schreibwarengeschäft in Eckernförde gekauft hatte. Er sah ein wenig aus wie der aus dem Wohnwagen, nur eben im Miniaturformat.

Hendrik drehte das Geschenk in seiner Hand, dann sah er sie fragend an. Sina deutete auf einen kleinen Punkt, den sie mit einem Filzstift eingezeichnet hatte. Sie hatte natürlich nicht genau Waabs in Schleswig-Holstein markiert, dazu war der Spielzeugglobus zu klein, aber sie war sich sicher, dass Hendrik das auch ohne eine weitere Erklärung verstand. »Damit du nicht vergisst, wo dein Zuhause ist.«

Statt einer Antwort zog er Sina in die Arme und küsste sie leidenschaftlich, sodass ihr fast die Luft wegblieb. Mit verhangenem Blick löste er sich schließlich wieder und blickte ihr noch einmal innig in die Augen. Doch dann war dieser kurze Moment auch schon vorbei, und Sina hatte das Gefühl, als ob jemand ihr Herz in zwei Teile gerissen hätte.

Ohne sich noch einmal umzuschauen, stieg Hendrik in den Wagen, schlug die Tür hinter sich zu, und Nils startete den Motor. Wie versteinert blieb Sina stehen, bis das Auto durch die Toreinfahrt verschwunden war, dann drehte sie sich um und setzte einen Fuß nach dem anderen auf das Kopfsteinpflaster. Alles um sie herum blendete sie aus, so heftig war der Schmerz, der sie innerlich quälte. Sie hatte sich die vergangenen Tage gut zusammenreißen können, aber nun fühlte sie sich vollkommen erschöpft und leer. Natürlich hoffte sie, dass Hendrik zurückkommen würde und sie dann ein richtiges Liebespaar sein würden, aber tief in ihrem Herzen regten sich die Zweifel. Wahrscheinlich war dies das Ende ihrer kurzen Liebe. Sie musste sich einfach damit abfinden. Bestimmt würde sie ihr restliches Leben alleine verbringen, dachte sie verzweifelt.

Als sie fast den Eingang des Hofcafés erreicht hatte, riss ein lautes Hupen sie aus ihrer Trauer. Sie drehte sich um und traute ihren Augen nicht: Hendrik kam auf sie zugerannt, mit wehenden Locken und einem Lächeln im Gesicht. Außer Atem blieb er vor ihr stehen, und ihr Herz hörte für einen Moment auf zu schlagen.

»Ich bleibe doch nur für vier Wochen. Ich habe gerade alles mit Nils besprochen. Ich unterstütze ihn bei seinem Training, aber dann fliege ich zurück. Ich will nicht mehr länger von dir getrennt sein.«

»Ist das dein Ernst?« Freudestrahlend fiel Sina ihm um den Hals.

Sie küssten sich atemlos, aber diesmal fühlte es sich für Sina nicht nach einem Abschied an. »Und dann bleibst du wirklich bei mir?«

Hendrik grinste. »Wir zwei gehören doch zusammen!« Mit diesen Worten nahm er sie fest in die Arme, hob sie hoch und wirbelte sie herum.

Am nächsten Morgen wurde Sina vom Piepsen ihres Handys geweckt. Hendrik hatte ihr bereits eine WhatsApp-Nachricht geschickt.

Wir sind gut gelandet. Ich liebe dich!

Verträumt lächelte sie und tippte dann:

Ich liebe dich auch!

Sina legte das Handy auf den Nachttisch, zog sich ihren Bademantel über, holte sich den Laptop und setzte sich damit an den Tisch in der Küche. Anja hatte Kilian im Anhänger zurück nach Gut Schwansee gebracht. Sina würde ihn abkaufen können, sogar für einen geringeren Betrag, als sie gedacht hatte. Außerdem würde sie weiterhin als Köchin arbeiten dürfen. Mit ihrer Hilfe war es gelungen, dass im kommenden Jahr das erste Turnier auf Gut Schwansee stattfinden würde. Ihr unerwartetes Wiedersehen mit ihrem Ex-Verlobten hatte also auch etwas Gutes bewirkt.

Sina drückte den Rücken an die Lehne des Stuhls.

Jetzt war wirklich der Moment gekommen loszulassen!

Während der Kaffee durchlief, rief sie die Seite von eBay Kleinanzeigen auf. Sie lud lächelnd ein Foto hoch, das sich schon seit zweieinhalb Jahren in dem Ordner »Hochzeit« befand, und schrieb:

Verkaufe Brautkleid, ungetragen.

ENDE

Danksagung

Mein Dank gilt von ganzem Herzen zunächst einmal den Leser*innen, die den ersten Teil meiner Gut-Schwansee-Serie *Deine Liebe in meinem Herzen* gekauft, auf verschiedenen Online-Portalen und auch Social-Media-Kanälen bewertet und weiterempfohlen haben – und das inmitten des coronabedingten Lockdowns. Vielen Dank an die Buchhändler*innen, die meinen ersten Roman bestellt, gelesen und in den Verkaufsräumen liebevoll in Szene gesetzt haben. Es erreichten mich immer wieder von Freunden, Familienmitgliedern und Bekannten Fotos, die ich sehr gern auf meinem Instagram-Kanal geteilt habe! ☺

Meine Lektorin und Agentin Dr. Dorothee Schmidt von der Textmanufaktur hat mir beim Schreiben von *Du bist mein ganzes Leben* jederzeit zur Seite gestanden. Darüber bin ich sehr glücklich.

Ein riesiges Dankeschön an das engagierte, wunderbare Team des Penguin Verlags in München. Ihr seid großartig! Vor allem möchte ich mich bei meiner Lektorin Laura Lichtenwalter bedanken, die mich immer mit sehr viel Fingerspitzengefühl unterstützt. Liebe Laura, dir entgehen keine noch so kleinen Ungereimtheiten, Wortwiederholungen und »schiefen« Formulierungen. Unser Treffen in Waabs auf Gut Ludwigsburg bei strahlendem Sonnenschein war für mich im vergangenen Jahr ein besonderes Highlight. Vielen, vielen Dank auch an meine externe Lektorin Lisa Caroline Wolf für ihre sensible Arbeit und die vielen aufmunternden Mails!

Stephan Ditschke möchte ich ebenfalls nennen. In einem Seminar zum Thema Unterhaltungsliteratur hatte ich ihm die Idee der Gut-Schwansee-Serie zum ersten Mal öffentlich vorgestellt. Du warst gleich begeistert und hast dich für das Exposé eingesetzt – herzlichen Dank dafür!

Ein besonderes Glück war für mich, dass ich an der lit. Love – dem Lesefestival der Penguin Random House Verlagsgruppe – teilnehmen durfte. Laura Austen von der Presseabteilung hat mich dabei großartig begleitet, sodass ich das außergewöhnliche Online-Event trotz der großen Aufregung schließlich ganz entspannt genießen und mich mit den Leser*innen austauschen konnte.

Meine Schreibgruppe die Roten Heringe begleitet mich nun schon seit über zwanzig Jahren. Ich danke euch für die vielen Gespräche und wunderbaren Stunden in Rendsburg, Lübeck und Berlin. Felix Huby – danke, dass du uns immer motiviert hast, weiterzumachen!

Meine Familie und meine Freunde haben mit viel Verständnis erneut meinen »Schreibmarathon« ertragen und mich immer unterstützt. Ich danke euch und hab euch lieb!

Lesen Sie weiter >>

Leseprobe

Die Blumen sind ihre Leidenschaft. Die Liebe ist ihr Schicksal. Wird sie es schaffen, ihren großen Traum zu leben?

Oldenburg, 1891. Als Gärtnerin in der Natur zu arbeiten und die schönsten Blumen dieser Welt zu züchten, davon träumt Marleene schon ihr ganzes Leben. Doch eine Gärtnerlehre ist allein Männern vorbehalten. Aber Marleene gibt nicht auf: Kurzerhand schneidet sie sich die Haare ab und verkleidet sich als Junge – und bekommt eine Anstellung in der angesehenen Hofgärtnerei. Doch die anderen Arbeiter machen ihr den Einstieg alles andere als leicht, und es wird zunehmend komplizierter, ihre Tarnung aufrechtzuerhalten.
Als sie dann auch noch die beiden charmanten Söhne der Hofgärtnerei kennenlernt, werden ihre Gefühle vollends durcheinandergewirbelt. Marleene muss sich entscheiden – folgt sie ihrem Traum oder ihrem Herzen …

Die große neue Familiensaga – so wundervoll wie frischer Flieder!

Prolog

Oldenburg, 1881

Normalerweise waren die gut zehn Kilometer von Rastede nach Oldenburg, die Marleene zu Fuß zurücklegen musste, eine Qual. Doch nicht heute. Nicht an diesem besonderen Tag. Marleene wusste noch genau, wie ihre neue Lehrerin ihre Idee zu Beginn des Jahres angekündigt hatte. Fräulein Willenborg war vor den großen Fenstern auf und ab gelaufen, durch die Marleene so oft sehnsüchtig hinausblickte.

»Im Mai möchte ich gerne etwas mit euch ausprobieren. Eine wundervolle Idee, die ich während meiner Ausbildung in Amerika kennenlernen durfte.«

Sofort waren die Mädchen aus den vier Klassen, die sie gleichzeitig unterrichtete, mucksmäuschenstill gewesen. Selbst die Plaudertaschen, denn alle liebten es, wenn Fräulein Willenborg von ihren Erfahrungen in der Neuen Welt berichtete, wo sie das Lehrerinnenseminar absolviert hatte, während ihre Schwester dort sogar studiert hatte.

»Ich möchte, dass jede von euch etwas mitbringt, das euch am Herzen liegt, und hier vorne den anderen etwas darüber erzählt. Ein Vortrag von zehn Minuten, und anschließend beantwortet ihr die Fragen eurer Klassenkameraden.«

Und nun war es so weit.

Vom Schnee war schon lange keine Spur mehr, die Frühlingssonne kitzelte ihre Haut, und auf den Wiesen neben den Feldern surrten Fliegen und Bienen eifrig umher.

Während des gesamten Weges ließ sie den Tontopf in ihren Händen nicht aus den Augen.

Denn was sie so fest umklammert hielt, war ihr ganzer Stolz. Während die übrigen Kinder ihre Teddybären und Haustiere dabeihatten, wollte Marleene ihren ersten selbst gezogenen Fliederbusch zeigen.

Natürlich hatte ihr Vater ihr geholfen. Er arbeitete in der Oldenburger Hofgärtnerei und hatte mit Erlaubnis des Obergärtners einige der Fliederbüsche für sich vermehren dürfen und sie zu Hause eingepflanzt. So hatte er dafür gesorgt, dass ihr ärmliches Heuerhus von wunderhübschen Fliedern umgeben war. Jetzt blühten sie in Weiß, Lila und kräftigem Rosa und dufteten ganz herrlich. Sobald dieser Duft Marleene auf dem Rückweg in der Nase lag, wusste sie, dass sie zu Hause war. Wenn ihr Vater abends von der Arbeit kam, tanzte er mit ihr durch den Fliedergarten, und sie fühlte sich dabei wie eine Märchenprinzessin. Auch wenn sie sonst nicht viel hatten, war sie zumindest die Fliederprinzessin.

»Du musst schon selbst dafür sorgen, dass du glücklich bist, meene kleene Marleene«, sagte ihr Vater ihr immer wieder und sah ihr dabei fest in die Augen. »Das wird kein anderer tun. Und auch wenn ich kein großes Hoferbe habe, möchte ich doch das Beste aus dem machen, was mir zur Verfügung steht. Daher habe ich den Fliedergarten angelegt. Vielleicht können wir daraus eines Tages eine eigene kleine Gärtnerei aufbauen …«

Dann hatte er ihr gezeigt, wie man einen Zweig so vorbereitete, dass ein neuer Fliederbusch daraus entstand. Das ging nicht ohne Weiteres. Ein Jahr lang musste man allein schon warten, bis er angewachsen war.

Gut, dass sie ihren Flieder bereits vor drei Jahren veredelt hatte. Er war etwas ganz Besonderes, denn die kleinen Blätter seiner Blüten waren nicht einfach nur Weiß oder vielleicht Helllila, nein, sie waren Purpurviolett und von einem strahlend weißen Rand umgeben.

Endlich war Marleene an der Reihe. Voller Stolz zeigte sie ihren Klassenkameradinnen den Flieder und erzählte ihnen alles, was sie darüber wusste. Selbst die Lehrerin, die in Amerika schon so viel gesehen hatte, schien beeindruckt und sprach ein kostbares Lob aus.

»Ich werde auch einen Fliederbusch pflanzen«, rief Marleenes Freundin Annemarie aufgeregt, deren

Haare als geflochtene Affenschaukeln über ihren großen Ohren hingen. »Wo bekommt man so einen zweifarbigen her?«

»Das ist gar nicht so einfach. Mein Vater hat gesagt, dieser Flieder wäre eine Sensation. Er ist mehr oder weniger durch Zufall entstanden. Deswegen ist es so wichtig, dass wir ihn vermehren.«

»Und wie geht das?«

»Edelflieder lässt sich nicht aus Samen ziehen. Es ist eine so edle Pflanze, dass sie den Stamm eines robusten Wildflieders braucht, um zu wachsen.«

Ein Raunen ging durch die Klasse.

Ihr Vater hatte ihr geholfen, den dünnen Stamm eines wilden Flieders oben aufzuspalten und den Fliederzweig einzusetzen.

»Veredelung nennt man das«, erklärte sie abschließend und setzte sich an ihr Pult zurück. Noch immer flüsterten ihre Schulkameraden aufgeregt miteinander.

Einzig Rosalie Goldbach, die Tochter des Hofgärtners, war kein bisschen beeindruckt.

»Das ist doch nichts Besonderes«, sagte sie und warf ihre goldenen Locken, die immer so schön in der Sonne glänzten, nach hinten. »Mein Vater hat jede Menge Fliederbüsche in seiner Gärtnerei, das kann doch jeder«, zischte sie und blickte düster in Marleenes Richtung, deren Herz sich zusammenzog. »Schaut lieber meine Puppe an. Sie kann sogar sprechen!«

Zum Glück stieß ihre Freundin Klara Marleene just

in diesem Augenblick den Ellbogen in die Rippen und flüsterte: »Na und? Mein Vater ist Direktor der Glashütte, deswegen behaupte ich noch lange nicht, dass jeder Glasflaschen machen kann.«

Auf dem Rückweg, als sie den Flieder wieder wie ein rohes Ei vor sich hertrug, fühlte Marleene sich so leichtfüßig, als ginge sie auf Wolken.

Doch gerade als sie die Schultern straffte, bekam sie einen kräftigen Schlag in den Rücken, sodass ihr die Luft wegblieb. Sie stolperte, und der Topf fiel zu Boden. Mit einem knirschenden Geräusch zersprang der Ton. Die Erde verteilte sich über den Weg, und der Strauch lag darin wie in einer Lache aus Blut.

Das macht nichts, versuchte Marleene sich zu beruhigen. Irgendwo würde sie gewiss einen neuen Tontopf auftreiben können. Solange den Wurzeln und dem Stamm nichts passiert war, konnte sie das Bäumchen einfach neu einpflanzen. Doch bevor sie sich bücken konnte, hatte sich Rosalie so dicht vor sie gestellt, dass Marleene direkt auf die weiße Bordüre ihres blauen Kleides blickte und die Seife roch, mit der es gewaschen worden war.

»Nur dass du's weißt, meine sprechende Puppe ist viel spannender als dein dummer Strauch. Pflanzen kann jeder haben. Aber meine Puppe ist durch das halbe Kaiserreich gereist und überaus kostbar. Solche Puppen haben nur wenige Menschen.«

»Ich weiß«, flüsterte Marleene, denn sie selbst hatte

ihren Eltern jahrelang wegen einer Puppe in den Ohren gelegen, und sie hatten jedes Mal merkwürdig reagiert. Irgendwann hatte sie herausgefunden, wie teuer Puppen waren – selbst wenn sie nicht sprechen konnten. Ihr war klar geworden, dass das viel zu viel Geld für ihre Eltern war. Selbst auf diese Schule durfte sie nur gehen, weil ihr Vater dem Schuldirektor im Krieg das Leben gerettet hatte.

»Trotzdem ist es für mich etwas Besonderes, wenn ich mit neun Jahren schon mein eigenes Bäumchen gezogen habe.« Das hatte ihr Vater so gesagt. »Und wenn ich das gerne zeigen möchte, ist das meine Sache.«

Marleene bückte sich erneut, doch bevor sie nach dem Flieder greifen konnte, sah sie, wie Rosalies schwarz glänzender Lederschuh sich auf den dünnen Stamm zubewegte. Die Zeit schien sich zu verlangsamen, und Marleene war starr vor Entsetzen. Sie konnte nur zusehen, wie die Stiefelette mit Wucht auf den Strauch niederging. Rosalie trat mehrere Male zu. Und das Knacken und Knirschen hörte sich an, als wären es Marleenes Fingerknochen, die da brachen. Der Schmerz in ihrem Herzen fühlte sich jedenfalls genau gleich an.

Aus kalten braunen Augen lächelte Rosalie sie an und gab dann ein bedeutungsvolles »Das wird dir hoffentlich eine Lehre sein« von sich.

Bestürzt blickte Marleene in die Gruppe von Schülern, die um sie herumstanden. Von der Knabenschule waren Rosalies Brüder, Konstantin und Julius, herübergekommen, vermutlich um ihre Schwester abzuholen. In ihren adretten Matrosenanzügen standen sie da. Schließlich tat Julius, der Jüngere, dessen Haare wild zu Berge standen, einen Schritt auf sie zu, aber sein Bruder mit dem peinlich genauen Seitenscheitel zog ihn zurück.

Marleene blinzelte die aufsteigenden Tränen weg und setzte ein Lächeln auf.

»Danke, dass du das schon einmal vorbereitet hast, Rosalie.« Sie bückte sich und hob die Überreste des Fliederbuschs auf. Er hing nur noch schlaff an der Wurzel, vereinzelte Zweige fielen zu Boden, andere hingen trostlos herunter oder ragten ungelenk zur Seite. »Doch wenn du dir auch nur ein einziges Wort gemerkt hast von dem, was ich heute erzählt habe, dann weißt du, dass man aus jedem einzelnen dieser Zweige einen neuen Fliederbusch machen kann. Versuch das mal mit deiner Puppe, wenn du ihr einen Arm abreißt.«

Ein paar der Schüler kicherten leise.

Rosalie quittierte ihre Worte mit einem eingeschnappten »Pfff!«, verschränkte die Arme und machte so abrupt auf dem Absatz kehrt, dass ihre Locken durch die Luft flogen.

»Ich werde aus diesen Zweigen zwanzig neue Flieder machen«, rief Marleene ihr hinterher, und ihre Mitschüler klatschten begeistert.

Auf dem Rückweg fühlte sie sich jedoch, als wären

Kohlenkarren an ihre Beine gebunden. Jeder Schritt war unglaublich anstrengend.

Sie hatte gelogen.

»Ich kann es schaffen. Irgendwie kann ich es schaffen«, sagte sie sich tapfer. Noch am selben Tag könnte sie mehrere Triebe dieses einzigartigen Flieders veredeln. Aber sie war sich nicht sicher, ob es ihr alleine gelingen würde, die Schnitte zu machen. Ihr Vater war schon seit siebzehn Tagen bettlägerig. Keiner wusste, was ihm fehlte. Nicht einmal die Tinktur von Doktor Winkelmann hatte geholfen. Und lange würde der Flieder nicht überleben. Selbst dann nicht, wenn sie ihn zu Hause umgehend ins Wasser stellte.

Mit hängenden Schultern lief sie weiter. Die Traurigkeit füllte jeden Winkel ihres Körpers aus. Sie war kurz vor Rastede, konnte schon die Spitze der St.-Ulrichs-Kirche sehen, als sie jemanden auf sich zurennen sah.

»Marleene, Marleene«, rief er laut, und sie begann ebenfalls zu laufen.

Atemlos kamen sie voreinander zum Stehen.

»Was ist?«

Es war Heini, der Nachbarsjunge. Er sah sie mit weit aufgerissenen Augen an.

»Dein Vater! Du sollst sofort nach Hause kommen.«

Und Marleene drückte ihm ihre Schiefertafel und die Überreste des Fliederbuschs in die Hand und rannte los …

Oldenburg, 1891 – 10 Jahre später

Frieda blieb mit der Türklinke in der Hand stehen und schlug die Hand vor den Mund.

»Ach, du meine Güte, was ist geschehen? Deine wunderschönen Haare, die wie Weizen in der Sonne geglänzt haben …«

Frieda, die ihre eigenen Haare stets zu einem Haarkranz flocht, ging mit schreckgeweiteten Augen auf Marleene zu. Sie streckte die Hand nach ihren raspelkurzen Haaren aus, die nun wohl eher einem Stoppelfeld glichen.

Herrje, sah es wirklich so schlimm aus? Oder war es nur die Überraschung? Kurze Haare passten schwerlich zu Friedas romantischer Gesinnung. Marleene atmete tief durch. Auf jeden Fall musste sie ruhig bleiben. Sie durfte sich nicht anmerken lassen, dass in ihrem Kopf gerade ein Wirbelsturm aus Gedanken und Zweifeln tobte.

Betont gleichgültig zuckte sie mit den Schultern.

»Läuse«, sagte sie schlicht und erreichte damit genau das, was sie beabsichtigt hatte. Friedas Hand zuckte zurück, als ob sie sich verbrannt hätte. Hoffentlich merkte ihre Cousine nicht, wie aufgeregt sie in Wahrheit war. Würde sie mit ihrer Geschichte durchkommen? Frieda war ihr erster Versuch, um zu sehen, ob sie Menschen ins Gesicht lügen konnte. Denn das würde sie noch häufig machen müssen. Zwangsläufig. Es war eines der Opfer, die sie bringen musste, um ihrem Ziel näherzukommen.

»Aber da gibt es doch dieses neue wundersame Mittel von Doktor Winkelmann …« Frieda eilte auf das wackelige Nachtkästchen zu, das zwischen den beiden Holzbetten stand. »Warum hast du nichts gesagt? Ich habe sogar noch etwas da.« Sie rüttelte am dunklen Messinggriff der obersten Schublade, die immer klemmte.

»Lass gut sein.« Marleene trat zur Tür der Kammer, die sie gemeinsam bewohnten. Ihre Cousine hatte sie in der Aufregung offen stehen lassen.

»Ich weiß, wie teuer die Tinktur ist, und sie wirkt nur, wenn man sie frühzeitig einsetzt. Dafür war es bei mir zu spät. Was sein muss, muss sein.«

»Aber deine wunderschönen Haare!« Frieda setzte sich auf das Bett und sah sie zerknirscht an. »Ich würde alles für solch ein helles Blond geben! Jetzt siehst du aus wie ein Junge!« Frieda hatte die letzten Worte geflüstert, so schockiert war sie.

Marleene senkte den Kopf und widmete sich ihren Blusenknöpfen, damit Frieda nicht die Erleichterung sah, die ihr sicherlich ins Gesicht geschrieben stand.

Immerhin war es ihre größte Sorge gewesen, dass man sie weiterhin für ein Mädchen hielt. Aber das war nur eine von vielen Schwachstellen in ihrem waghalsigen Plan. Dennoch, sie würde es versuchen. Was hatte sie schon zu verlieren? Eine schlecht bezahlte Anstellung im Hotel – aber immerhin eine, die das dringend benötigte Geld einbrachte, erinnerte sie eine Stimme in ihrem Kopf, die ein wenig wie ihre Mutter klang.

Und ihr Ansehen.

Und das ihrer Familie.

Wenn es herauskam, würde sie sich in der ganzen Stadt lächerlich machen und vielleicht nie wieder eine Anstellung finden. Dann müsste sie ihr geliebtes Oldenburg verlassen.

Marleene verbannte die Zweifel zurück in die hinterste Ecke ihres Kopfes und setzte eine zuversichtliche Miene auf.

»Sie werden wieder nachwachsen«, sagte sie und zog das Unterhemd über den Kopf. Das stimmte natürlich. Auch wenn sie dafür sorgen würde, dass das nicht allzu schnell passierte, vor allem, wenn ihr Plan aufging. Doch jetzt sollte sie dringend das Thema wechseln.

»Wie war es bei dir auf der Arbeit? Hat die alte Frau Maader dich wieder herumkommandiert?«

»Wer so ungeschickt und lahm ist, hat sich das alles selbst zuzuschreiben.« Frieda ahmte den vorwurfsvollen Ton ihrer Chefin so gut nach, dass Marleene lachen musste. Ihre eigene Chefin, Frau Holthusen, war zwar sehr streng, aber immerhin ließ sie nicht jeden Tag ihre Launen an den Mädchen aus.

Frieda kleidete sich nun ebenfalls aus und legte ihre Sachen fein säuberlich zusammen, während Marleene ihr Nachthemd anzog und rasch unter die Decke schlüpfte. Das Stroh raschelte, roch aber immerhin noch schön frisch. Trotzdem hoffte sie, sich irgendwann eine Federbettdecke leisten zu können.

Auch Frieda streifte nun ihr Nachthemd über und eilte ins kleine Holzbett an der gegenüberliegenden Wand. Wie Marleene besaß sie nur zwei Hemden und Blusen für die Werktage und eine bessere Garnitur für die Sonntage. Beide achteten sie peinlich genau darauf, sie so sauber wie möglich zu halten.

Frieda seufzte, während sie ihren Haarkranz löste. »Hugo ist krank, deshalb musste ich mit dem Handkarren durch halb Oldenburg laufen, um bei der Hofgärtnerei die Blumen abzuholen. Als ich endlich dort war, konnte ich weit und breit niemanden entdecken. Eine halbe Stunde habe ich gesucht, bis ich jemanden gefunden habe, der gewusst hat, welche Ware für den Blumenladen reserviert war. Sie sind wirklich vollkommen unterbesetzt.«

Marleenes Herz klopfte schneller. Dann stimmte es also. »Das habe ich im Hotel auch schon aufgeschnappt. Zwei Holländer, die dort Pflanzen einkaufen wollten, haben sich darüber unterhalten. Wie kommt das denn bloß?«, fragte sie. Da der Blumenladen, in dem Frieda lernte, zur Hofgärtnerei gehörte, wusste ihre Cousine immer gut über solcherlei Dinge Bescheid. Das Blumenbinden hatte Marleene ebenfalls in Betracht gezogen, um zumindest mit Pflanzen arbeiten zu können, auch wenn es sie niemals so erfüllen würde wie das Gärtnern. Doch es gab nur wenige Blumenläden in Oldenburg, und die hatten alle bereits ihre Lehrlinge.

»Gleich drei Arbeiter haben das Unternehmen verlassen. Den jungen Franz haben sie hinausgeworfen, weil er Pflanzen gestohlen hat. Gott, der Arme. Er muss vollkommen verzweifelt gewesen sein, so etwas zu machen. Ich wünschte, ich könnte irgendwas für ihn tun.«

Das war typisch für Frieda. Sie lebte selbst mehr oder weniger von der Hand in den Mund, sorgte sich aber trotzdem um die anderen.

»Und wer fehlt noch?«, hakte Marleene nach.

»Willibald hat eine bessere Stellung in Bremen gefunden, und Hugo, der uns sonst die Blumen liefert, ist, wie gesagt, krank.« Sie strich sich durchs Haar. »Es sieht nicht so aus, als ob er zurückkehren würde.«

»Oh«, sagte Marleene betroffen. Das hatte sie nicht gewusst.

»Schlimm für die Familie«, murmelte Frieda, und Marleene stimmte ihr zu. Wenn der Hauptverdiener ausfiel, bedeutete das den sozialen Abstieg der gesamten Familie.

Hieß das, dass ihr Glück womöglich auf dem Unglück anderer Menschen fußte? Auf der anderen Seite hatte auch sie bisher nur wenig Glück im Leben gehabt. Ihre kranke Mutter, der früh verstorbene Vater … Nichts da, schalt sie sich selbst, um das Selbstmitleid zu vertreiben. Sie hatte gemeinsam mit Frieda eine wenn auch kleine Kammer, zwei Garnituren an Kleidung und halbwegs festes Schuhwerk – das war mehr, als manch anderer in dieser Stadt besaß. Sie konnte sich weiß Gott glücklich schätzen.

Das imposante Läuten der Lambertikirche drang von draußen herein.

»Herrje, jetzt sind wir wieder ins Plappern gekommen«, sagte Frieda betreten, die die Schläge mitgezählt hatte. »Lass uns besser schlafen, sonst schimpft Frau Maader wieder, weil ich so müde bin.«

Ihre Cousine hatte recht. Die Arbeitstage begannen mit dem Sonnenaufgang, und wenn sie ihre zehn, zwölf Stunden gut durchhalten wollten, mussten sie zusehen, dass sie spätestens um neun im Bett waren.

Aber heute Nacht würde Marleene sowieso kein Auge zutun, das spürte sie. Die Aufregung war einfach zu groß.